Richard Schmidt

Śukasaptati

Das indische Papageienbuch

Richard Schmidt

Śukasaptati

Das indische Papageienbuch

ISBN/EAN: 9783955631314

Auflage: 1

Erscheinungsjahr: 2013

Erscheinungsort: Bremen, Deutschland

@ Leseklassiker in Access Verlag GmbH, Fahrenheitstr. 1, 28359 Bremen.
Alle Rechte beim Verlag und bei den jeweiligen Lizenzgebern.

Leseklassiker

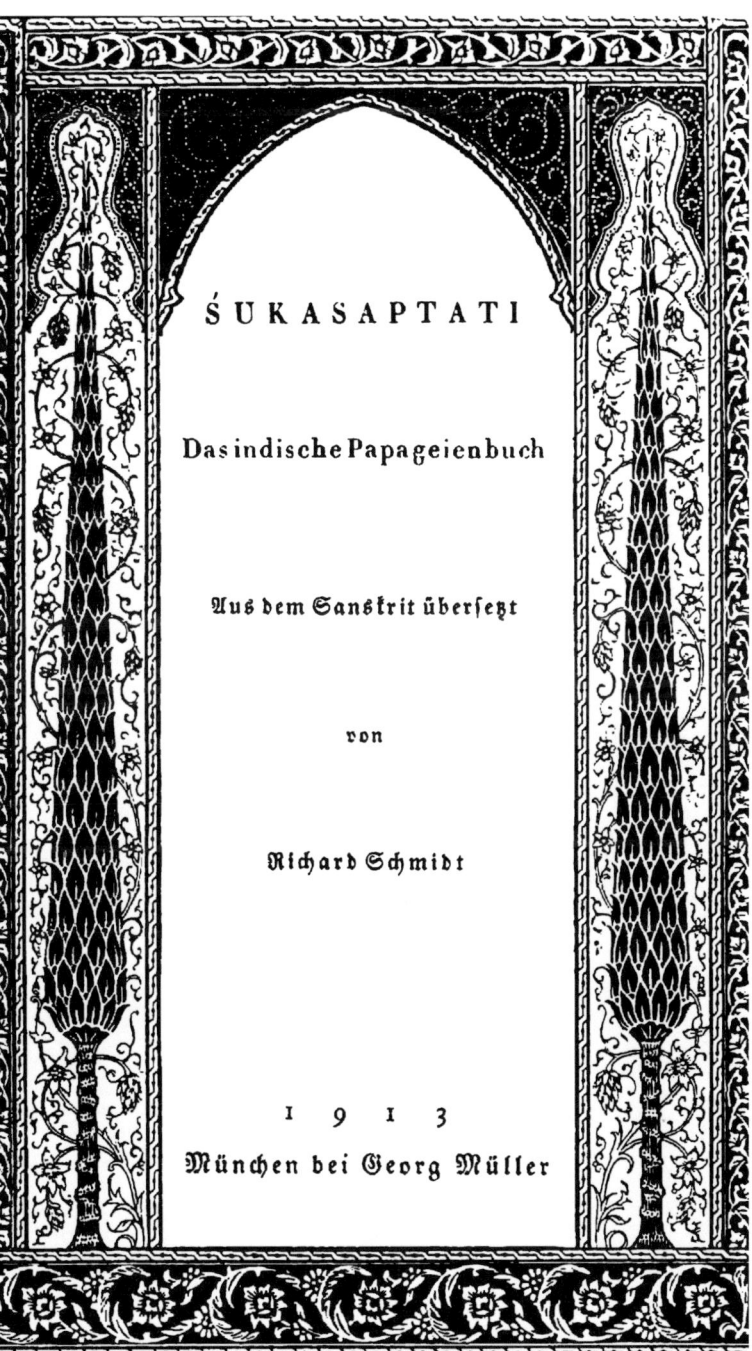

ŚUKASAPTATI

Das indische Papageienbuch

Aus dem Sanskrit übersetzt

von

Richard Schmidt

1 9 1 3

München bei Georg Müller

Dieses Werk wurde im Auftrag von Georg Müller in München in der Druckerei von Mänicke und Jahn in Rudolstadt hergestellt. 150 Exemplare wurden auf echt van Gelder abgezogen und in der Presse numeriert.

Dieses Exemplar trägt die Nr. 124

Einleitung.

Den Wert des Sanskritstudiums heutzutage noch zu bezweifeln, kann nur der Unwissenheit oder aber der Mißgunst erlaubt sein; für den Kenner der indischen Literatur dagegen ist es nicht zweifelhaft, daß in der Beschäftigung mit dem Sanskrit und der wissenschaftlichen Verarbeitung der dort aufgespeicherten Schätze ein Mittel gegeben ist, unsere Kultur mit neuen Fermenten zu durchsetzen und so die Menschheit auf eine höhere Stufe der Erkenntnis heben zu helfen. Max Müller hat in seinem begeisterungsvoll geschriebenen Buche „India, what can it teach us" in großen Zügen gezeigt, was für eine Bereicherung unseres Wissens wir von Indien zu erwarten haben; und wenn es in erster Linie die Religion und die Philosophie sind, die durch die Weisheit der Brahmanen in ungeahnter Weise eine Umwandlung oder doch wenigstens einen folgerichtigen Ausbau erfahren können und vielleicht werden, so gibt es auch unter den minder wichtigen Disziplinen kaum eine, auf welche nicht durch die Sanskritliteratur neues Licht geworfen würde. Unter diesen ist mit als eine der interessantesten die vergleichende Märchenkunde zu nennen, die ja durch Benfeys sattsam bekannte Untersuchungen über die indischen Märchen eigentlich erst begründet worden und seitdem, namentlich auch infolge der Veröffentlichung von bisher gar nicht, oder doch nur mangelhaft bekannten Werken, wie z. B. Kṣēmēndras Bṛhatkathāmañjarī und der Śukasaptati, auf dem besten Wege ist, eine, wenn auch nur bescheidene, Stütze der Kulturgeschichte zu werden. Die Lust am Fabulieren ist in Indien uralt, und es heißt die

tatsächlichen Verhältnisse völlig verkennen, wenn man die
Buddhisten als die Erfinder der Märchen und Fabeln hin=
stellt: derlei gab es lange v o r Buddhas Auftreten! Er hat
in seinen Predigten und Lehrreden Tierfabeln usw. fleißig
verwendet, das ist gewiß; aber mehr auch nicht. Eine ganz
andere Frage ist es, wann die verschiedenen Märchensamm=
lungen, die wir aus der indischen Literatur kennen, zu=
sammengestellt, „redigiert" worden sind. Da kommen wir
über Hypothesen meistens nicht hinaus, und bezeichnend
ist es, daß Hertel, der Bearbeiter der berühmtesten indischen
Märchensammlung, des Pañcatantra, die Abfassung des
„Grundwerkes" zwischen 300 v. Chr. und 570 n. Chr.
ansetzt!! Der Einfluß des indischen Geistes auf den
Okzident wird dadurch freilich nicht in Frage gestellt; und
namentlich diejenige Gruppe unter den indischen Märchen=
sammlungen, die von den Papageienbüchern gebildet wird
— also der Sanskrit=Śukasaptati, der Marāṭhī=Śukbāhat=
tarī, der Hindustānī=Śukbahottarī, sowie der vielen ande=
ren Bearbeitungen, die unter dem Namen Tot=itihās, Tot
kahānī, Touti nameh usw. gehen — namentlich diese Gruppe
verdient unsere Aufmerksamkeit in um so höherem Grade,
als uns hier, speziell aber in der Sanskritbearbeitung, die
älteste Fassung vieler Erzählungen vorliegt, die wir sonst
nur aus anderen, späteren Quellen, z. B. aus Boccaccio,
kennen. Eine Untersuchung der Sanskrit=Śukasaptati er=
scheint daher als dankbare Arbeit. Leider ist das Material
immer noch nicht reichlich genug, um heute bereits ein ab=
schließendes Urteil über die Entstehungszeit und die Stel=
lung der Śukasaptati innerhalb der Märchenliteratur ab=
geben zu können. Vor allen Dingen ist an der wohl unbe=
zweifelbaren Tatsache festzuhalten, daß uns in den bisher
bekannten Handschriften und Übersetzungen keineswegs die
u r s p r ü n g l i c h e Śukasaptati erhalten ist. Die Möglichkeit,
daß sie noch gefunden wird, ist natürlich nicht zu bestrei=

ten; aber näher scheint mir die Annahme zu liegen, daß das Grundwerk durch den daraus angefertigten Auszug, wie er uns in dem textus simplicior vorliegt — Pertsch, ZDMG, XXI, 505 und 506 — verdrängt worden ist, wie denn andererseits dieser wieder den Übersetzungen in neuindische Sprachen hat weichen müssen: so zahlreich diese sind, so selten sind (verhältnismäßig) Sanskritmanuskripte der Śukasaptati! Daß der von mir so genannte textus simplicior wirklich ein Auszug aus einem größeren Werke ist, geht aus der Form des Buches zur Genüge hervor. So knapp erzählt und so schlecht motiviert können die einzelnen Erzählungen in dem ursprünglichen Werke nicht gewesen sein! Tatsächlich zeigt denn auch die bisher als älteste bekannte Handschrift A (in Lanmans Besitz), die, nach dem Aussehen der Buchstaben zu urteilen, etwa dem Beginn des XV. Jahrhunderts angehören mag, eine ältere Stufe der Entwicklung. Wenn sich hier auch der Text im allgemeinen eng an die Fassung des textus simplicior anschließt, so zeichnet er sich doch dadurch vor diesem vorteilhaft aus, daß er die einzelnen Erzählungen nicht einfach mit dem vom Papagei gesprochenen Einleitungsverse („Gehe, Herrin" usw.) beginnen läßt, sondern sie mit einer Prosaunterredung zwischen Prabhāvatī und dem Papagei einleitet, die trotz ihrer Kürze und Schablonenhaftigkeit doch ungern vermißt wird, indem sie eben unbedingt nötig ist, wenn nicht der Grundgedanke, der durch die ganze Śukasaptati geht, zerrissen werden soll. Ferner läßt hier der Papagei, bevor er Prabhāvatī die rettende List angibt, sie jedesmal schwören, daß sie zu Hause bleiben wolle, falls er ihr weiter erzähle; z. B. in Erzählung 3: „Wenn du nicht gehst, will ich erzählen." — „Ich schwöre bei Devī, daß ich nicht gehen werde."; oder in Erzählung 10: „Wenn du nicht in ein fremdes Haus gehst!" — „Ich beschwöre es bei der Geliebten des Hara, Papagei, daß ich nicht gehen werde!" — Der Umstand endlich, daß dieser Text noch nicht wie in den anderen Manuskripten mit Versen überladen ist, spricht nebenbei auch noch für ein höheres Alter, wobei besonders zu beachten ist, daß unter den etwa neunzig Strophen höchstens zwei in Prākṛt abgefaßt sind, während die übrigen Handschriften deren etwa vierzig zählen.

Wie steht es nun mit dem textus ornatior? Nun, auch er kann nicht als das ursprüngliche Werk bezeichnet werden, mag er auch noch so blumenreich erzählen und durchaus an dem Grundgedanken festhalten, daß nämlich allabendlich Prabhāvatī zu ihrem Buhlen gehen will, der Papagei sie fragt, ob sie wie die und die Frau, oder wie der und der Mann in der Verlegenheit Rat weiß, die betreffende Geschichte erzählt und mit der Angabe der rettenden List wartet, bis die Nacht vergangen ist, so daß dann Prabhāvatī nicht mehr ausgehen kann. Daß in der Tat der textus ornatior keineswegs das Grundwerk sein kann, ergibt sich zweifellos aus der Episode, die in beiden Texten mit der Erzählung 5 beginnt. Hier handelt es sich nämlich für den König Vikrama darum, zu erfahren, weshalb die gebratenen Fische, die er verspeisen will und die er seiner Gemahlin anbietet, über die Weigerung derselben, sie zu genießen, in Lachen ausbrechen. Seine Minister und Weisen sind nicht imstande, dieses Wunder zu erklären, weshalb der König sie verbannen will; sie bitten um eine Frist von fünf Tagen, nach Verlauf welcher Vikrama erfährt, weshalb die Fische gelacht haben. Auch im textus ornatior bitten die Räte des Königs um eine Bedenkzeit von fünf Tagen; wenn wir aber nun erwarten, in Erzählung 9 die Lösung der Frage zu finden, so sehen wir uns getäuscht! Der Bearbeiter vergißt in seinem Eifer völlig, was er vorher gesagt hat, und fügt noch acht Erzählungen hinzu, die inhaltlich sehr wohl hierher passen, aber natürlich die Illusion gründlichst zerstören; denn es war eben nur von fünf

Tagen die Rede und nicht von dreizehn; und so große Zugeständnisse wir auch immer der Phantasie des Inders machen müssen — hier sind wir am Ende unserer Nachsicht angelangt! Der textus ornatior ist eben eine spätere Bearbeitung der Śukasaptati, die außerdem wohl auch noch lokale Färbung zeigt. Sie ist inhaltlich später als der textus simplicior, wobei es natürlich sehr leicht möglich ist, daß dieser, so wie er uns jetzt vorliegt, später niedergeschrieben ist, als der textus ornatior; ich nehme es sogar für sicher an. Damit kommen wir nun zu der Frage, wann denn die Śukasaptati, das heißt also die ursprüngliche Fassung, schriftlich fixiert worden ist. Leider befinden wir uns da ganz in dem bekannten Dunkel der indischen Chronologie. Wir können auch hier, wie so oft in der Sanskritliteratur, eben nur ganz annäherungsweise die Grenzen angeben, innerhalb deren das Buch abgefaßt worden ist. Als untere Grenze wäre das XIV Jahrhundert anzusehen, indem hier die persische Übersetzung des Nachschabi angefertigt worden ist; das Datum derselben steht fest als das Jahr 1330. Wir erfahren aber zum Unglück aus Nachschabis Einleitung, daß er nicht der erste Bearbeiter der indischen Märchensammlung gewesen ist! Es heißt da nämlich nach Rosegartens Übersetzung (Touti Nameh von Iken und Rosegarten, Stuttgart 1822, p. 195): „Es gibt ein Buch, welches zweiundfünfzig Erzählungen enthält, die ein Weiser aus einer Mundart in die andere übertrug und aus der indischen Sprache in die persische Zunge übersetzte." Wer nun dieser „Weise" gewesen ist und zu welcher Zeit er gelebt hat, darüber erfahren wir durchaus nichts. Die angezogene Stelle ist aber für uns vor allem deshalb so interessant, weil wir daraus mit Gewißheit erfahren, daß das indische Buch die Grundlage für das persische bildet und dieses sonach das Bindeglied zwischen Orient und Okzident ist. Wenn es l. c. S. 196 im Widerspruch mit dem

Gesagten weiter heißt: „Wenn du nun jenes Original, welches die Urschrift des indischen Buches ist ." so hat Pertsch in dem obenerwähnten Artikel über Nachschabi diese Stelle auf Grund besseren Materials berichtigt und liest nun: „Jenes Original, dessen Urschriften indische Bücher sind." — Die obere Grenze der Abfassungszeit der Śukasaptati läßt sich noch weniger genau angeben als die untere. Allerdings zitiert der textus simplicior zwei Strophen aus Kālidāsas Kumārasambhava; aber was kann uns das helfen? Ganz abgesehen nämlich davon, daß sich diese Zitate nur in einer Handschrift finden, in allen anderen Texten aber fehlen — so ist ja doch die Möglichkeit vorhanden, daß sie viel später erst von einem gelehrten Abschreiber oder Leser interpoliert sein können! Und auch angenommen, sie wären nicht interpoliert, sondern hätten zu dem Bestande des Buches gehört, so hätten wir damit eben nur das Datum für den textus simplicior, nicht aber für das Grundwerk! Auch aus dem textus ornatior endlich läßt sich auch nur annähernd keine Zeitbestimmung herleiten. Er zitiert zwar die Strophe Bhōjaprabandha Nr. 318 (ed. Nirṇayasāgara Preß, Bombay 1896), als aus dem Bhaviṣyōttarapurāṇa stammend; aber das ist für uns leider nur leerer Schall! Jedenfalls lernen wir daraus nichts für das Grundwerk.

Wenn wir also über die Abfassungszeit der Śukasaptati Genaueres nicht zu sagen vermögen, so sind wir darüber um so mehr im klaren, daß diese Sammlung von Erzählungen innerhalb der übrigen Märchenbücher Indiens und somit auch des Okzidents eine wichtige Stellung einnimmt. Wir finden eine ganze Reihe von Geschichten aus der Śukasaptati im Pañcatantram, Hitōpadēśa und Kathāsaritsāgara; und wenn das zu interessanten Vergleichen schon Stoff genug gibt, so wächst derselbe riesengroß an, sobald wir die persischen, arabischen und türkischen Märchensammlungen in den Kreis unserer Betrachtungen ziehen und endlich noch die europäischen Geschichtsbücher nach Parallelen mit der Śukasaptati durchforschen. Da gibt es denn manches überraschende Ergebnis, wie denn z. B. die Fabel von Molières Médecin malgré lui als auf die Śukasaptati zurückgehend nachgewiesen ist: vergl. Zeitschrift für französische Sprache und Literatur XX, 1. Im einzelnen ist ja hier noch viel zu tun; denn wenn auch Benfey in seinem Werke über das Pañcatantra schon manches aus der Śukasaptati beigebracht hat, so geschah dies doch nur mehr nebensächlich. Er konnte auch nur die schlechte Petersburger Handschrift benutzen und kannte den textus ornatior wohl gar nicht. Überhaupt ist seitdem so viel neues Material geliefert worden, daß eine eingehende Untersuchung über die Verbreitung der einzelnen Geschichten der Śukasaptati sehr lohnend sein muß. Eine reiche Fundgrube von Parallelen zu diesen ist vor allem Sōmadēva und Boccaccio, einer von dem andern so weit entfernt und doch so oft miteinander in Übereinstimmung und voller Anklänge an das Papageienbuch, die nicht selten über ganze Erzählungen sich erstrecken. Besonders interessant ist das bei Boccaccio, dessen Erzählung von Wolfrat und der Donna Ambrogia (VIII, 1) der Geschichte von Ratikā und dem Goldschmiede Pulinda (= Marāṭhī-Śukasaptati Nr. 70 meiner Ausgabe) sehr ähnlich ist; andere Parallelen sind: II, 9, der Mann in der Kiste, der in das Schlafgemach geschafft wird (= Śuk. 21); VII, 4, die Frau, die einen Stein in den Brunnen wirft (= Śuk. 16); II, 10, Fasttage in der Ehe (= Śuk. t. o. 12); VII, 9, der verzauberte Baum (= Śuk. 28); VIII, 10, Betrug um Betrug (= Śuk. 23); VII, 6, die Frau mit zwei Liebhabern (= Śuk. 26) usw.

Es kann hier jedoch nicht meine Aufgabe sein, dieses Thema ausführlicher zu behandeln; es genügt vielmehr, darauf hinzuweisen, daß in der Tat die Erzählungen der

Sukasaptati eine ganz besonders große Verbreitung gefunden haben, was ja auch leicht zu erklären ist: erstens haben ja die Streiche schlauer Frauen stets etwas Anziehendes gehabt; dann aber ist eben die Sukasaptati so häufig bearbeitet und übersetzt worden, daß für das Bekanntwerden ihres Inhaltes alle Vorbedingungen gegeben waren.

Zum Schlusse gebe ich noch eine lateinische Version der obenerwähnten Geschichte von Ratikā, die ich als wenig bekannt voraussetze. Sie steht in den Nugae venales sive thesaurus ridendi et iocandi (Ausgabe von 1869), p. 73: "Quidam Francigena (ut est genus hominum fallax et versutum) in civitate Ticino a quodam cive centum aureos mutuo accepit, oppignorando ei aureum torquem: atque illius uxorem accedens, dixit: Hoc accipe, centum atque unam noctem voluntati meae obsequaris. Mulier praedae dulcedine capta (cum sit nummus optimum expugnandae pudicitiae instrumentum) consensit. Francus postridie expleta libidine virum accessit, suum torquem exegit, quoniam aureos omnes uxori illius reddiderit, quae conventa non potuit negare, frustraque Franco fuit obsequiosa." ("Ein gewisser Franzose, hinterlistig und verschlagen wie die Art Menschen sind, hatte in der Stadt Ticino von einem Bürger hundert Goldstücke gegen Verpfändung einer goldenen Kette geliehen; ging zu dessen Frau und sagte: ‚Nimm das und sei mir hundertundeine Nacht willfährig.' Durch die angenehme Beute gewonnen — denn Geld ist das beste Mittel, die Keuschheit zu besiegen — willigte die Frau ein. Als der Franke seine Begierde gestillt hatte, ging er tags darauf zu dem Manne, verlangte seine Kette zurück, da er ja seiner Frau alle Goldstücke übergeben habe. Sie konnte es auf Befragen nicht leugnen und war also dem Franken umsonst zu Willen gewesen.")

[Verbesserter Abdruck meiner Habilitationsschrift.]

Vorwort zu Tutinameh.

Als Iken im Jahre 1822 die nachstehend wieder abgedruckte Übersetzung veröffentlichte, gab er ihr unbegreiflicherweise den Titel: „Touti Nameh. Eine Sammlung Persischer Märchen von Nechschebi." Der wahre Verfasser ist nämlich — wie auf S. 3 zu lesen ist — Muhammed Kaderi [Kādirī], der aus dem Originalwerk, das in einer schweren und kunstreichen Sprache abgefaßt war, einen allen Kreisen der Leser verständlichen Auszug herstellte. Nechschebi vollendete sein Papageienbuch A. H. 730 = A. D. 1329, und zwar bearbeitete er darin ältere Erzählungen indischen Ursprungs, die schon vor ihm ins Persische übersetzt worden waren. Lange nach seiner Zeit, im XVII. Jahrhundert, verfaßte dann Kādirī seine einfachere und kürzere Märchensammlung, die von Gladwin Kalkutta 1800 mit englischer Übersetzung herausgegeben wurde.

Wenn auf den indischen Ursprung unserer persischen Texte nicht ausdrücklich in diesen selbst hingewiesen würde, so müßte man schon deshalb darauf geführt werden, weil bei Nechschebi die meisten Erzählungen nach Indien verlegt werden und Personen der indischen Geschichte oder Sage auftreten; überall erscheinen Brahmanen, die Fürsten tragen den Titel Rāj oder Rāja, die altindische Bezeichnung des Königs oder Regenten, und endlich weisen die Verwandlungen von Menschen und Tieren sowie die Anspielungen auf die Lehre von der Seelenwanderung auf Indien. Kādirī mag in Indien selbst gelebt und geschrieben haben, da er Redewendungen und Ausdrücke gebraucht, die dem in Indien gesprochenen Persischen geläufig sind: z. B. Rupie, Hun, Mohur, Lak, Dschogi usw.

Nechschebis Werk ist bedeutend umfangreicher als der Auszug; es ist in 52 Nächte oder Erzählungen eingeteilt, die aber tatsächlich noch viel mehr Erzählungen enthalten, indem in einer Nacht oft mehrere Geschichten vorgetragen werden, wobei in die Haupterzählung wiederum andere, für sich bestehende eingeschachtelt sind. Alle Geschichten sind dort beträchtlich länger; es wird viel ausführlicher erzählt, wodurch die Anschaulichkeit und die Motivierung meistens gewinnen; außerdem sind zahlreiche kleine Verse, Sprüche usw. eingefügt, z. B. Zitate aus arabischen Autoren, gelehrte Anspielungen und mannigfache Bilder. Alles das hat Muhammed Kādiri in seiner Bearbeitung absichtlich weggelassen, so daß der einfachere Stil derselben dem europäischen Geschmacke mehr zusagen dürfte als der des Nechschebi.

Dem hochheiligen Ganeśa Verneigung![1]

Nachdem ich mich vor der Göttin Śāradā[2] verneigt habe, die göttliches Wissen besitzt und verleiht, will ich zum Ergötzen der Herzen der Leser den Auszug aus den siebzig Erzählungen des Papageis erzählen.

Es gibt eine Stadt namens Candrapura; hier herrschte ein König namens Vikramasena. In dieser Stadt lebte ein Handelsherr mit Namen Haridatta, dessen Frau hieß Śṛṅgārasundarī. Sein Sohn hieß Madanavinōda; dessen Frau war Prabhāvatī; die war die Tochter des Großkaufmanns Sōmadatta. Madanavinōda war nun den Sinnengenüssen sehr ergeben und hörte als schlechter Sohn nicht auf seines Vaters Ermahnung; er frönte dem Spiel, der Jagd, den Hetären, dem Trunke usw. außerordentlich, so daß sein Vater Haridatta, da er diesen ungeratenen Sohn auf Abwegen wandeln sah, samt seinem Weibe gar betrübt ward. Sein Freund, ein Brahmane namens Trivikrama[3], der gesehen hatte, wie Haridatta von dem Kummer über den ungeratenen Sohn bedrückt war, brachte ihm bei einem Besuch einen in der Weltweisheit erfahrenen Papagei und eine Predigerskrähe[4] aus seinem Hause mit und sprach: „Freund Haridatta, bewahre diesen Papagei samt seinem Weibe wie ein Kind. Wenn du ihn gut hältst, wird dein Unglück ein Ende haben." — Da nahm Haridatta den Papagei an und übergab ihn seinem Sohne; und Madanavinōda tat ihn im Schlafgemach in einen goldenen Käfig und fütterte ihn.

1 Śukasaptati

Eines Tages nun sprach der Papagei unter vier Augen zu Madana: „Ei, Freund,

deine über dich betrübten Eltern benetzen vor Kummer die Erde mit ihren Tränen; wegen dieser Verschuldung wird es dir, mein Lieber, schlecht ergehen wie Dēvaſarman."

Jener fragte: „Wie war es damit?" — Der Papagei erzählte:

„Es gibt eine Stadt mit Namen Pañcapura, dort lebte der Brahmane Satyaſarman; seine Frau hieß Dharmaſīlā, sein Sohn aber Dēvaſarman. Als dieser studiert hatte, ging er, ohne seinen Eltern etwas davon zu sagen, in die Fremde und vollbrachte am Ufer der Bhāgīrathī 5 Bußübungen. Eines Tages, als sich der Büßer am Ufer der Gaṅgā 5 zum Gebete niedergesetzt hatte, ließ ein in die Höhe fliegendes Reiherweibchen in diesem Augenblicke seinen Kot auf dessen Körper fallen. Da blickte der Büßer mit zornfunkelndem Auge empor und im Nu sah er das Reiherweibchen, durch das Zornfeuer zu Asche verbrannt, auf die Erde herabfallen 6. Nachdem er so das Reiherweibchen verbrannt hatte, ging er, um Almosen zu erbetteln, nach dem Hause des Brahmanen Nārāyaṇa. Dessen Frau, die ganz im Gehorsam gegen ihren Gatten aufging und deshalb den Büßer warten ließ, machte dem darüber zornigen Mörder des frommen Vogels Vorwürfe und sprach zu ihm: ‚Dein Zorn kann mir nichts anhaben, wie es dem Reiherweibchen geschah!' Voll Furcht und Staunen darüber, daß sie um seine heimliche Freveltat wußte, ließ er sich von ihr nach Benares zu Dharmavyādha, dem tugendsamen 7 Jäger schicken. Er fand ihn, wie er mit blutbesudelten Händen, dem Todesgotte gleich, Fleisch verkaufte und trat in den Bereich seiner Augen. Da führte ihn der Jäger, nachdem er sich nach seinem Befinden erkundigt hatte, in seine Behausung, gab seinen Eltern ehrfurchtsvoll zu essen und setzte ihm dann

Speise vor. Nun fragte der Brahmane den Jäger nach der Erlangung des Wissens jener Frau: ‚Woher hat die Trefflliche ihr Wissen und woher du?' — Der Jäger sprach:

‚Wer die Pflicht gehörig erfüllt, die von seiner Kaste überliefert wird, der bleibt unberührt von größten, kleinen und kleinsten Widerwärtigkeiten.

Der Mann ist ein rechter Hausvater, ein Heiliger, ein Trefflicher, ein Yogin 8, ein Pflichtgetreuer, der beständig seinen Eltern gehorsam ist und die rechte Mitte innehält. Auf diese Weise besitzen wir, jene und ich, das Wissen; du aber, der du deine Eltern verlassen hast und dich herumtreibst, bist nicht wert, mit meinesgleichen zu reden; aber da ich in dir den Gast sehe, habe ich mit dir gesprochen.' — Nach diesen Worten fragte der Brahmane demütig den Jäger um Rat, und dieser sprach:

‚Wer Verehrungswürdige nicht verehrt und Achtbare nicht achtet, der wird bei Lebzeiten verachtet und kommt nach dem Tode nicht in den Himmel.' —

So von diesem Jäger ermahnt, ging er in seine Heimat zurück und ward hienieden berühmt und im Jenseits eine Stätte des Ruhmes.

Darum gedenke der Pflichten des Kaufmanns, wie sie deiner Familie zukommen und sei deinen Eltern untertan."

So angeredet, brachte Madana seinen Eltern seine Verehrung dar, ging mit ihrer Erlaubnis zu Schiffe, nachdem er sich von seiner Frau verabschiedet hatte und begab sich in die Fremde.

Als nun seine Frau einige Tage in Kummer versunken hingebracht hatte, bekam sie, von leichtsinnigen Freundinnen beschwatzt, alsbald Verlangen nach einem fremden Manne. Sie sagten nämlich folgendes:

‚So lange gibt es einen Vater und ebenso einen Verwandten, so lange man lebt; wenn es erst heißt: tot! tot!, dann hört die Liebe im Nu auf.

Da du nun deinen Mann nicht hier haft, so genieße deinen Leib, dessen Jugendfrische ja nur wenige Tage dauert, indem du mit einem fremden Manne der Liebe pflegst.' — Als sie nun auf deren Worte hin Schmucksachen angelegt hatte und sich anschickte, zum Liebesgenusse mit einem Buhlen namens Gunacandra zu gehen, machte ihr die Predigerskrähe Vorwürfe und rief, sie sollte nicht ausgehen. Während sie nun diese Predigerskrähe durch Umdrehen des Halses töten wollte, flog sie auf und davon. Da blieb sie einen Augenblick betroffen stehen, gedachte in ihrem Herzen ihrer Schutzgottheit, nahm Betel und wollte dann gehen, als der Papagei sprach: „Guten Erfolg! Wohin geht es?" So und ähnlich fragte er sie. Lächelnd antwortete sie ihm, indem sie das Wort des Papageis für ein günstiges Vorzeichen nahm: „Ei, Papageienkönig, ich bin auf dem Wege, zu versuchen, wie ein fremder Mann schmeckt." — Der Papagei entgegnete: „Das ist ein treffliches Vorhaben, aber gefährlich und bei anständigen Frauen anstößig. Ja, du magst in dem Falle gehen, daß du bei Eintritt einer Verlegenheit Klugheit besitzst; sonst wirst du eine Demütigung erfahren. Denn:

Böse Menschen suchen bei dem Eintritt eines Mißgeschickes immer etwas Neues, wie das geile Weib, als der junge Kaufmann bei den Haaren gepackt wurde."

Da fragte sie samt ihren Freundinnen freundlich und sprach hastig: „Was ist das, Papagei, was du da sagtest?" „Falls du Verlangen hast, Schönbrauige, dann gehe wegen des Buhlen hin, Schöne; später magst du dann diese außerordentliche Geschichte hören, wenn du ruhig geworden bist."

Nachdem sie diese Worte des Papageis gehört hatte, setzte sie sich in ihrer Behausung nieder, da sie im Herzen voller Neugier war, und der Papagei erzählte die Geschichte:

„Es gibt eine Stadt Candrāvatī, über diese herrschte ein König mit Namen Bhīma. Dort war ein gewisser Suthana, des Großkaufmanns Mōhana Sohn, der wünschte mit Lakṣmī, der Frau des in jener Stadt ansässigen Haridatta, zu buhlen: aber sie war nicht damit einverstanden. Da begab er sich zu einer Kupplerin namens Pūrṇā, gewann sie durch reichliche Geldspenden und schickte sie, als Haridatta aus der Stadt gegangen war, als Unterhändlerin in dessen Haus. Durch artige Worte gewann sie nun Lakṣmī, so daß diese in ihrer Hingebung rief: ‚Um was du bittest, das will ich erfüllen.' — Pūrṇā sprach: ‚So genieße den Mann, den ich dir angeben werde!' — Jene antwortete: ‚Das schickt sich nicht für anständige Frauen; aber was ich dir versprochen habe, das halte ich auch. Und es heißt:

Mag ihnen der Kopf abgehauen werden, oder mögen sie eingesperrt werden; mag das Glück sie in jeder Weise verlassen: guten Menschen mag bei dem Halten eines Versprechens geschehen, was da will.

Die Fessel des gegebenen Wortes ist für einen guten Mann stärker als selbst die Fesseln der Pferde, die mit starken eisernen Ketten und verschiedenartigen Stricken gebunden sind.

Auch heute noch läßt ja Hara das Kālakūṭa-Gift 9 nicht fahren; auch heute noch trägt ja die Schildkröte die Erde auf ihrem Rücken; auch heute noch birgt der Ozean das schwer zu ertragende Bāḍava-Feuer 10: gute Menschen halten ihr Versprechen.'

Als Pūrṇā das gehört hatte, sprach sie erfreut: ‚So ist es!' — Nachdem sie nun diese Lakṣmī gewonnen hatte, führte sie sie am Abend, der die Tugend betören hilft, in ihr Haus. Nun kam aber jener Buhle, da er irgendein Geschäft usw. zu besorgen hatte, zur festgesetzten Zeit nicht. Da sprach die verliebte Lakṣmī: „Hole irgendeinen beliebigen Mann herbei!" — Darauf brachte die dumme Pūrṇā deren Gatten.

Wie soll sie nun, da ihr Mann gekommen war, bestehen? Wie soll sie ungestraft nach Hause kommen? Das magst du oder deine Freundinnen erzählen." — Diese sprachen: „Wir wissen es nicht; sage du es!" — Der Papagei antwortete: „Wenn du nicht ausgehen wirst, will ich es erzählen." — Sie sprach: „Ich werde nicht gehen." — Der Papagei: „Als jene merkte, daß ihr Mann sich näherte, packte sie ihn bei den Haaren und rief: ‚Ha, du Falscher, immer sagst du zu mir, daß du außer mir keine Geliebte hast: heute habe ich dich auf die Probe gestellt und durchschaut.' Also zürnte sie. Mit Mühe besänftigte er sie mit recht freundlichen Worten und führte sie nach Hause."

Als die Geliebte des Kaufmannes diese von dem Papagei erzählte, Furcht und Staunen erregende Geschichte gehört hatte, legte sie sich in der Nacht mit der Schar der Dirnen schlafen.

So lautet in der Śukasaptati die erste Erzählung.

Am folgende Tage, bei Anbruch der Nacht, machte sie sich ebenso mit den Freundinnen zusammen auf den Weg, nachdem sie dem Papagei Lebewohl gesagt hatte; und der Papagei sprach zu ihr folgendermaßen:

„Gehe nach Herzenslust, Schönhüftige, falls du bei dem Nahen einer schweren Verlegenheit ein Gegenmittel weißt wie Yaśōdēvī."

Darauf fragte Prabhāvatī: „Wer war denn Yaśōdēvī? Wann gebrauchte sie eine List? Bei welcher Gelegenheit? Und wie war sie?" — Der Papagei: „Wenn ich das erzähle, dann wird mir dein Zorn das Leben nehmen, weil ich dich um die Liebeslust bringe." — Sie sprach: „Von Freunden muß man Angenehmes und Unangenehmes anhören." — Nach solcher Ermunterung sprach der Papagei:

„Es gibt eine Stadt mit Namen Nandana; dort herrschte ein König namens Nandana, dessen Sohn hieß Rājaśēkhara, und dessen Frau Śaśiprabhā. Als des Dhanasēna Sohn, Vīra mit Namen, diese erblickt hatte, wurde er so verliebt, daß er Fieberqualen 11 litt und keine Nahrung zu sich nahm. Von seiner Mutter Yaśōdēvī nach dem Grunde seines Benehmens befragt, nannte er stockend die Ursache. Nun ist die Königstochter schwer zu erlangen: wie soll er da am Leben bleiben? Das ist die Frage." — Sie sprach: „Erzähle du es!" — Der Papagei: „Prabhāvatī, wenn du heute nicht ausgehst, dann will ich es erzählen." — Nach diesen Worten sprach sie: „Erzähle!" — Also sprach der Papagei:

„Yaśōdēvī gewöhnte eine Hündin durch Futtergeben usw. an sich, tat ihr Schmucksachen um, ging mit ihr zu Śaśiprabhā und sprach unter vier Augen stockend zu ihr: ‚Ich und du und diese, wir waren in einer früheren Geburt 12 Schwestern. Ich befriedigte ohne Scheu, du aber voll Zagens das Gelüst nach fremden Männern; diese hier aber gar nicht. Darum hat sie wegen ihrer hohen Sittsamkeit nur Erinnerung an die frühere Geburt, aber keine Genüsse und ist als Hündin wiedergeboren worden; du hast keine Erinnerung an die frühere Geburt, weil deine Genüsse nicht ungehindert stattfanden; ich endlich habe ungehinderte Erinnerung an die frühere Geburt, da meine Genüsse ungehindert stattfanden. Da ich nun diese Hündin und dich sah, bin ich aus Erbarmen gekommen, dir das zu erzählen. Darum erfülle also denen, die dich darum bitten, ihr Verlangen. Wer Spenden austeilt, der ist die Stätte aller Glücksgüter. Und es heißt:

Die Almosenbettler bitten nicht, sondern verkünden Haus für Haus: ‚Gebt beständig den Dürftigen; wer nicht gibt, erntet als Lohn unser Schicksal!'

Da fiel Śaśiprabhā ihr weinend um den Hals und sprach: ‚Beste, bringe mich auch mit einem fremden Manne zusammen!' — Da führte Yaśōdēvī diese, nachdem sie sie auf diese Weise gewonnen hatte, mit Wissen ihres Gatten in ihr Haus und gesellte sie zu ihrem Sohne; Rājaśēkhara aber, der durch Spenden von Geld usw. erfreut wurde, dachte, es wäre eine Freundin und wehrte ihr nicht.

Nachdem die außerordentlich kluge Yaśōdēvī so Königssohn und Königstochter betrogen hatte, Herrin, hatte sie ihr Vorhaben durchgesetzt.

Wenn du solche Klugheit besitzt, dann gehe, Schönbrauige, zu dem Buhlen; anderenfalls pflege des Schlafes, Langäugige 13, und mache dich nicht selbst zum Gespötte."

Als Prabhāvatī diese Erzählung des Papageis gehört hatte, legte sie sich schlafen.

So lautet in der Śukasaptati die zweite Erzählung.

Am folgenden Tage nun fragte Prabhāvatī den Papagei um Rat. — Der Papagei sprach:

„Gehe, Herrin, — was ist da zu verwundern? — wohin dein Herz verlangt, wenn du wie der Fürst verstehst, dir selbst zu helfen."

Prabhāvatī fragte: „Wie war das?"

Der Papagei erzählte: „Es gibt eine Stadt Viśālā; dort lebte der König Sudarśana und ein Kaufmann namens Vimala. Ein Betrüger mit Namen Kuṭila, der dessen zwei schöne, anmutsvolle Frauen erblickt hatte, betete, in dem Verlangen, diese beiden Frauen zu besitzen, die Göttin Ambikā*) an und bat um das Aussehen des Vimala; und als er dessen Äußeres bekommen hatte, begab er sich, als Vimala einmal ausgegangen war, in dessen Haus und spielte den Herrn. Durch huldvolles Wesen und Geldspenden gewann er die ganze Schar der Diener für sich, die beiden Frauen erfreute er durch Ehrenbezeugungen, Spenden usw. und genoß sie nach Herzenslust: ‚Dieser Vimala ist freigebig geworden, da er von der Vergänglichkeit des Geldes usw. gehört hat' — so dachten die Diener immer-

*) Die Gemahlin des Gottes Śiva.

fort. Als nun der echte Vimala auf die Tür zu kam, ward er auf Befehl des Kutila von dem Türhüter angehalten. Da stand er draußen und schlug Lärm: ‚Von einem abgefeimten Spitzbuben bin ich betrogen worden!' — Als er so schrie, kamen seine Verwandten aus Neugierde zusammengelaufen. Sogleich verließ der Kaufherr die Markthallen, ging mit ihnen zu dem Polizeiminister und schlug Lärm: ‚König, ich bin von einem abgefeimten Spitzbuben betrogen worden!' — Da sandte der König Männer hin, um das zu untersuchen; aber jener machte sie sich ebenfalls durch Spenden von Geld usw. geneigt. Da die Leute nun den Freigebigen im Hause gesehen hatten, sprachen sie: ‚Herr, Vimala ist daheim; dieser hier draußen ist ein abgefeimter Betrüger.' — Darauf ließ der Herrscher beide nebeneinander hintreten: da konnte niemand unterscheiden, wer unter den zwei der Falsche und wer der Echte sei. Nun erhob sich ein gewaltiger Lärm, so daß alle Welt von ihrer Beschäftigung abgehalten wurde; der König aber ward getadelt. Denn der König kommt in den Himmel, wenn er die Bösewichte bestraft und die Trefflichen beschützt. Und es heißt:

Das Feuer, welches aus dem Brande der Qual der Untertanen entsteht, erlischt nicht eher, als bis es des Königs Glück, Stamm und Leben verbrannt hat.

Darauf dachte der König in der Einsamkeit darüber nach, wie er die beiden unterscheiden könnte. Darum erzähle: wie war seine Entscheidung? So lautet die Frage." Da Prabhāvatī die Antwort nicht fand, sprach der Papagei:

„Als der König das Mittel gefunden hatte, ließ er die beiden Frauen des Vimala einzeln antreten und fragte: ‚Was für Schmucksachen und Geld hat euch der Gatte bei der Hochzeit gegeben? Was ward weiter gesprochen? und wie war bei dem ersten Zusammensein die Unterhaltung mit dem Gatten? Wer ist die Mutter und wer der Vater?

Wie das Geschlecht? Wie die Herkunft?' — Nachdem sie danach gefragt worden waren, erzählten sie alles: wie sie beschenkt worden waren, wie es hergegangen war, was sie gesprochen und wie sie geschlafen hatten. Darauf aber wurden die beiden miteinander in Streit liegenden Männer gefragt: da war derjenige der Echte, der übereinstimmend mit den beiden Frauen, Rukminī und Sundarī mit Namen, aussagte; der andere aber, der Betrüger, ward von dem Könige verbannt, während der Echte, von dem Könige samt seinen Frauen ehrenvoll behandelt, nach Hause ging. Das war die gewaltige Klugheit des Königs."

Als Prabhāvatī diese Erzählung gehört hatte, legte sie sich schlafen.

So lautet in der Śukasaptati die dritte Erzählung.

Am folgenden Tage nun fragte Prabhāvatī den Papagei, und dieser sprach: „Gehe nicht, indem du auf mich nicht achtest. Denn auch von einem Kinde soll man gute Lehre annehmen.

Bei der Heirat mit Viṣakanyā, Herrin, geriet einst der Brahmane ins Unglück, da er die Worte der Alten nicht befolgte, sondern sie verachtete."

Prabhāvatī fragte: „Wie war das?" — Der Papagei: „Es gibt eine Brahmanenkolonie namens Sōmaprabha; dort lebte ein unterrichteter, tugendsamer Brahmane mit Namen Sōmaśarman. Dessen Tochter, die mit den Vorzügen der Schönheit und Würde geschmückt war, war bekannt unter dem Namen Viṣakanyā 14. Deshalb fürchtete sich ein jeder, sie zu heiraten. Da zog Sōmaśarman im Lande umher nach einem Freier und kam dabei nach einer Brahmanenkolonie namens Janasthāna. Dort wohnte ein beschränkter und armer Brahmane mit Namen Gōvinda: dem gab er seine Tochter; und trotz der Abmahnungen seiner Freunde, die er verachtete, heiratete er die mit allen

Vorzügen von Schönheit und Anmut ausgestattete, bestrickende Viśakanyā. Diese war gescheit, Gōvinda aber dumm und betagt: darum bejammerte sie nun ihre Schönheit, Anmut und Jugend.

Ein dummer Ehemann, ein tugendhafter Liebhaber bei frechen Weibern, wenig Geld bei Tugendhaften, die gern freigebig wären — das ist böse!

Verreistsein zur Zeit der Regenperiode, ebenso Armut zur Zeit der Jugend, Trennung der ersten Liebe — das sind drei große Schmerzen.

Ein Vortrag bei unpassender Gelegenheit; ein Lied, das von jemand gesungen wird, der keine Stimme hat, und Liebesgenuß mit einer, die spricht: ‚Nicht doch! Nicht doch!' — das sind drei große Schmerzen.

Eines Tages sprach sie zu ihrem Manne Gōvinda: ‚Seit ich aus meines Vaters Hause gegangen bin, sind viele Tage verflossen. Darum will ich mit dir zurückkehren; nicht anders!' — Da kaufte er einen Wagen und begab sich mit seiner Frau auf die Reise. Während er dahinfuhr, begegnete ihm unterwegs ein junger, gesprächiger, hübscher, kräftiger Brahmane mit Namen Viṣṇu, und zwischen diesem Brahmanen und der Frau entstand gegenseitige Zuneigung. Und es heißt:

Liebe entsteht zuerst durch die Augen; dann folgt das Gedenken an das Haften im Herzen, Schlaflosigkeit, Abmagern, Vernachlässigung der Körperreinigung, Absterben der Sinnestätigkeit, Aufhören des Schamgefühls, Wahnsinn, Ohnmacht und Tod: in diese zehn Stadien kommen die Leute; mit diesen sich einbohrenden Blumenpfeilen siegt Madana 15, der Überwinder aller Bogenschützen.

Der Wanderer gab den beiden Eheleuten eine Menge Betelblätter, so daß auf diese Weise der Tölpel von Brahmane zu Viṣṇu Vertrauen faßte und ohne Furcht, er könnte ausgeschlossen werden, von dem Wagen stieg und jenen aufsitzen ließ. Als nun der Ehemann einmal hinter einen Baum getreten war, genoß Visnu die Schöne und gewann sie für sich; sie unterrichtete ihn auch über ihren Namen, ihre Sippe und ihren Stammbaum. Als der Mann dann zurückkam und auf den Wagen steigen wollte, ward er daran gehindert, indem es hieß: ‚Du bist ein Räuber!' — Visnu schlug auch auf Gōvinda los, während er die Frau für sich in Anspruch nahm; so wurden beide handgemein. Gōvinda wurde aber von Visnu überwunden, da Viṣakanyā diesen unterstützte. Darauf machte sich Visnu mit dieser auf den Weg nach seinem Hause. Gōvinda folgte ihnen auf dem Fuße, ging in ein am Wege liegendes Dorf und schlug Lärm: ‚Dieser Räuber hat mein Weib geraubt; kommt ihr zu Hilfe! Ihr Leute seid meine Zuflucht!' — Da ließ der Dorfschulze Visnu samt der Schönen greifen; und auf Befragen antwortete Visnu: ‚Das ist mein rechtmäßiges Weib. Als dieser Wanderer unterwegs diese meine Frau erblickt hatte, wurde er toll.' — Eben dasselbe antwortete Gōvinda, als er verhört wurde. Da fragte der Minister, als er ihre gleichen Aussagen vernommen hatte, nach ihrer Herkunft usw. Aber alles dreies stimmte überein. Wie soll da nun entschieden werden?" So lautete die Frage des Papageis.

Darauf sprach der Papagei, von jener gefragt: „Der Minister sprach: ‚Wieviel Tage seid ihr auf eurer Reise schon zusammen?' — Sie antworteten: ‚Heute morgen nach dem Essen haben wir uns getroffen.' — Darauf fragte der Minister die beiden Brahmanen einzeln: ‚Was hat diese heute morgen bei der Mahlzeit genossen?' — Da wußte Gōvinda, was sie gegessen hatte, der andere aber nicht: da ward er von dem Minister bestraft, Gōvinda aber ward belehrt: ‚Pfui, jage diese Brahmanin sogleich fort, die hier wie dort nur Unheil bringt. Es heißt ja:

Einen dem Trunke ergebenen Arzt; einen Schauspie=

ler, der seine Rolle schlecht gelernt hat; einen Dummkopf, der als Bettler wandert; einen feigen Krieger; einen abgelebten Lebemann; einen Brahmanen, der nicht betet; ein Reich, das einen jungen Fürsten und keinen Minister hat; einen hinterlistigen Freund, und eine Gattin, die auf ihre Jugend stolz ist und mit einem andern buhlt, wer die aufgibt, der ist klug.'

Trotzdem aber nahm er, voll Gier nach der Geliebten, diese wieder auf, von den Guten geschmäht; setzte seine Reise fort und ward unterwegs um ihretwillen getötet.

Darum Herrin, wer von Alten belehrt diese also mißachtet, der findet den Untergang, wie der Brahmane Govinda."

Als Prabhāvatī diese Erzählung gehört hatte, legte sie sich schlafen.

So lautet in der Śukasaptati die vierte Erzählung.

Am nächsten Tage fragte sie den Papagei wiederum, um zu gehen. Der Papagei entgegnete:

„Gehe, Herrin, wenn du eine Antwort zu geben weißt, wie Bālapaṇḍitā in schwieriger Lage in dem Saale des Herrschers."

Von Prabhāvatī befragt erzählte der Papagei die Geschichte:

„Es gibt eine Stadt namens Ujjayinī; dort herrschte König Vikramāditya. Dessen erste Gemahlin, Kāmalīlā mit Namen, stammte aus edelstem Geschlechte und war dem Könige sehr lieb. Eines Tages, als der Herrscher mit ihr zusammen speiste und ihr dabei gebratene Fische anbot, sprach sie: „Herr, ich bin nicht imstande, diese Männer auch nur anzublicken; wie könnte ich sie wohl anfassen!" — Als die Fische das gehört hatten, brachen sie darüber in ein so lautes schallendes Gelächter aus, daß es die Leute in der Stadt hörten. Der König befragte die Zauberer, Astrologen und Zeichendeuter nach der Ursache dieses Lachens der Fische. Als es niemand wußte, sagte er zu dem Hauspriester, dem Ersten aller Brahmanen: ‚Du sollst den Grund des Lachens der Fische angeben, sonst wirst du aus dem Lande vertrieben werden.' — Als der Hauspriester dies Wort vernommen hatte, bat er um eine Beratungsfrist von fünf Tagen und ging bestürzt nach Hause. Dieser Hauspriester wird von dem Könige verbannt werden, wenn er die richtige Antwort nicht zu geben weiß: wie soll er bestehen? So lautet die Frage."

Der Papagei gab auch die Antwort: „Der bestürzte Brahmane ward von seiner Tochter Bālapaṇḍitā angeredet: ‚Vater, warum siehst du aus wie bis ins Herz erschrocken? Nenne den Grund deiner Bestürzung. Wissende sollen auch im Unglück aufrecht dastehen! Und es heißt:

Wer im Glück sich nicht freut, im Unglück nicht bestürzt und im Kampfe standhaft ist: der ist eine Zierde der drei Welten; selten gebiert eine Mutter einen solchen Sohn.

Darauf erzählte der Brahmane die ganze Geschichte: ‚Aus diesem Grunde will der König mich aus der Stadt verbannen. Denn:

Mit niemandem gibt es in der Welt Freundschaft, oder Vertrauen, oder Liebe, oder Verwandtschaft: woher wohl mit einem hinterlistigen Könige!

Und es heißt:

Reinlichkeit bei der Krähe; Ehrlichkeit bei dem Spieler; Milde bei der Schlange; Aufhören des Liebestriebes bei den Frauen; Mut bei dem Eunuchen; philosophisches Denken bei dem Säufer; ein König als Freund: wer hat solches je gesehen oder gehört?

Ferner:

Vertrauen soll man nicht hegen zu Flüssen, Tieren mit Krallen, Tieren mit Hörnern, Leuten, die eine Waffe in der Hand tragen, Frauen und Königsgeschlechtern.

Geringelt (genußsüchtig), mit einem Panzer versehen, grausam, in Windungen gehend, schwer zu beschleichen: so gleichen die Könige Schlangen.

Durch bloßes Lachen tötet der Fürst; durch bloßes Ehrenweisen der Bösewicht; durch bloßes Berühren tötet der Elefant; durch bloßes Beriechen die Schlange.

Wiewohl ich diesem Könige von Kindheit an gedient habe, ist er doch ungnädig gegen mich geworden: wenn ich also am Leben bleiben will, muß ich mit den übrigen Brahmanen in ein anderes Land gehen. Und es heißt:

Einen Menschen gebe man auf um der Familie willen; die Familie gebe man auf um des Dorfes willen; das Dorf gebe man auf um des Landes willen; die Erde gebe man auf um seiner selbst willen.'

Als das Mädchen das Wort des Vaters gehört hatte, sprach sie: ‚Vater, du hast recht gesprochen; aber Herrenlose finden keine Achtung. Denn es heißt:

Der Letzte wird der Erste sein, wenn er dem Fürsten dient; der Erste aber wird der Letzte sein, wenn er keinen Dienst tut. Den in der Nähe befindlichen Mann allein ehrt der Fürst, mag er auch ohne Wissen, aus niedrigem Geschlechte oder namenlos sein: Herrscher, Weiber und Schlingpflanzen halten sich gewöhnlich an den, der in der Nähe ist.

Mit der Zeit kommen die Diener sogar über einen Herren, der sie abschüttelt: in der Nähe befindlich überlegen sie, was seinen Zorn besänftigen könne.

Und so sagt man:

Für Wissende, Hochstrebende, Kunstbeflissene und Heldenmütige sowie des Dienens Kundige gibt es keine andere Stätte außer dem Herrscher.

Wer durch Geburt usw. vielvermögend sich nicht an den Herrscher anschließt, für den ist als Sühne lebenslängliches Bettelbrot bestimmt worden. Wer von Krank=

heiten, Dämonen und Fürsten heimgesucht kein Mittel, Zauberspruch und Hilfe weiß, der Tor, der, mein Vater, steht sicherlich nicht fest.

Und es heißt:

Wenn man sieht, wie Schlangen, Tiger, Elefanten und Löwen mit List bezwungen werden, was für eine Kleinigkeit ist da ein König für Kluge, Bedächtige!

Und so:

Eine hohe Stelle nimmt der Wissende ein, wenn er sich an den König hält: der Sandelbaum gedeiht nirgends, außer auf dem Malaya.

Weiße Sonnenschirme, schöne Rosse und brunsttolle Elefanten gibt es immerdar, wenn der Fürst gnädig gesinnt ist.

Darum, Vater, bist du von dem Könige zu ehren und ein Gefäß seiner Gnade: so sei denn nicht bestürzt in diesem Zweifelfalle. Denn:

Wenn den König ein gefährlicher Dämon gefangen hält, wo man nicht weiß was tun, dann beseitigen die Minister die Zweifel der in Ungewißheit lebenden Könige.

Darum sei unverzagt, Vater! Ich werde in Gegenwart des Königs Auskunft geben über das Lachen der Fische. Nimm ein Bad und iß.' — Nachdem er nun das getan hatte, ging er zu dem Könige und meldete alles. Erfreut ließ der Fürst sie kommen. Nachdem sie einen Segenswunsch gesprochen hatte, redete sie den König an: ‚König, strafe die Brahmanen nicht leichtsinnig! Hast du etwa ein solches Lachen der Fische schon je gesehen oder gehört? Schämst du dich nicht, mich, eine Frau, zu befragen? Denn:

Kein anderer Fürst ist dir zu vergleichen: du Feindebedränger in göttlicher Gestalt hast mit Recht den Namen Vikramāditya*).

Und es heißt:

*) „Sonne der Kraft."

Von Indra die Majestät, von dem Feuer die Glut, den Zorn von Yama, von Vāiśravaṇa den Reichtum, Trefflichkeit und Beharrlichkeit von Rāma und Janārdana 17 — so wird der Leib des Königs geschaffen.

Herr, warum denkst du nicht selbst darüber nach? Du bist ja doch der Löser aller Zweifel? Nun, wenn du es von anderen hören willst, so höre:

Diese hochgetreue Königin berührt diese Fische nicht, da sie einen männlichen Namen haben: darum, König, lachten die Fische; das ist gewiß.

Immer magst du, König, den Sinn dieses Verses im Herzen erwägen; sonst, wenn du mich nochmals fragst, Herr, bist du unklug.

König, wie sollte bei der Gattin des Königs, die die Sonne nicht sieht*), die Besorgnis Platz finden, daß sie unedel handelte?' —

Wiewohl der Sinn des Verses offen angedeutet worden war, wußten die Weisen samt dem Fürsten, die sich doch auf alle Dinge verstanden, das Lachen der Fische nicht zu erklären.

Da erhob sich Bālapaṇḍitā sogleich, als sie ihn so töricht sah, und ging heim." — Der Papagei sprach: „Ich will morgen weitererzählen."

Als Prabhāvatī diese Worte des Papageis gehört hatte, legte sie sich schlafen.

So lautet in der Śukasaptati die fünfte Erzählung.

Am folgenden Tage nun sprach Prabhāvatī zu dem Papagei: „Papagei, hat der König den schwierigen Fall mit dem Lachen der Fische erkannt oder nicht?" — Der Papa-

*) Sie ist angeblich so keusch, daß sie die Sonne nicht ansehen mag, die im Sanskrit auch männlichen Geschlechtes ist.

gei sprach: „Da der Herrscher den Sinn des Verses nicht verstand, so fand er keinen Schlaf. Und es heißt:

Woher sollte denen wohl Schlaf kommen, meine Beste, die von Schulden und Krankheit gequält sind, deren Weiber sich nichts sagen lassen und endlich die, welche Feinde haben?

Als der König in seiner Schlaflosigkeit die Nacht mit Mühe hingebracht hatte, ließ er am Morgen Bâlapaṇḍitâ holen und sprach: ‚Mädchen, den Sinn des Verses habe ich nicht erfaßt; darum nenne du den Grund des Lachens der Fische.' — Sie entgegnete: ‚König, frage mich nicht. Denn:

Hierbei wird dich Reue treffen, wie es der Frau des Kaufmanns erging, die ihren Mann hartnäckig fragte, woher die Brote kämen.'

Der König: ‚Wie war das?' — ‚Es gibt hier eine Stadt namens Jayantî; dort wohnte ein junger Kaufmann namens Sumati; dessen Frau hieß Padminî. Wegen Mangels an verdienstlichen Werken verlor dieser Kaufmann sein Vermögen und wurde von den Leuten im Stiche gelassen. Die Menschen sind ja nur dem Gelde freund! Und es heißt:

Wer Geld hat, hat auch Freunde; wer Geld hat, hat auch Angehörige; wer Geld hat, gilt in der Welt für einen Mann; wer Geld hat, ist auch gelehrt.

Und so im Bhârata 18:

Fünf gelten als tot, ob sie gleich leben, o Bhârata: der Arme, der Kranke, der Dummkopf, der in der Fremde Weilende und der beständig Dienende.

Und so:

Hier in der Welt wird ja sogar ein Fremder, wenn er nur der Reichen einer ist, zum Anverwandten; ein Anverwandter, wenn er zu den Armen gehört, alsbald zum schlechten Menschen.

Er sammelte nun Gras, Holz usw. und verkaufte es in der Stadt. Eines Tages hatte er im Walde kein Gras, Holz usw. gefunden, wohl aber einen aus massivem Holze gefertigten Beseitiger der Hindernisse*). Da überlegte er: ‚Was wird der mir anhaben, wenn ich ihn zerhacke und verkaufe?' Und es heißt:

Welche Sünde begeht nicht ein Hungriger! In Not befindliche Menschen sind erbarmungslos: denn um des Lebens willen arbeiten sie, und was Gute nicht billigen, das billigen sie.

Indem er sich anschickte, den Vināyaka zu zerhacken, sprach dieser freundlich: ‚Ich will dir Tag für Tag je fünf Brote mit Sandzucker und Schmelzbutter geben; komm morgens in meinen Tempel. Aber erzähle niemandem dies Geheimnis; tust du es doch, dann wird mein Wort rückgängig gemacht werden.' — Nachdem jener zugesagt hatte, konnte er seiner Frau stets fünf Brote bringen; und seine Frau sättigte mit diesen göttlichen, mit Schmelzbutter und Sandzucker versehenen fünf Broten ihre Familie; auch brachte sie stets von diesen Broten in das Haus der Verwandten und schickte beständig ihrer Freundin Mandōdarī, daß sie sich sättigte. Eines Tages fragte die Freundin sie nach der Herkunft der Brote, Padminī aber wußte es nicht. Da sagte die Freundin zu ihr listigerweise: ‚Freundin, wenn du mir das Geheimnis nicht erzählst, was ist das dann für eine Liebe?' — Und es heißt:

Man gibt und erhält wieder; man erzählt ein Geheimnis und fragt danach; man bewirtet und wird bewirtet; sechsfach ist das Kennzeichen der Freundschaft.

Darauf sprach Padminī: ‚Mein Mann will mir dies Geheimnis durchaus nicht erzählen, wiewohl ich ihn hundertmal gefragt habe.' — Jene entgegnete: ‚Dann ist dein

*) Die hölzerne Bildsäule des Gottes Ganeśa.

Leben, deine Schönheit und Jugend, alles eitel, da du das nicht erfahren konntest.' — Darauf fragte Padminī ihren Mann: ‚Woher bekommst du die Brote?' — Der Mann antwortete: ‚Durch Schicksalsgunst! — Und es heißt:

Selbst aus einem anderen Weltteile, sogar aus der Mitte des Ozeans, sogar von dem Ende der Welt holt das Schicksal das Erwünschte sogleich herbei, wenn es sich uns zuneigt. Ferner:

Einer Schlange, die vor Hunger abgemagert war, während sie in einem Korbe zusammengerollt lag und die Sinne vor Hunger ihr ermattet waren, fiel in der Nacht eine Maus, die in diesen Korb ein Loch gemacht hatte, von selbst in den Rachen; durch deren Fleisch gesättigt entwischte sie eiligst auf demselben Wege. Seid guten Muts! Das Schicksal allein ist ja die Ursache des Gedeihens und Zugrundegehens der Menschen.'

Als er es durchaus nicht erzählen wollte, aß sie nicht mehr; da sprach ihr Gatte: ‚Wenn ich das erzähle, wird bittere Reue und Kummer folgen.' — Aber da sie trotz dieser Mahnung bei ihrer Hartnäckigkeit blieb, erzählte dieser vom Schicksal Verblendete die Geschichte. Und es heißt:

Wem die Götter eine Demütigung zugesagt haben, dem nehmen sie die Überlegung: so weiß der Mensch nicht, was zu seinem Besten ist.

Und so erzählte dieser von seiner Klugheit im Stiche Gelassene das Geheimnis, König Vikrama. Einer, der keine Verdiensteswerke besitzt, wird ja von seiner Klugheit im Stiche gelassen. Und es heißt:

Rāma hat nicht die richtige Vorstellung von einer goldenen Gazelle; Nahuṣa spannte Brahmanen an seinen Wagen; in Arjuna tauchte der Gedanke auf, einem Brahmanen eine Kuh samt dem Kalbe zu rauben; Yudhiṣṭhira gab im Spiel die vier Brüder und die Gattin hin: wenn Unheil hereinbricht, pflegt ein trefflicher Mann um seinen Verstand zu kommen.

Als jene das nun aus dem Munde ihres Gatten vernommen hatte, erzählte sie es ihrer Freundin; und diese schickte ihren Mann mit einer Axt in der Hand zu dem Vināyaka 19. Auch der Gatte der Padminī ging frühmorgens dorthin: Da band Vināyaka die beiden mit Pfauenfesseln 20 und sprach zu dem Gatten der Padminī: ‚Da hast du selbst nun den Schaden! Darum wirst du auch bestraft.' — Darauf bat der Gatte der Freundin um jene fünf Brote; und er gab sie ihm. Nun gingen beide ein jeder in sein Haus. Darauf sprach der Gatte zu Padminī: ‚Durch dich sind wir um die fünf Brote gekommen, und der hat sie bekommen.' Und es reute ihn. — Darum, Fürst der Könige, frage mich nicht: du wirst es bereuen. Überlege selbst jenen Vers.' — Nachdem Bālapaṇḍitā das erzählt hatte, erhob sie sich und ging nach Hause."

Als Prabhāvatī diese Erzählung gehört hatte, legte sie sich schlafen.

So lautet in der Śukasaptati die sechste Erzählung.

Am andern Tage fragte Prabhāvatī den Papagei: „Papagei, erfuhr denn der König endlich den Grund, weshalb die Fische lachten, oder nicht?" — Der Papagei sprach: „Am Morgen ließ der König wiederum die Bālapaṇḍitā holen und sprach: ‚Was ist der Grund, daß jene Fische lachten? Sage es schnell, Mädchen.' — Sie sprach:

‚Herr, sei nicht hartnäckig; du wirst es bereuen, wie es einst dem Brahmanen ging, dessen Herz an Sthagikā hing.

Es gibt auf dem Erdboden einen Ort namens Vatsona; dort war ein König, Vīra mit Namen, und ein Brahmane namens Keśava. Der überlegte einstmals: ‚Ich will nicht von dem Vermögen der Eltern zehren. Und es heißt:

Die Besten sind berühmt durch eigne Vorzüge, Mittlere durch die des Vaters, Niedrige durch die des Onkels, ganz Erbärmliche durch die des Schwiegervaters.
Ferner:
Wer genießt nicht ein Vermögen, das der Vater erworben hat? Den aber, der selbst erwirbt und selbst andere genießen läßt, gebiert eine Mutter selten.'
Nachdem er so überlegt hatte, streifte er nach Geld auf der Erde umher, an heiligen Wallfahrtsorten, auf Leichenäckern und in Städten. Eines Tages, als er in öder Gegend, auf einem berühmten Hofe des Siva und Leichenacker der Karālā 21 umhergestreift und müde geworden war, sah er eine braune Schildkröte und darauf einen Büßer mit untergeschlagenen Beinen sitzen. Der Brahmane trat mit gefalteten Händen vor ihn hin, worauf der Büßer seine Meditation langsam beendete und also sprach:
‚Was soll gegeben werden und wem? Wer soll vor dem Flusse des Daseins errettet werden? Welchem Gaste soll etwas in dieser Zeitlichkeit Unerfüllbares erfüllt werden?'

Darauf entgegnete der Brahmane mit erhobenen Armen: ‚Ich, dein Gast, trage nach Geld Verlangen.' — Als der Büßer merkte, daß jener Brahmane um etwas Nichtiges bat, ward er im Herzen betrübt. Und es heißt:
Sogar die, welche ihr Leben aufgeben wollen, werden im Herzen sehr traurig, wenn sie edle Bittsteller sehen, die betrübt um geringfügige Dinge betteln.
Ferner:
Ein guter Mensch gewährt dem Nächsten Unterstützung, mag er selbst auch von Unglück heimgesucht sein; der Sandelbaum lindert, wenn auch in Stücke geschlagen, des andern Qual 22.
Darauf gab der Fürst der Yōgins dem Brahmanen Mennige von seiner Ruhestätte und sprach: ‚Wenn du diese

berührst, wird sie dir jedesmal fünfhundert Goldstücke geben. — Aber', fuhr er fort, „gib das keinem anderen, erzähle es auch nicht; sonst wird es verschwinden und zu mir zurückkehren.' — Als der Brahmane das Geschenk morgens berührte, da gab es fünfhundert Goldstücke. Nun begab er sich nach der Stadt Ratnāvatī: dort buhlte er beständig mit einer Hetäre namens Sthagikā. Diese wußte nicht, wo sein Geld herkam. Die Kupplerin fragte: „Liebe, dieser Brahmane treibt keinen Handel oder dergleichen; woher aber kann er uns das Geld zahlen und wovon bestreitet er seinen Aufwand?' — Darauf fragte ihn die Hetäre: aber der Brahmane erzählte es durchaus nicht. Da gewann ihn die Hetäre mit ihren Künsten und ihrer Zuneigung, worauf er auf Befragen angab, daß das Geld von der Mennige käme. Da stahl sie ihm, als er schlief, die Mennige; und weil er nun kein Geld mehr hatte, wurde er von der Kupplerin aus dem Hause geworfen. Und es heißt:

Was ist das für eine Schlauheit, einen zu betrügen, der uns Vertrauen schenkt?! Was ist das für ein Heldenmut, einen zu töten, der schlafend auf unsrem Schoße sitzt?!

Als der Brahmane die Mennige vermißte, schlug er Lärm und ging in den Palast des Königs, indem er rief: „Ich bin bestohlen.' — Da entspann sich ein Streit: die Kupplerin sagte:

„Er ist ein Betrüger, gierig nach meiner Tochter, ohne Geld und von dem Dämon Liebesgott besessen: so etwas ist unerhört!'

Was (gewöhnliche) Menschen unter Hinsicht auf die Moral nicht billigen können, wie soll das von dem Könige gebilligt werden? — Aber das war die Wahrheit: denn die Mennige spendete allerdings Geld.

So wurde er von den Leuten hinausgejagt, da man ihn für einen Betrüger erkannte; und die Mennige kehrte zu dem Fürsten der Zauberer zurück. — So hatte nun der Brahmane, König Vikramāditya, da er infolge der Liebe zu Sthagikā das Geheimnis mit der Mennige ausgeplaudert hatte, weder Sthagikā noch die Mennige mehr. So wirst auch du, König, keine Lust noch Freude haben.' — Nach diesen Worten ging Bālapaṇḍitā heim."

Als Prabhāvatī diese Erzählung gehört hatte, legte sie sich schlafen.

So lautet in der Sukasaptati die siebente Erzählung.

Am darauffolgenden Tage fragte Prabhāvatī den Papagei, und dieser gab zur Antwort: „Herrin, als der nächste Tag gekommen war, sprach Bālapaṇḍitā zu dem Könige: ,Herr, es ziemt sich nicht, hartnäckig zu sein. Denn:

Der König soll nicht hartnäckig sein, sei es in löblichem oder unlöblichem Tun: denn alle andern Wesen bilden ja seine Glieder, und der Könige Leib ist gewaltig!

Und wenn ich es dir erzähle, wird es dir ebenso ergehen, König, wie es der Kaufmannstochter erging: draußen nichts und drinnen nichts!'

Der König fragte: ,Wie war das?' — Bālapaṇḍitā sprach: ,Es gibt auf dem Erdboden einen Ort namens Tripura; darin herrschte ein König namens Trivikrama. Dort lebte ein Kaufmann mit Namen Sundara; dessen Frau, Subhagā mit Namen, war außerordentlich liederlich, weshalb sie ihr Gatte ängstlich bewachte, daß sie nicht aus dem Hause ginge. Ehe sie aber eingeschlossen wurde, hatte ein Kaufmann, in dem Yakṣa-Tempel weilend, die Verliebte genossen. Als sie nun von dem Gatten am Ausgehen gehindert wurde, sprach sie zu ihrer Freundin: ,Du mußt heute den Mann in den Yakṣa-Tempel bringen, Freundin, damit ich dorthin gehe und ihn genieße; und wenn ich fort bin, mußt du unser Haus anstecken, damit die Leute, mit dem Hause beschäftigt, meine Abwesenheit nicht merken. Inzwischen werde ich jenen nach Herzenslust genießen und dann unbemerkt zurückkommen.' — Darauf kam jener Mann auf das Wort der Freundin dorthin, und ebenso machte sie sich auf den Weg. Als sie sich entfernt hatte, zündete die Freundin das Haus an: nach dem Brande neugierig verließ der Mann vorzeitig den Yakṣa-Tempel und ging dorthin, um zuzusehen: und als sie dort gewartet hatte und unverrichteter Sache nach Hause ging, da war das Haus verbrannt.

Wie die Kaufmannsfrau drinnen und draußen nichts mehr hatte, so wird es ganz gewiß dir ergehen, Großkönig.

Wenn du nun die Absicht hast, den Sinn des Verses zu erfahren, dann will ich selbst es morgen mitteilen!' — Nach diesen Worten ging sie heim."

Als Prabhāvatī diese Erzählung gehört hatte, legte sie sich schlafen.

So lautet in der Śukasaptati die achte Erzählung.

Am darauffolgenden Tage fragte Prabhāvatī voll staunender Neugier den Papagei: „Papagei, erkannte Vikramārka die Ursache des Lachens der Fische?" — Der Papagei sprach: „Herrin, der König erkannte nichts aus sich selbst. Da ließ er am Morgen die Tochter des Brahmanen, Bālapaṇḍitā, holen und sprach: ‚Du hast gesagt, daß ich selbst es erfahren würde: aber ich habe nichts in Erfahrung gebracht.' — Bālapaṇḍitā sprach: ‚Wenn du, o König, es trotz meiner Darstellung nicht verstehst, dann höre. Der Minister, Puṣpahāsa mit Namen, der Erste unter allen Ministern, ist schuldlos gefangengesetzt worden; warum ist er in das Gefängnis gebracht worden?' — Der König antwortete: ‚Mit Recht heißt er Puṣpahāsa*): denn so oft

*) Blumenlacher.

er in meinem Audienzsaale lacht, fallen aus seinem Munde eine Menge Blumen. Die Kunde hiervon drang auch in den Bereich fremder Länder: da schickten sie Gesandte, das Wunder zu schauen. Als diese zusammengekommen waren, lachte er nicht, und es kamen auch keine Blumen zum Vorschein: deshalb die Gefängnisstrafe!' — Bālapaṇḍitā sprach: ‚Der Minister hat aus irgendeinem Grunde nicht gelacht: König, hast du diesen Grund erfahren oder nicht?' — Der König sprach: ‚Ich habe nichts erfahren.' — Bālapaṇḍitā sprach: ‚Ja, solltest du da keine Sünde begangen haben, indem du eine solche Strafe verhängtest? Und es heißt:

Auf gerechte Weise gelange der König zur Herrschaft und auf gerechte Weise bewache er sie: durch Gerechtigkeit wird er zur Zufluchtsstätte und nimmt allen die Furcht.

Wie du mich hartnäckig nach dem Grunde des Lachens der Fische fragst, so frage auch ihn nach dem Grunde des Lachens. Er wird den Grund seines (Nicht=)Lachens und des Lachens der Fische nennen.' — Da ließ der König auf ihr Wort hin dem Minister Puṣpahāsa Kleidung geben, setzte ihn in das Ministeramt wieder ein und fragte ihn nach dem Grunde des Lachens der Fische. Der Minister sprach: ‚Wenn man auch häusliches Ungemach nicht er= zählen soll — denn

Geldverlust, Herzeleid und Ungemach im Hause; Be= trug und Schande — das soll ein Verständiger nicht ausposaunen —

so ist doch des Königs Befehl gewichtig. Denn:

Der Gebieter wird nicht einmal einen begehrlich leuchtenden Blick auf Böses werfen, viel weniger einen solchen Befehl geben, den dann ein von Dienstbereit= willigkeit überströmendes Herz beachten soll: aus Tu= gendkraft besteht ja das von Indra 25 stammende Licht, welches, das Feuer von Sonne usw. übertreffend, hier auf Erden siegreich strahlt und den Namen Fürst führt.

Damals, König, war meine Frau in einen fremden Mann verliebt; das wußte ich; und aus Kummer darüber konnte ich nicht lachen.' — Als der König das gehört hatte, schlug er die Königin mit Blütenbüscheln, wobei er ihr in das Gesicht sah: da tat sie, als ob sie durch diesen Schlag in Ohnmacht fiele. Als nun Puṣpahāsa sie in dieser Verfassung sah, brach er in Lachen aus, wobei eine Menge Blumen zum Vorschein kamen. Da ward der König, nachdem er jene beruhigt hatte, zornig und sprach, mit einem Blick auf die Tochter des Brahmanen, zu dem Minister: ‚Wie kannst du bei meinem Mißgeschick lachen?' — Voller Furcht antwortete der Minister, nachdem er die Hände zusammengelegt hatte: „König, in der Nacht wurde deine Gemahlin zwar von den Knechten mit Rohrstöcken bearbeitet, aber da wurde sie nicht ohnmächtig, wohl aber jetzt: deshalb mein Lachen.' — Zornig fragte der König: ‚Minister, hast du das gesehen oder gehört?' — Der Minister sprach: „Herr, gesehen habe ich es. Wenn der Herr es nicht glauben will, dann möge er ihr das Mieder ausziehen und nachsehen.' — Das tat der König und fand alles bestätigt. Da sah er dem Minister und der Tochter des Brahmanen in das Gesicht und sprach: ‚Was ist das?' — Der Minister sprach: „Herr, was die Tochter des Brahmanen versteckt als Grund des Lachens der Fische angegeben hat, das habe ich hier offen herausgesagt.' — So angeredet entließ der König die Versammlung. Nun gingen die Tochter des Brahmanen und Puṣpahāsa halb bestürzt, halb froh ein jedes in sein Haus; der König aber fand in einer Kiste versteckt den Buhlen seiner Frau und tötete ihn; sie selbst ward aus ihrem Heim verbannt." — Der Papagei sprach zu Prabhāvatī:

„So sei auch du, Schöne, nicht unbedacht hartnäckig; denn wer in der Welt recht hartnäckig ist, steht zuletzt beschämt da wie Vikramārka."

Als Prabhāvatī diese Erzählung gehört hatte, legte sie sich schlafen.

So lautet in der Sukasaptati die neunte Erzählung.

Am andern Tage sprach die geputzte Prabhāvatī zu dem Papagei:

„Was soll ich heute tun, Papagei? Sage es, du freundlich Redender." — „Gehe, wenn du eine helfende Freundin hast wie Sṛṅgāradēvī war."

Prabhāvatī sprach: „Wie war das?" — Der Papagei sagte:

„Es gibt einen Ort namens Rājapura; dort wohnte ein Häusler namens Dēva. Dessen zwei Frauen, Sṛṅgāradēvī und Subhagā, hatten ein Bündnis geschlossen, sich gegenseitig zu schützen, welches sie wohl beachteten; sie waren gierig nach fremden Männern und in Liebeshändeln berüchtigt. Eines Tages, als Subhagā mit dem Buhlen zusammen im Hause weilte, kam von auswärts ihr Mann mit Zweigen in der Hand auf die Haustür zu: wie soll sie da bestehen? So lautet die Frage."

Die Antwort gab der Papagei: „Da jagte Sṛṅgāradēvī sie nackt aus dem Hause; und da ihr Mann fragte, was das sein sollte, sprach Sṛṅgāradēvī ganz dreist zu ihm: ‚Weil du diese Zweige aus dem Haine der Dēvī 21 geholt hast, ist diese da verrückt geworden; darum trage sie wieder an ihren Ort, damit diese gesund wird.' — Während der Dummkopf sich entfernte, um das zu tun, jagte sie den Buhlen aus dem Hause."

Als Prabhāvatī diese Erzählung gehört hatte, legte sie sich schlafen.

So lautet in der Sukasaptati die zehnte Erzählung.

Am nächsten Abend sprach die liebeverblendete Schöne

freundlich zu dem Papagei: „Ich gehe, wenn du meinst."
— Der Papagei sprach:

„Sicherlich darfst du gehen — so ist meine Ansicht — wer könnte ein Herz, das zu dem Geliebten, und Wasser, das in die Tiefe strebt, aufhalten?

Aber wenn du dorthin gegangen bist, mußt du etwas Außerordentliches tun können, wie einst Rambhikā um des Brahmanen willen Wunderbares vollbrachte."

Prabhāvatī sprach: „Wie war das?" — Der Papagei erzählte:

„Es gibt ein Dorf mit Namen Dābhila; dort lebte der Schulze Vilōcana. Dessen Frau, Rambhikā mit Namen, liebte fremde Männer, aber aus Furcht vor ihrem Manne wollte niemand sich mit ihr einlassen. Da ging sie mit dem Kruge, angeblich um Wasser zu holen, nach dem Teiche, wo sie einen hübschen Wandersmann, einen Barden, erblickte: da gab sie ihm buhlerische Winke mit den Augen; und erfahren in der Art der Blicke der Verliebten, verstand er ihre Absicht. Und es heißt:

Was man mit Worten ausspricht, versteht sogar das Vieh: Pferde sowohl, als auch Elefanten ziehen, wenn man sie antreibt. Der kluge Mensch errät sogar Unausgesprochenes: dazu dient ja der Verstand, daß man auch die Gebärden anderer versteht.

Ferner:

Was, o Jüngling, ist dir von ihr nicht gesagt worden, die das Innere ihrer Augen rollt und immer von neuem, mit leidenschaftlichem Blicke auf dich, den nichtsnutzigen Geliebten, dich ansieht?

Wer den mit den Augen ausgesprochenen Herzenszustand nicht erkennt, was fängt man mit dem an, selbst wenn er darauf aufmerksam gemacht worden ist, da er ja kein Gefühl dafür hat?

Darauf trat er an sie heran und sprach: ‚Liebe, was soll

geschehen?' — Sie sprach: ‚Du mußt mir auf dem Fuße folgen, in unser Haus mitkommen und meinen Mann begrüßen; alles andere werde ich besorgen; du brauchst dann nur ja zu sagen.' — Nach diesen Worten ging sie heim; und er trat ebenfalls in das Haus und stellte sich vor den Gatten. Dieser war erstaunt! Da kam sie, nachdem sie den Krug hingesetzt hatte, zu ihrem Manne und sprach: „Herr, sieh dir diesen an!" — Er sagte: ‚Ich kenne ihn nicht.' — Darauf entgegnete sie: ‚Das ist der Sohn von meiner Mutter Schwester, den ich als kleines Kind verlassen habe. Er heißt Dhavala und ist gekommen, mich zu besuchen. Ich umarmte ihn und fragte ihn nach allem, was die Familie angeht.' — Der Brahmane sagte: ‚So ist es!' — Darauf führte sie ihn mit Erlaubnis des Gatten in die Küche und erfreute ihn durch Darreichung von Speisen und Gewändern; und ihr Mann sprach freudig: ‚Liebe, sorge ordentlich für deinen Verwandten.' Damit legte er sich schlafen. Darauf setzte sich Rambhikā auf das Bett des Brahmanen; da sagte dieser: ‚Du hast zu deinem Manne gesagt, mein Bruder ist gekommen; darum bist du meine Schwester geworden; und ein Wort soll man halten. Und es heißt:

Mag ihnen der Kopf abgehauen werden, oder mögen sie eingesperrt werden; mag das Glück sie in jeder Weise verlassen: guten Menschen mag bei dem Halten eines Versprechens geschehen, was da will.

O Schöne, tue selbst bei Lebensgefahr nicht etwas, worüber sich die Menschen schämen und wodurch die Sitte deines Geschlechtes befleckt wird.'

Rambhikā sprach: ‚Rede nicht so!

Denn sehr schwer zu finden ist eine Schöne, die ganz in Vater und Mutter aufgeht; die Verliebte soll genossen werden von den Männern, die Vater und Mutter darstellen.

Und es heißt:

Der Mann, der mit einer von Liebe gequälten, von selbst zu ihm gekommenen Schönhüftigen nicht der Liebe pflegt, fährt sicherlich durch ihre Seufzer getötet in die Hölle.

Es ist bekannt, daß einst die liebeskranke Rukmiṇī von Kṛṣṇa geraubt wurde, wiewohl sie des Bruders Gattin war: wer kann der Liebe entgehen?

Selbst Brahman war von Liebe gequält und voll Verlangen nach der eigenen Tochter: noch heute sieht man ihn am Himmel in Gestalt einer Gazelle.

Als Hara bei der Hochzeit die Pārvatī, die Geliebte des Hara, erblickte, sprang sein Samen hervor: die Bālakhilyās entsproßten daraus.'

Als der Dummkopf, so von ihr ermuntert, sie nicht genoß, da schlug sie Lärm: ‚Hilfe, Hilfe! Ach, ich bin bestohlen!‘

Als sie so aufgeschrien hatte, kam ihr Mann samt den Verwandten herbeigelaufen, indem er fragte, was da los wäre.

Wie soll nun jener loskommen? So lautet die Frage."

— Antwort: „Unter diesen Umständen fiel der Brahmane ihr voller Furcht zu Füßen und rief: ‚Herrin, schütze mein Leben! Ich will deinen Wunsch erfüllen.‘ — Daraufhin goß sie mit Milch vermischte Speise umher, brannte eine Lampe in der Nähe an und sprach zu dem nahenden Gatten: ‚Er hat Brechdurchfall bekommen; deshalb schrie ich.‘ — Mit diesen Worten zeigte sie die Milch und Speise; und der Dummkopf von Ehemann besah es und entfernte sich dann. Da genoß sie, nachdem der Mann schlafen gegangen war, nach Herzenslust der Liebe. Und jener blieb unter dem Vorwande, krank zu sein, einen Monat; dann ging er."

Als Prabhāvatī das gehört hatte, legte sie sich schlafen.

So lautet in der Śukasaptati die elfte Erzählung.

Am andern Tage wollte sie sich auf den Weg machen, als der Papagei sprach:

„Wenn du bei dem Nahen einer Widerwärtigkeit eine Antwort weißt, wie Sōbhikā sie gab, als der Buhle auf die Akazie 26 gestiegen war, dann gehe.

Es war einmal in dem Dorfe Nalaūḍā ein reicher Töpfer. Dessen Frau, Sōbhikā mit Namen, war sehr liederlich und mannstoll. Als ihr Mann ausgegangen war, scherzte sie im Hause mit dem Buhlen zusammen. Während sie dabei beschäftigt war, kam der Gatte nach Hause: wie soll sie da nun bestehen? So lautet die Frage."

Der Papagei sprach: „Als sie merkte, daß er herbeikam, sagte sie zu dem Buhlen: ‚Klettere auf den Akazienbaum!‘ — So von ihr angeredet tat er danach; und indem er auf den Baum kletterte, fiel sein Untergewand herunter; so kletterte er denn nackt auf den Baum. Da er nun auf den Baum gestiegen war, sprach der Ehemann: ‚Was soll das!‘ — Sie entgegnete: ‚Von seinen Feinden bedrängt stieg er auf die Akazie, nachdem er sogar seine Kleider hatte fallen lassen.‘ — Da ging ihr Mann hin, ließ ihn ganz gemächlich von dem Baume steigen und schickte ihn nach Hause; und jener lachte sich mit der Betrügerin ins Fäustchen."

Als Prabhāvatī diese Erzählung gehört hatte, legte sie sich schlafen.

So lautet in der Śukasaptati die zwölfte
Erzählung.

Am folgenden Tage nun fragte Prabhāvatī den Papagei; dieser sprach:

„Gehe, Herrin, genieße das Glück, wenn du eine so glänzende Antwort zu geben weißt, wie Rājikā tat mit dem Staube, als ihr Mann erst halb mit dem Essen fertig war.

Es gibt einen Ort mit Namen Nāgapura; dort wohnte

ein Kaufmann, dessen Frau, Rājikā mit Namen, war schön, aber von schlechtem Wandel. Der junge Kaufmann wußte aber nicht, daß sie fremden Männern anhing. Als er sich nun einstmals zum Essen hingesetzt hatte, sah sie, wie ihr Buhle laut Verabredung des Weges kam. Als sie diesen erblickt hatte, sprach sie: ‚Wir haben heute keine Schmelz= butter im Hause,‘ ließ sich von ihm Geld geben, ging unter dem Vorwande, Schmelzbutter holen zu wollen, aus dem Hause und blieb lange mit dem Buhlen zusammen draußen; ihr Mann aber saß hungrig und zornig zu Hause. Wie kann sie da nun nach Hause zu gehen wagen? So lautet die Frage."

Antwort: „Da besudelte sie Hände, Füße und Gesicht mit Staub, nahm auch Staub mit unter das Geld und ging heim. Zornig und mit geröteten Augen sagte ihr Mann: ‚Was soll das?‘ — Da zeigte sie unter Seufzern und weinend die Handvoll Staub und sprach: ‚Das Geld, um dessentwillen du zürnst, ist hier in den Staub gefallen; siebe es aus, dann wirst du es bekommen.‘ — So ange= redet säuberte er beschämt ihre Glieder mit dem Zipfel des Gewandes und beruhigte sie durch mannigfache Lieb= kosungen."

Als Prabhāvatī diese Erzählung gehört hatte, legte sie sich schlafen.

So lautet in der Śukasaptati die dreizehnte Erzählung.

Die Schönhüftige machte sich am andern Tage auf den Weg, als der Papagei sprach:

„Recht ist es, Langäugige, den Buhlen nach Herzens= lust zu genießen, wenn du wie Dhanaśrī zu reden weißt, als der Gatte gekommen war."

Prabhāvatī sprach: „Wie war das?" — Der Papagei entgegnete: „Es gibt eine Stadt Padmāvatī. Dort lebte ein Kaufmann namens Dhanapāla, dessen Frau, Dhanasri mit Namen, war ihm lieber als das Leben. Dies Paar nun scherzte miteinander in heißer Liebe. Eines Tages aber nahm der Kaufmann kostbare Waren, verabschiedete sich von ihr und ging in die Fremde. Da er nun fort war, saß sie wie tot zu Hause.

Sie badete nicht und aß nicht und redete nicht mit den Freundinnen zusammen; selbst ihrem Leibe war sie gram und vernachlässigte jeden Schmuck.

Fahrend auf dem Winde vom Malaya, unter dem Trommelschalle des Gesanges der Nachtigallen, unter Voraussendung des Wohlgeruches des Jasmins und dem Heilrufen in Gestalt des Summens der Bienen,

Kam nun eines Tages der Frühling auf die Erde, der König der Jahreszeiten, wo das Herz auch der sich selbst Beherrschenden sich wandelt.

Bei diesem Frühlingsfeste sah sie, auf dem Dache weilend, einen hübschen Elegant und tadelte ihre Jugend und Schönheit. Da sprach ihre Freundin, die diese Gebärde verstand: ,Herrin, bringe deine Schönheit und Jugend nicht nutzlos hin. Denn:

Horch, Pisangschenklige, von dem Frühling wird auf Erden gleichsam die Trommel des Fürsten Liebesgott in Gestalt des Gesanges der Nachtigallen 27 zum Tönen gebracht.

Mögen die Spröden ihre Sprödigkeit aufgeben und ihren Geliebten dienen; schnell enteilt die Jugend auf Erden, und ebenso ist das Leben vergänglich.

Darum ziehe auch du Nutzen von deiner Jugend.' — Nach diesen Worten sprach Dhanasrī: ,Ich kann nicht länger warten. Was in deinen Kräften steht, das vollbringe schnell.' Darauf wurde sie von ihr mit dem Buhlen zusammengebracht. Als dieser merkte, daß sie ihm ergeben sei, schnitt er ihr die Haarflechte ab. Indem kehrte der Gatte aus der Fremde zurück: wie soll sie da bestehen? So lautet die Frage."

Der Papagei sprach: „Als der Gatte auf die Haustür zukam, hatte sie sich eine Antwort erdacht und sprach: ‚Herr, bleib so lange an der Haustür stehen, bis alles zurechtgemacht ist.' — Nachdem er zugesagt hatte, ging sie hinein, brachte der Bhaṭṭārikā Anbetung dar und legte die Flechte vor ihr nieder; dann, als sie das vollbracht hatte, ging sie hinaus, führte den Gatten unter Tanz und Gesang hinein vor die Göttin und sprach: ‚Herr, bete die Hausgottheit an!' — Als er das tat und die Flechte erblickte, sprach er: ‚Was soll das?' — Sie antwortete: ‚Ich habe gebetet: wenn mein Gatte zurückkommt, dann, Herrin, werde ich vor dir die Flechte abschneiden. Das habe ich heute getan.' — Da betete der Dummkopf die Göttin an und erwies jener viel Ehren."

Als Prabhāvatī dies gehört hatte, legte sie sich schlafen.

So lautet in der Śukasaptati die vierzehnte Erzählung.

Am folgenden Tage machte sie sich auf den Weg.

Lachend sprach der Papagei: „Gehe, wenn du eine Antwort zu geben weißt wie Śrīṇādēvī tat, als ihr die Fußspange abgezogen worden war.

Es gibt eine Stadt namens Sālipura. Dort lebte der Kaufmann Sāliga, dessen Frau war Jayikā. Ihrer beider Sohn hieß Guṇākara; dessen Gattin Śrīṇādēvī buhlte mit einem andern Kaufmanne namens Subuddhi. Wiewohl nun unter den Leuten darob ein Gerede entstand, hörte doch ihr verliebter Gatte auf nichts. Und es heißt:

Wohlgesinnte sehen nur Vorzüge, Abgünstige nur Fehler; unparteiische Männer aber sehen Fehler und Vorzüge.

Und ferner:

Männer, die in eine Frau verliebt sind, denken nicht an sich, auch wenn sie klug sind; andere Männer aber sind für die Frauen wie Wasser, das sich in der Hand befindet.

Eines Tages sah sie ihr Schwiegervater, als sie mit dem Buhlen zusammenschlief: da zog ihr der Schwiegervater eine Spange von dem Fuße. Als sie das merkte, ließ sie den Buhlen gehen, holte den Gatten herbei und schlief bei ihm; aber während des Schlafes weckte sie ihren Mann auf und erzählte: ‚Dein Vater hat eine Spange von meinem Fuße abgezogen und mitgenommen: eine solche Freveltat hat man doch noch nie erlebt, daß der Schwiegervater von dem Fuße der Frau eine Spange wegnimmt.' — Jener entgegnete: ‚Morgen werde ich selbst sie vom Vater zurück= geben lassen.' — So erbat nun Guṇākara von dem Vater die Spange, indem er ihm Vorwürfe machte. Der Vater sprach: ‚Da ich sie mit einem fremden Manne schlafen sah, nahm ich die Spange.' — Sie antwortete: ‚Mit deinem Sohne habe ich zusammengeschlafen. Darüber will ich ein Gottesurteil anrufen. Hier im Dorfe steht im Norden ein Yakṣa: zwischen dessen Beinen will ich hindurchgehen. Wer auch immer die Wahrheit sagt, der geht zwischen den Beinen unversehrt hindurch: das ist bekannt.' Als der Schwiegervater dazu seine Einwilligung gegeben hatte, ging die Untreue, ehe es Tag ward, in das Haus des Buh= len und sprach zu ihm: ‚He, Geliebter, frühmorgens will ich, eines Gottesurteils halber, zwischen den Beinen des Yakṣa hindurchgehen. Du mußt dorthin kommen, dich wahnsinnig stellen und mir um den Hals fallen.' — Als er zugesagt hatte, ging sie in ihr Haus zurück. Am Morgen nun versammelte sie alles Volk, nahm Blumen, unent= hülſtes Korn usw., ging nach dem Tempel des Yakṣa, nahm in dem nahen Teiche ein Bad und ging, den Yakṣa anzu= beten, als ihr Buhle nach der vorher getroffenen Verab=

redung als Wahnsinniger seine beiden Arme um ihren Hals schlang. Da rief sie: „Ha, was soll das?" und ging nochmals baden, während der Verrückte von den Leuten an der Gurgel gepackt und von dem Platze entfernt wurde. Als sie ihr Bad vollendet hatte, trat sie zu dem Yakṣa, erwies ihm mit Blumen, Spezereien usw. ihre Verehrung und sprach, so daß alle es hören konnten: ‚Wohlan, ehrwürdiger Yakṣa, wenn mich außer dem eignen Gatten und diesem Verrückten noch ein anderer Mann jemals berührt hat, dann möge ich zwischen deinen Beinen hindurch keinen Weg finden.' Mit diesen Worten schritt sie vor den Augen aller Welt zwischen die Beine und hindurch; und der Yakṣa stand unbeweglich da, indem er ihre Schlauheit im Herzen lobte. Sie aber ging in ihre Behausung, indem sie von allen Leuten als gattentreue Frau gepriesen wurde. — Wenn du so wie Sriyādēvī zu handeln weißt, dann gehe."

Als Prabhāvatī dies gehört hatte, legte sie sich schlafen.

So lautet in der Śukasaptati die fünfzehnte Erzählung.

Am folgenden Tag machte sie sich auf den Weg und sprach zu dem Papagei: „Papagei, ich werde zu dem Buhlen gehen." — Der Papagei sprach:

„Die Wahrheit hast du gesprochen; tun mußt du, was das Herz verlangt: Klugheit macht den Unfähigen tüchtig zu schaffen, wie Mugdhikā tat."

Als Prabhāvatī das gehört hatte, sprach sie: „Wie war das?" Er entgegnete:

„Es gibt eine Stadt namens Vidiśā; da wohnte ein Kaufmann namens Janavallabha, dessen Frau, Mugdhikā mit Namen, war leichtfertig und ausschweifend. Als er nun von ihr arg betrogen worden war, erzählte er es den Verwandten, daß sie außerhalb schliefe. Da sie von ihnen daraufhin zur Rede gestellt wurde, sagte sie: ‚Er schläft immer draußen; er beredet mich fälschlich.' — Darauf trafen sie zusammen eine Verabredung: ‚Wer von heute an draußen schläft, der soll der Schuldige sein.' — Trotz dieser Verabredung verließ sie den Gatten, als er schlief, und ging hinaus. Nachdem sie hinausgegangen war, schloß der Mann die Tür und legte sich schlafen. Als sie dann draußen das Liebesspiel getrieben hatte und zurückgekehrt war, warf sie, da der Gatte die Tür nicht öffnete, einen großen Stein in den Brunnen und trat an die Tür. Ihr Mann meinte, sie wird in den Brunnen gefallen sein, öffnete die Tür und ging hinaus: da schloß sie die Tür und war drinnen. Er aber stand draußen, rief ‚ach Geliebte!' und begann laut zu weinen. Aus Furcht vor einer Entdeckung ging sie nun hinaus und führte ihren Mann hinein. Darauf verabredete dies Paar untereinander: ‚Von heute ab wollen wir, du und ich, keinen Streit mehr anfangen.'"

Als Prabhāvatī diese Erzählung gehört hatte, legte sie sich schlafen.

So lautet in der Sukasaptati die sechzehnte Erzählung.

Am nächsten Tage fragte sie lachend den Papagei, um zu dem Buhlen zu gehen. Der Papagei sprach: „Was das Herz ersehnt, das soll man tun. Und es heißt:

Der Fuß, den man niedersetzt, sei rein durch den Blick; das Wasser, das man trinkt, sei rein durch das Seihtuch; die Rede, die man spricht, sei rein durch die Wahrheit; was man tut, sei rein durch das Herz.

Diejenigen, o Zarte, mögen des Herzens Wunsch erfüllen, die es zu ertragen vermögen, wenn ein Mißgeschick eintritt, und zu reden verstehen wie der Brahmane Guṇāḍhya."

Prabhāvatī fragte: „Wie war das?" — Der Papagei erzählte:

„Es gibt eine Stadt Viśālā; dort lebte der Brahmane Yāyajūka, deſſen Gattin, Pāhinī mit Namen, war ſchön und ihm ſehr lieb. Deren Sohn wurde von dem Vater der Reihe nach in allen Wiſſenſchaften unterrichtet. Eines Tages verließ er ſeine Eltern und ging in die Fremde; Guṇāḍhya war er genannt. In der Stadt Jayanti nun überlegte er, wie er durch Schlauheit das Leben friſten könnte. Da fütterte er einen Stier mit Gerſte, Gras uſw., ſo daß dieſer um ihn herum ſich tummelte. Eines Tages band er den Stier an einen Strick, ging in der Kleidung eines Laſtträgers zu der Kupplerin der Hetäre Madanā und ſprach: ‚Unſere Stiere werden morgen mit Waren ankommen: heute bin ich eingetroffen, um Gras zu beſorgen. Wo nun mein Stier einen Ruheplatz findet, da will ich auch ſchlafen.' Nach dieſen Worten gab die nach dem Stiere und Gelde lüſterne Kupplerin ihm Unterkunft; und nachdem er den Stier angebunden hatte, begab er ſich zu der Hetäre. In der Nacht nun ruhte Guṇāḍhya geſchmückt an ihrer Seite, nachdem ſie ihm ein Bad bereitet und Eſſen vorgeſetzt hatte. Als nun der Tag graute, erhob er ſich als erſter, ſtahl einen goldenen Gürtel und entfernte ſich. Nachdem er gegangen war, ſtand eine Dienerin auf, und da ſie den Stier nicht ſah, ſprach ſie zu der Kupplerin: ‚Mutter, was iſt das?' — Da merkte ſie, daß er ſich von der Seite der Hetäre entfernt hatte; blieb aber ſtill. Und es heißt:

Geldverluſt, Herzeleid und häusliches Ungemach, ferner Betrug und Schande — das ſoll ein Verſtändiger nicht auspoſaunen.

Am andern Tage packte die Hetäre Guṇāḍhya, der im Spiel ausgebeutelt worden war und nur noch ein Stück Kauri in der Hand trug; da erſann er eine Liſt und rief: ‚Kupplerin! Kupplerin!' — Darauf ließ ſie ihn aus Furcht vor dem Könige los. Er aber folgte ihr, als ſie ſich entfernte, auf dem Fuße nach, indem er „Kupplerin!" rief. Da führte sie ihn an einen einsamen Ort und schenkte ihm ein Goldschmuckstück von ihrer Hand, nachdem sie ihn besänftigt hatte.

Wer den Wunsch des Herzens befriedigt und dabei imstande ist, das Ungemach mit Klugheit zu ertragen und abzuwenden, der wird von den Trefflichen nie getadelt."

Als Prabhāvatī diese Erzählung gehört hatte, legte sie sich schlafen.

So lautet in der Sukasaptati die siebzehnte Erzählung.

Am andern Tage, als sie sich auf den Weg machte, wurde sie von dem Papagei angeredet:

„Gehe, Herrin — dich trifft keine Schuld, wenn du in ein fremdes Haus gehst — falls du wie der Senfdieb gehörige Klugheit in deinem Leibe hast.

Es gibt eine Stadt namens Śubhasthāna; dort lebte ein Kaufmann namens Daridra; in dessen Haus drang ein Dieb ein. Da dieser nun dort weiter nichts fand, stahl er Senf und wollte sich entfernen, als er von den Leuten des Königs gepackt wurde; da ward er einhergeschleppt, nachdem man das Gefäß mit dem Senf an seinem Halse befestigt hatte: wie soll er aus dem Hofe des Königs freikommen?"

Antwort: „Wer auch immer fragte, zu dem sagte er: ‚Ach, mit dem Senf ist nichts los.' — Da ließ ihn der König in den Saal bringen und fragte ihn: ‚Ich verstehe den Sinn deiner Worte nicht!' — Er antwortete:

‚Am Jahrestage des Bali nehmen die Leute fünf Senfkörner als Amulett in die Hand; das ist sicherlich nun ohne jede Wirkung.

Denn wiewohl an meinen Hals so viele Senfkörner gebunden worden sind, bin ich doch selber gebunden worden.'

— Als der König das vernommen hatte, ließ er ihn lachend laufen." —

Als Prabhāvatī das gehört hatte, legte sie sich schlafen.

So lautet in der Śukasaptati die achtzehnte Erzählung.

Am folgenden Tage machte sich Prabhāvatī auf den Weg, als der Papagei sprach:

"Tue, was dir gefällt, Schüchterne, wenn du imstande bist zu handeln wie Śāntikā, die ihren Gatten und Svacchandā befreite.

Es gibt eine Stadt namens Karahaṭa; dort herrschte der mit Recht so genannte König Guṇapriya*). Dort lebte auch ein Großkaufmann namens Śōḍhāka, dessen Frau, Śāntikā mit Namen, war gattentreu. Ebendort lebte ein anderer Kaufmann, dessen Frau, Svacchandā mit Namen, lief den Männern nach. Immer wünschte sie den Śōḍhāka zu besitzen, aber dieser erfüllte ihren Wunsch nicht. Eines Tages ging er, einen Yakṣa mit Namen Manōratha anzubeten; da folgte ihm Svacchandā auf dem Fuße nach und trat mit in den Tempel ein; sie gewann ihn durch verliebte Lockungen usw. und genoß ihn. Und mit Recht heißt es:

Nur so lange bleibt der Mann auf dem rechten Pfade, nur so lange ist er Herr seiner Sinne, nur so lange zeigt er Schamgefühl und nur so lange hält er fest an gesittetem Benehmen, als nicht der losen Mädchen Augenpfeile in sein Herz bringen und ihm die Festigkeit rauben, jene mit schwarzen Wimpern befiederten und bis zu den Ohren reichenden Augenpfeile, die der Brauenbogen anzieht und abschießt.

Als die Leute des Königs dies Paar in solcher Lage erblickt hatten, besetzten sie den Yakṣa-Tempel, um es einzuschließen. Aber Śāntikā, die davon Kunde erhalten hatte,

*) Tugendlieb.

ging nachts unter lautem Trommelschall nach dem Tempel des Yakṣa und sagte zu den Wächtern: ‚Ich habe für heute ein Gelübde getan und will, nachdem ich den Yakṣa gesehen habe, am einsamen Ort ein Mahl geben; nehmt Geld und laßt mich hineingehen.' — Jene taten das: darauf gab sie Svacchandā ihre eigne Kleidung und jagte sie hinaus; sie selbst aber blieb drinnen. Als nun die Wächter frühmorgens Sōḍhāka mit seinem Weibe zusammen sahen, schämten sie sich."

Als Prabhāvatī diese Erzählung gehört hatte, legte sie sich schlafen.

So lautet in der Śukasaptati die neunzehnte Erzählung.

Am andern Tage fragte Prabhāvatī den Papagei; dieser sprach:

"Gehe, Herrin, zu dem Buhlen, nach dem dein Herz verlangt, wenn du den Gatten so großartig täuschen kannst wie Kēlikā.

Es gibt an dem Ufer des Flusses Sābhramatī einen Ort namens Saṅkhapura. Dort wohnte ein reicher Bauer namens Sūra; dessen Frau, Kēlikā, war sehr falsch und leichtfertig und liebte einen am andern Ufer des Flusses, in Siddhēśvarapura wohnenden Brahmanen. In diesen verliebt pflegte sie nachts unter Vermittlung und mit Hilfe einer Nachbarin über den Fluß zu setzen und zu ihm zu gehen. Eines Tages merkte das ihr Mann, und da ging er dorthin, um ihr Treiben zu beobachten. Während sie an das Ufer des Flusses gekommen war, erblickte sie ihn. Da füllte sie den Krug des Nachens mit Wasser, schmückte in dem Hause der Nachbarin die Bildsäule der Bhaṭṭārikā, begoß sie mit diesem Wasser und sprach dann, zu der vorher verständigten Unterhändlerin gewendet: „Herrin, neulich hast du gesagt: wenn du die Siddhēśvarī nicht badest, wird dein Gatte innerhalb fünf Tagen den Tod finden; falls nun dein Wort gilt, dann mag mein Mann noch lange leben.' — Die Nachbarin sprach: ‚So sei es!' — Als der Ehemann das gehört hatte, war er froh und entfernte sich unbemerkt."

Als Prabhāvatī diese Erzählung gehört hatte, legte sie sich schlafen.

So lautet in der Śukasaptati die zwanzigste Erzählung.

Am nächsten Tage sprach der Papagei, von Prabhāvatī gefragt:

„Gehe, Herrin; keine Schuld trifft die, welche gehen, falls sie in allen Dingen die rettende Klugheit der Mandōdarī besitzen."

Prabhāvatī sprach: „Wie war das?" — Der Papagei:

„Es gibt eine Stadt namens Pratiṣṭhāna; dort lebte ein König namens Hēmaprabha, der Minister Śrutaśīla, der Großkaufmann Yaśōbhara, dessen Frau Mōhinī und deren Tochter Mandōdarī; die war an den Kaufmann Śrīvatsa aus Kāntipurī verheiratet: dieses Paar war außerordentlich verliebt. Sie aber genoß einen andern, einen Königssohn, den ihr eine Nachbarin, Daṃṣṭrākarālā, eine ekelhafte Vettel von Kupplerin, zugeführt hatte. Als sie nun schwanger geworden war und infolge dieser Schwangerschaft Gelüste bekam, tötete sie den Lieblingspfau des Königs und verzehrte ihn. Nun hatte der König die Gewohnheit, erst dann zu speisen, wenn dieser Pfau da war. An jenem Tage aber fand er sich zur Essenszeit nicht ein. Da ward unter Trommelschall öffentlich ausgerufen: und die Kupplerin berührte die Trommel, denn sie meinte, daß irgendeine Schwangere den Pfau im Schwangerschaftsgelüst verzehrt habe. Daher trat die Kupplerin in das Haus jener Schwangeren, um sie auszuhorchen, und wurde mit Ehren empfangen. Und es heißt:

Liebenswürdigkeit Frauen gegenüber, zuvorkommendes Benehmen Ehrenwerten gegenüber, Heldenmut Feinden gegenüber, Sanftmut Älteren gegenüber, Gerechtigkeit Guten gegenüber, Folgsamkeit gegenüber denen, die unsre Blößen kennen, Ehrenbezeugungen vielfacher Art Stolzen gegenüber und Hinterlist Bösewichtern gegenüber — damit sind die acht alles erschöpfenden Tugenden des Mannes aufgezählt.

Jene berichtete nun die ganze Geschichte von dem Pfau; die Kupplerin aber mißbrauchte das Vertrauen. Und es heißt:

Man traue nicht dem, der uns nicht traut; aber auch dem traue man nicht, der uns traut: eine Gefahr, die aus Vertrauen erwächst, zerschmettert bis in die Wurzel.

Etwas soll der Mann vor der Frau verheimlichen, etwas vor seinen Angehörigen und seinen Kindern: der Kluge spreche mit großer Vorsicht, nachdem er im Herzen bedacht hat, was sich schickt und was nicht.

Ferner:

Man beachte hier gehörig die höflichen Reden seiner Feinde: das Wild rennt in den Tod, da es den Sinn der Lockrufe nicht prüfte.

Im Kirātam 28 heißt es:

Diese Dummköpfe, die gegen Hinterlistige nicht wieder hinterlistig sind, rennen in das Verderben: denn die Schurken töten derlei Leute wie in ungeschützte Leiber eindringende spitze Pfeile.

Die Kupplerin meldete das alles, was sie erfahren hatte, dem Minister, und der Minister dem Könige. Dieser sprach:

‚Sei nicht leichtgläubig; glaube nicht, was du nicht mit Augen gesehen hast. Selbst wenn du es aber mit Augen gesehen hast, unterscheide zwischen Rechtem und Unrechtem.

Die Frau dieses ersten Kaufmannes der Stadt hat das nicht begangen. Solange ich es nicht selbst gesehen habe, so lange kann er nicht bestraft werden.' — Das teilte der Minister der Kupplerin mit: da tat diese Kupplerin den Minister in eine Kiste und ließ diese in dem Hause jener Frau als ein anvertrautes Gut niedersetzen. Sie selbst kam hin und sprach zu ihr: ‚Schöne, daß du den Pfau gegessen hast, darum preise ich dich. Und es heißt:

Das Fleisch von Hirsch, Reh, Gazelle, Rebhuhn und Wachtel, Pfau, Krebs (?) und Schildkröte ist das beste unter noch so vielen Fleischsorten.'

Nochmals fragte sie nach der ganzen Geschichte; und wie sie erzählt wurde, hörte es der Minister, dem sie durch Klopfen an die Kiste ein Zeichen gab. Wie soll da nun die Frau des Kaufherrn, ihr Vater und Schwiegervater loskommen? Und es heißt:

Nicht im Verkehre mit niedrig gesinnten Menschen findet man das Glück; auch gegen den Herzensfreund ändert sich ja ein Schurke.

Ein gemeiner Mensch versteht nur eines andern Sache zu verderben, nicht aber sie zu fördern; eine Maus vermag nur einen Speisekorb zu zernagen, nicht aber ihn aufzurichten. Selbst Götter verlieren ihren Leib, wenn sie mit schlechten Menschen in Berührung kommen. Sehet, die Sesamköner werden in der Presse zerquetscht, wenn sie in die Scheune (zu Bösewichten)29 kommen.

Während die Kupplerin mit der Hand an die Kiste schlug, sprach die Kaufmannstochter zweifelnd:

‚Als ich dies getan hatte, begann die Nacht sich zu lichten; da erwachte ich, Mutter, und sah nichts mehr vor mir.

Mutter, einen solchen Traum habe ich gehabt; erzähle, was er für eine Bedeutung für mich hat.' — Als der Minister das gehört hatte, ging er hinaus, nachdem er die

Tür aufgestoßen hatte. Da wurde die Frau des Kaufmanns geehrt, jene aber als Kupplerin verbannt."

Als Prabhāvatī diese Erzählung gehört hatte, legte sie sich schlafen.

So lautet in der Sukasaptati die einund=
zwanzigste Erzählung.

Wiederum von Prabhāvatī befragt sprach der Papagei: „Gehe, Herrin, ja, gehe — so ist meine Meinung, wenn du eine Antwort weißt, wie sie Māḍhukā gab."
Als Prabhāvatī das gehört hatte, sprach sie: „Wie war das?" — Der Papagei entgegnete:
„In einem Dorfe Dāmbhilā wohnte ein Bauer Sōḍhāka; dessen Frau, Māḍhukā mit Namen, pflegte draußen einen Mann namens Sūrapāla zu genießen, wenn sie Essen tra= gend ihres Weges ging. Einstmals hatte sie das Essen am Wege hingestellt und war mit jenem zusammen. Da machte der Schelm Mūladēva in das Essen Kamelfleisch; und sie trug das so beschaffene Essen hin, ohne nachzusehen. Als nun ihr Mann das Kamelfleisch sah, fragte er sie: ‚Was soll das?' — Da sprach sie, indem sie eine diesen Umstän= den angemessene Antwort gab: ‚Herr, heute nacht sah ich im Traume, wie du von einem Kamele verzehrt wurdest. Um nun dies böse Vorzeichen zu entkräften, habe ich diesen Unsinn gemacht. Iß getrost, damit das böse Vorzeichen schwindet.' — Als er das gehört hatte, aß er vergnügt selbst das Kamelfleisch."

Als Prabhāvatī diese Erzählung gehört hatte, legte sie sich schlafen.

So lautet in der Sukasaptati die zweiund=
zwanzigste Erzählung.

Am andern Tage sprachen die Freundinnen zu ihr, da= mit sie zu dem Buhlen gehen möchte:

‚Wo durch die reichlich hervorquellenden Schweiß=
tropfen die Sandelschminke verwischt und vor dem
stammelnden Wolluſtgeſtöhn das Klingen der Fußſpan=
gen nicht gehört wird; wo alle Dinge zumal nur auf
die Liebe abzielen: das, Freundinnen, nenne ich Liebes=
genuß, der Wonne bringt: alles andere iſt ordinär.
Und ſo:
Deſſen Leben iſt nicht glücklich, der es nicht (für die
Geliebte) wagt; das wird Liebe genannt, wobei man in
die höchſte Not gerät.

Geſundheit iſt die höchſte Wonne, und ſo iſt auch ein
feſter Wille und die Stellung eines großen Herrn ein
Glück; aber alles iſt bedeutungslos ohne den Genuß
eines Geliebten.
Und es heißt 30:
Nachdem ſie ihr ſtrahlendes Ich mit unbewegten, lang=
geſtreckten Augen in dem Spiegelrund betrachtet hatte,
harrte ſie ungeduldig Haras Ankunft entgegen: bei den
Frauen wird ja das Schmücken belohnt durch den An=
blick des Geliebten.'
Der Papagei ſprach:
„Leicht ſind die Männer zu finden, o König, die ſtets
Angenehmes ſagen; der aber iſt ſchwer zu finden, der
eine unangenehme Wahrheit ausſpräche oder gern anhörte.

Doch, wozu der vielen Worte? Ihr ſeid ja kundig der
Tat, du und dieſe da. Höre das Abenteuer der Kupp=
lerin, denke darüber nach und gehe dann eilends."
Prabhāvatī ſprach: „Wie war das?" — Der Papagei
entgegnete:
„Es gibt eine Stadt Padmāvatī: hier
Glänzt in den mit Edelſteinen geebneten Straßen die
Strahlenmenge der Sonne, gleichſam der auf die Erde
geſtiegene Juwelenſchimmer der Haube des Śeſa.
Dort herrſchte der König Sudarſana:

Was soll an diesem Könige geschildert werden, der seine Untertanen eifrig schützte, unter dem auf der Welt die Sünden schwanden wie vor den Sonnenstrahlen? Er hatte eine Gemahlin namens Śṛṅgārasundarī; als er einst mit dieser das Liebesspiel trieb, kam die heiße Jahreszeit herbei:

Wo die Sonne sticht, der Tag lang und ganz unerträglich ist, und der Wind heiß, o Schüchterne — in der heißen Jahreszeit ist alles das drückend.

Sandel, ein reines Gewand, reines, kühles Wasser und der Genuß von reiner Melasse — das ist etwas Ausgezeichnetes; ganz gewiß!

Wer am Mittag mit Sandel sich salbt, am Abend ein Bad nimmt, und in der Nacht sich Wind zufächelt, für den ist auch die heiße Jahreszeit nur ein Diener[31]!

In dieser heißen Jahreszeit war ein Kaufmann namens Candra mit seiner Frau Prabhāvatī zusammen auf das Dach des Hauses gestiegen. Wiewohl mit (Strahlen-) Händen versehen ging doch die Sonne haltlos nach dem Gestade des westlichen Ozeans. Und es heißt:

Zeigt sich das Schicksal widerwärtig, so erweist sich auch der Besitz von vielen Hilfsmitteln als unnütz: als der Sonnengott sinken sollte, gewährten ihm selbst seine tausend (Strahlen-) Hände keine Stütze.

Dort befindlich erschien die Sonne, gewandlos und nur noch im Besitze der Röte, wie ein Korallentopf, aus der Hand der Frau Dämmerung geglitten.

Inzwischen, Langäugige, erhob sich der Mond, den Gipfel des Aufgangsberges zu ersteigen, um, von den Strahlen-Soldaten umgeben, den Feind Finsternis zu töten.

Im Angesichte des Ostens erglänzt der Mond, ruhend auf dem Berge des Aufganges, gleichsam eine Leuchte der Dreiwelt, die von der Finsternis bedeckt ist.

Auf den Berg des Aufganges gestiegen scheint der Mond bei Eintritt der Nacht, im Schoße der Geliebten Nacht, weiß, auf schwarzem Bergeshaupte stehend.

In solcher Nacht scherzte der Kaufmann mit der Verliebten zusammen und bekam einen Sohn namens Rāma: den unterrichtete der Vater in allen Wissenschaften. Eines Tages sprach seine Mutter zu Candra: ‚Ich bin außerordentlich betrübt darüber, daß ich nur einen Sohn habe.'
— Candra antwortete: ‚Dieser dein einziger Sohn ist schon preisenswert. Und es heißt:

Auch bloß ein einziger solcher Sohn, der gewandt, freundlich, aufopfernd, tief, eine Stätte der Künste und tugendreich ist, der ist der beste.

Und so:

Wozu nützt es, daß viele Söhne geboren werden, wenn sie nur Gram und Kummer bereiten? Besser ein einziger Sohn, der die Stütze der Familie bildet und durch den die Sippe zu Ruhm gelangt.'

Nach diesen Worten ließ er die Kupplerin Dhūrtamāyā kommen und sprach zu ihr: ‚Ich will dir tausend Goldstücke geben; dafür mache meinen Sohn erfahren in den Listen und Ränken der Frauen.' — Als sie zugesagt hatte, übergab er ihr den Sohn vor Zeugen mit den Worten: ‚Wird unser Sohn irgendwo von den Ränken einer Hetäre übertölpelt, dann bekomme ich von dir das Doppelte an Goldstücken.' — Sie sprach: ‚So sei es.' — So ward es schriftlich festgesetzt, und dann schickte er den Sohn in ihr Haus. Dort lernte er nun die dem Hetärenvolke geläufigen Schliche. Nämlich so:

Die hinterlistige Redeweise der Hetären, ihre Lügeneide, Verschlagenheit, Heuchelei und trügerisches Weinen;

Heuchlerisches Lachen, grundloses Jubeln und ebenso Klagen; schmeichlerisches Bitten, Verliebtheit und Gleichgültigkeit; gleiches Benehmen im Glück wie im Unglück;

gleiches Verhalten gegenüber Recht und Unrecht; und vor dem Liebhaber Zurschautragen von gewundenem Treiben.

Und so heißt es:

Lippen, Hände, Wangen, Brüstepaar, Nabelkreis und Hinterbacken sind den Weibern gemeinsam; das Herz hat jedes für sich.

So und ähnlich lernte er das ganze Treiben der Hetären kennen. Darauf wurde der Sohn dem Kaufmanne nach Verabredung wiedergebracht; und das Wort des Vaters sandte ihn nach Suvarṇadvīpa, um Handel zu treiben. Dort lebte eine Hetäre, Kalāvatī; mit dieser blieb er ein Jahr zusammen. Als sie ihre Hetärenkniffe versuchte, sprach jener: ‚Bringe etwas Besonderes vor: so wie du verstehst es auch meine kleine Schwester!' — Nun konnte sie trotz vieler Ränke ihm doch nicht all seine Habe abnehmen. Da erzählte sie alles ihrer Mutter. Diese sprach: ‚Gewiß ist er der Sohn einer Hetäre: der wird durch derlei nicht gefangen; der muß durch Schlauheit gefangen werden. Wenn er also in seine Heimat zurückkehren will und dir Lebewohl sagt, dann mußt du zu ihm sprechen: ‚Ich will auch mitgehen. Wenn du mich nicht mitnimmst, werde ich sterben.' Mit diesen Worten springe in den Brunnen; dann wird der Verliebte dir alles geben.' — Jene sprach: ‚Mutter, was willst du mit dem Gelde, wenn ich nicht mehr bin? Und es heißt:

Richte deinen Sinn nicht auf solche Dinge, die nur durch außerordentliche Beschwerde, durch Übertretung des Gesetzes und Demütigung vor den Feinden zustande kommen können.'

Die Alte sprach: ‚Furchtsame, sprich doch nicht so: das Geld gibt Leben und Tod. Und es heißt:

Der Mann, der nicht zur Verwegenheit greift, be=

kommt kein Glück zu Gesicht; wer aber in allen Dingen
verwegen ist, der ist das beste Gefäß für das Glück.

Wer nicht in die empfindlichsten Stellen des Feindes
einschneidet, keine gefährlichen Taten vollbringt und nicht
mordet wie ein Fischer, der gelangt zu keiner hohen
Stellung. Die Zeit macht Ebenes und Unebenes; die
Zeit macht Schande und Ehre; die Zeit macht, daß der
Mensch bald spendet, bald bettelt.

Ich werde unten auch ein Netz ausspannen!" — Als sie
die Worte der Kupplerin gehört hatte, tat sie das; und als
es geschehen war, gab er ihr alles; und nach Empfang des
nach Millionen zählenden Geldes ward er schmählich hinaus=
geworfen. Und es heißt:

Selbst Hetären lieben einen Mann, aber sie betrügen
ihn, auch wenn er ihnen lieb ist, aus Begierde nach Geld.
Verneigung den Hetären, denen sogar ihr Selbst nicht
lieb ist.

Als er nun so an Vermögen und Ehre geschädigt wor=
den war, stieg er auf ein fremdes Schiff und kehrte heim.
Der Vater, der seinen Sohn allein und ohne Geld und
Dienerschaft heimkehren sah, fragte unter Tränen nach der
Ursache des Geldverlustes. Da teilte es ihm jener durch
den Mund des Hauspriesters mit, da er selbst sich schämte.
Der Vater sprach: ‚Sei nicht bestürzt, mein Lieber: Glück
und Unglück trifft den Menschen. Und es heißt:

Was bist du so in Sorgen, Herr der Elefantenherde 32,
der du das Augenpaar geschlossen hast wegen der Tren=
nung von der Herde? Nimm das Brot an und trink
das Wasser, das dir gereicht wird: das Schicksal ver=
hängt ja Glück und Unglück!

Was sollen Verständige mit diesem vergänglichen
Gelde Geht? es, dann empfinden sie keinen Schmerz;
kommt es, so empfinden sie keine Freude.'

Nachdem er den Sohn so getröstet hatte, ließ er

Dhūrtamāyā kommen und sagte zu ihr: ‚Höre, was für ein Wunder sich hier zugetragen hat: wiewohl mein Sohn von dir unterrichtet worden ist, ist er doch ausgebeutelt heimgekehrt.' — Sie sprach: ‚Wer wäre von den Frauen nicht hintergangen worden? Heißt es doch:

Gibt es einen Reichgewordenen, der nicht hochmütig wäre? Gibt es einen den Sinnengenüssen frönenden Menschen, dessen Ungemach ein Ende erreicht hätte? Gibt es auf Erden ein Herz, das Weiber nicht getäuscht hätten? Gibt es wohl für Fürsten einen Freund? Gibt es jemanden, der nicht in dem Bereiche der alles vernichtenden Zeit stände? Gibt es einen Dürftigen, der zu Ansehen gelangt wäre? Wer entkam wohl glücklich, wenn er in die Netze böser Menschen geraten war?

In der Gebirgsschlucht Hinterbacken und in dem sehr dichten Dickicht Härchenreihe sind von dem Räuber Madana 15 (selbst) Hari, Hara und Naragōvinda geprellt worden.

Darum befrachte nochmals ein Schiff und schicke mich samt deinem Sohne dorthin. Und es heißt:

Eine Wohltat vergelte man mit einer Wohltat, eine Beleidigung mit einer Beleidigung: du hast mir die Federn ausgerupft, ich habe dir die Haare ausgerupft.

Ich habe gesagt: wenn dein Sohn irgendwo von einem Weibe hintergangen wird, dann liegt die Schuld an mir. Und es heißt:

Die Erde wankt, obgleich die Weltelefanten, eine Schildkröte, Hauptberge und der Schlangenkönig sie halten: die Zusage von Männern reinen Sinnes wankt nicht, auch wenn die Welt zugrunde geht.

Und so:

Die Berge wanken bei dem Weltuntergange, die Meere treten über das Ufer; aber biedere Leute brechen ihre Zusage nicht, selbst zur Unglückszeit.

fest sind diejenigen, welche Maß halten im Essen und ebenso im Reden. Übermäßiges Essen und Reden ist hinterher, o Liebe, unzuträglich.'

Darauf schickte der Kaufherr den Sohn mit ihr zusammen schnell nach Suvarṇadvīpa. Da waren alle Leute in der Stadt freundlich gegen ihn, und Kalāvatī lud ihn höflich und ehrerbietig zu sich ein. Sie gewann ihn so für sich, daß er wieder fest an ihr hing; und alles Geld nahm sie ihm ab. Was soll da nun die Kupplerin Dhūrtamāyā machen? So lautet die Frage." — Sie sprach: „Papagei, ich weiß es nicht. Sage du es!" — Der Papagei: „Wenn du heute nicht ausgehst, will ich es erzählen." — Sie sprach: „Ich werde nicht gehen." — Der Papagei: „Als ihm die ganze Habe abgenommen worden war, tat Dhūrtamāyā in dieser Zeit in Caṇḍāla-Tracht 33 einige Tage lang beständig so, als ob sie etwas suchte. Eines Tages sah sie ihn, als er mit Kalāvatī zusammen auf dem Ruhebette lag: sobald er sie an der Tür erblickt hatte, erhob er sich plötzlich und wollte entfliehen, wie es vorher verabredet worden war. Als er sich erhob, stand auch Kalāvatī auf und sprach: ‚Was soll das?' — Rāma sagte zu ihr: ‚Meine Beste, das da ist meine Mutter, ich habe ihr Geld gestohlen und mich lange Zeit vor ihr nicht sehen lassen.' — Dhūrtamāyā winkte ihn, nach der Verabredung, an der Türe stehend erschrocken mit einer Handbewegung herbei:

Sie sprach also: ‚Endlich habe ich dich gefunden; in dem Hause einer Hetäre weilst du! Diese Hetäre ist ein gemeines Stück: alle meine Habe hast du mir genommen!'

Während sie so, in den Vorhof getreten, fluchte, ging der Kaufmann zu der Frau in Caṇḍāla-Tracht heran und fiel ihr zu Füßen. Als Kalāvatī samt der Kupplerin das sahen, führten sie sie in das Haus und fragten: ‚Mutter, wer ist das? Wessen Stammes? Wer bist du?' — Sie sagte: ‚Ich bin eine Mātaṅgī-Sängerin 33 des Königs

Sudarsana, des Herrschers der Stadt Padmāvatī. Dieser hier hat mein Geld genommen und ist hierher gegangen: das hast du bekommen, wie ich erfahren habe. Aber jetzt soll er mitkommen.' — Da fiel ihr die Kupplerin samt Kalāvatī zu Füßen und sprach: ‚Nimm dieses Geld!' — Dhūrtamāyā sprach: ‚Ich mag es nicht im Hofe des Hauses nehmen: mit Wissen des Königs will ich es nehmen.' — Da geriet die Mutter der Hetäre in gewaltige Furcht und sagte zu der Sängerin: ‚Schone diese meine Tochter, schone sie! Nimm alles Geld, das sich nach und nach bei uns an= gesammelt hat, aber strafe mich nicht so!' — Dhūrtamāyā sprach: ‚Ich will es tun.' — Da erfaßten die Hetäre und die Kupplerin ihre Hände und Füße und priesen sie. Dhūr= tamāyā aber nahm alles Geld, das ihrige und das seinige, bestieg mit Rāma das Schiff, kehrte heim und veranstal= tete ein großes Fest."

Als Prabhāvatī diese Erzählung gehört hatte, legte sie sich schlafen.

So lautet in der Śukasaptati die dreiund= zwanzigste Erzählung.

Am andern Tage nun fragte Prabhāvatī den Papagei. Der Papagei sprach:

„Gehe, Herrin, wenn du zu reden weißt wie einst die mit dem Buhlen vereinte Sajjanī vor ihrem Gatten, als sie bei den Haaren gepackt wurde."

Prabhāvatī sprach: „Wie war das?" — Der Papagei antwortete:

„Es gibt eine Stadt namens Candrapura; dort wohnte ein begüterter Zimmermann mit Namen Sūrapāla; dessen Frau, Sajjanī mit Namen, war außerordentlich auf fremde Männer versessen. Ein gewisser Dēvaka genoß sie in ihrem Hause. Als der Zimmermann das durch die Leute gehört hatte, ging er morgens arglistigerweise aus dem Hause, kam aber am Abend unbemerkt zurück und steckte sich unter die Bettstelle. Als sie nun mit dem Buhlen sich da niederließ, wurde sie von ihrem Manne an den Haaren gepackt: wie soll sie da loskommen?"

Antwort: „Als sie von dem Gatten gepackt wurde, sah sie ihren zweiten Gatten an und sprach: ‚Ich habe dir gesagt, daß mein Mann, der Zimmermann, nicht zu Hause ist: wenn er zurückkehrt, wird er tun, was sich hier gebührt. Wenn auch mein Mann dir neulich dein Geld genommen hat, so magst du doch (jetzt) ruhig sein: wenn der Zimmermann zurückgekehrt ist, werde ich in deine Wohnung kommen oder euch zusammenbringen, daran ist kein Zweifel.'"

Als Prabhāvatī diese Erzählung gehört hatte, legte sie sich schlafen.

So lautet in der Sukasaptati die vierundzwanzigste Erzählung.

Am andern Tage fragte Prabhāvatī den Papagei, um gehen zu können. Der Papagei sprach:

„Tue, was dir zu tun gefällt, wenn du ein Gegenmittel weißt, wie es der bedrängte Svētāmbara 34 einst gebrauchte.

Es gibt eine Stadt namens Candrapurī. Dort lebte ein von den Leuten verehrter Kṣapaṇaka namens Siddhasēna. In diese Stadt kam ein anderer, ein Weißgewandeter, der Trefflichste der Tugendsamen. Dieser Edle gewann alle Leute für sich und fesselte auch die Schüler an sich. Der Kṣapaṇaka, der es nicht ertragen konnte, daß jenem Verehrung gezollt wurde, schickte eine Hetäre in dessen Einsiedelei und verklatschte den Svētāmbara bei den Leuten, indem er sagte, er gierte nach Hetären und wäre nicht fromm. Um das zu beweisen, versammelte er das Volk und sprach: ‚Die Kṣapaṇakās allein sind gottesfürchtig, die Svētāmbarās aber lasterhaft.' — Der Svētāmbara aber verbrannte an dem Feuer der Lampe sein Sektenzeichen; und als die Nacht dem Morgen sich näherte, ging er nackt, die Hetäre an der Hand, hinaus. Da schmähten die Leute: ‚Das ist ja ein Kṣapaṇaka, aber kein Svētāmbara!'"

Als Prabhāvatī das gehört hatte, legte sie sich schlafen.

So lautet in der Sukasaptati die fünfundzwanzigste Erzählung.

Am andern Tage machte sie sich auf den Weg. Der Papagei sprach:

„Gehe, Herrin — du begehest dabei keine Sünde! — wenn du zu reden verstehst wie Ratnādēvī, die von ihrem Gatten gefaßt wurde, als sie mit ihren beiden Buhlen zusammen war.

Es gibt ein Dorf mit Namen Jalaūda. Hier wohnte der tapfere Rājput Kṣēmarāja; sein Weib war Ratnādēvī. Dort wohnten ferner ein Schulze, Dēva mit Namen, und sein Sohn Dhavala. Diese beiden buhlten mit Ratnādēvī, ohne daß es der eine vom andern wußte. Eines Tages, als Vater und Sohn in dem Hause der Ratnādēvī waren, kehrte der Rājput nach Hause zurück. Was gab sie da für eine Antwort?"

Der Papagei sprach: „Da ging der Vater von ihr verständigt aus dem Hause, indem er mit der Hand drohte. Während er sich entfernte, fragte der Gatte furchtsam: ‚Was soll das?' — Sie sprach lächelnd: ‚Sein Sohn kam in dein Haus und suchte Schutz; und ich lieferte ihn nicht aus. Denn:

Der ist ein Kṣatriya, der imstande ist, die Guten zu schützen; das ist ein Bogen, welcher brauchbar ist; wer beide Namen trägt, ohne den Zweck zu erfüllen, der gebraucht gleichsam eine Rede, die wirkungslos ist, weil sie inkorrekt ist.

Darum geht jener zornig von dannen. Wohlan, laß du den Sohn gehen.' — Das tat er." —

Als Prabhāvati diese Erzählung gehört hatte, legte sie sich schlafen.

So lautet in der Śukasaptati die sechsundzwanzigste Erzählung.

Am andern Tage fragte Prabhāvati den Papagei, um gehen zu können. Der Papagei sprach:

"Gehe, Pisangschenklige, — wer vermag Liebenden ein Hindernis zu bereiten? — wenn du, Herrin, wie Mōhini fähig bist zu überlegen.

Es gibt eine Stadt namens Śaṅkhapura; dort lebte der Kaufmann Ārya, dessen Frau hieß Mōhini. So oft diese ausging, genoß sie ein Schalk namens Kumukha. Das erfuhr ihr Gatte; und dieser war außerordentlich feige. Da ließ er sie nicht mehr ausgehen und blieb ihr an der Seite. Aber trotzdem ließ sie den Schelm wissen: ‚Genieße mich nachts, wenn ich im Bette meines Mannes auf dem Rükken liegend schlafe.' — Das tat er. Während er aber dabei war, wurde er von dem Ehemanne an dem Gliede gefaßt: wie soll er entkommen?" — Antwort: "Als der Mann ihn gefaßt hatte, rief er: ‚Bringe eine Lampe; ich habe einen Dieb gefangen.' — Sie antwortete: ‚Ich fürchte mich bei dem Hinausgehen: ich will ihn halten; hole du eine Lampe.' — Das tat er; sie aber ließ den Buhlen hinaus, ergriff die Zunge eines in dem Hause angebundenen Kalbes und legte sich so nieder, als der Mann mit einer Lampe und einem Knüppel in der Hand zurückkam und fragte: ‚Was ist das für eine Kalbszunge? Wie kommt das hierher?' — Sie entgegnete: ‚Es ist hungrig; von dem Speichel, den es fallen ließ, ist noch ein wenig zurückgeblieben.' — So ward er mit Rede und Gegenrede überwunden; und sie sprach: ‚Verwünschter, durch diesen Heldenmut gehst du noch zugrunde!' — So getadelt schlief er beschämt ein."

Als Prabhāvatī diese Geschichte gehört hatte, legte sie sich schlafen.

So lautet in der Sukasaptati die siebenundzwanzigste Erzählung.

Am andern Tage fragte Prabhāvatī den Papagei, um gehen zu können. Der Papagei sprach:

„Schlankleibige, gehe heute, wenn du zu reden weißt, wie es einst die mit dem Buhlen vereinte Dēvikā tat.

Es gibt ein großes Dorf mit Namen Kuhāḍa. Hier wohnte ein Häusler namens Jarasa, ein gewaltiger Dummkopf. Dessen Frau Dēvikā lief den Männern nach. Ein Brahmane, Prabhākara, genoß diese vergnügt auf dem Felde an einem versteckten Orte, in der Nähe eines Vibhītaka= Baumes 35. Als ihr Mann von den Leuten von dieser fatalen Sache gehört hatte, ging er selbst dorthin, um nachzusehen; stieg auf den Baum und sah es, so wie es war. Da rief er, dort oben befindlich: ‚Betrügerin! Nach vielen Tagen habe ich dich heute ertappt!' — Wie soll sie nach diesen Worten dem Gatten begegnen?" — Jene sprach: „Ich weiß es nicht; erzähle du es." — „Wenn du nicht gehst, dann will ich es erzählen." — Nachdem sie das versprochen hatte, sagte der Papagei: „Als jene seine Worte vernommen hatte, schickte sie den Buhlen weg, während ihr Mann herabstieg, auf sie zuging und sie schalt. Da sprach sie: ‚Ei Herr, der Baum ist so, daß, wer hier hinaufklettert, ein Paar erblickt.' — Der Gatte sprach: ‚Klettere du hinauf und blicke herunter.' — Das tat sie; und als sie hinaufgeklettert war, rief sie arglistig: ‚Jetzt habe ich gesehen, wie du seit vielen Tagen eine andere Frau besuchst.' — Da meinte der Dummkopf, es sei wahr; er beruhigte jene und führte sie nach Hause."

Als Prabhāvatī diese Erzählung gehört hatte, legte sie sich schlafen.

So lautet in der Sukasaptati die achtundzwanzigste Erzählung.

Am anderen Tage fragte Prabhāvatī den Papagei, um gehen zu können; und er sprach:

„Gehe, Herrin, wenn du zu überlegen weißt, Schöne, wie Sundarī, die mit dem Buhlen im Hause gefaßt wurde."

„Wie war das?" — Er sprach: „Es gibt ein Dorf namens Sīhulī. Hier wohnte der Kaufmann Mahādhana. Dessen Frau Sundarī genoß ein Buhle namens Mōhana beständig, indem er in ihr Haus kam. Eines Tages, als sie damit beschäftigt war, kam ihr Mann zurück. Wie soll sie da bestehen?" — Antwort: „Als sie sah, daß ihr Mann zurückkam, tat sie den Buhlen ohne Kleider in die Hänge, lief mit offnem Haar aus dem Hause und rief von weitem ihrem Manne zu: ‚In unsrem Hause sitzt ein nackter Dämon auf der Hänge; lauf und hole Beschwörer.' — Nach diesen Worten ging der Dummkopf danach. Inzwischen nahm sie nun einen Feuerbrand zur Hand und jagte den Buhlen hinaus; und als ihr Mann ankam, sagte sie, der Dämon wäre schon vor dem Feuerbrande entflohen."

Als Prabhāvatī diese Erzählung gehört hatte, legte sie sich schlafen.

So lautet in der Sukasaptati die neunundzwanzigste Erzählung.

Am andern Tage sprach der Papagei, von Prabhāvatī befragt: „Gehe, Herrin, meine Absicht ist nicht, dir das Gehen zu verwehren, falls du in der Gefahr eine Antwort weißt wie Mūladēva.

Es gibt hier auf Erden einen Leichenacker namens Bhūtavāsa. Hier waren zwei Dämonen, Karāla und Uttāla mit Namen; ihre Frauen hießen Dhūmaprabhā und Mēghaprabhā. Unter den beiden entbrannte nun ein Streit über die Reize dieser Frauen. Eines Tages erblickten sie, als sie mit ihren Frauen zusammen waren, den Mūladēva, faßten ihn mit den Armen und fragten ihn: ‚Welche unter den beiden ist die schönste? Wenn du lügst, werden wir dich töten.' — Diese Weiber sind häßliche, furchtbare, alte Teufelinnen; sagt er so, wie es ist, dann wird er verzehrt: was für eine Antwort soll er also geben?" — Antwort: „Er sprach:

‚Einem jeden erscheint auf der Welt nur die reizend, die seine Geliebte ist; keine andere.' — Als der König der Schelme so gesprochen hatte, ließen sie ihn sogleich los." Als Prabhāvatī diese Erzählung gehört hatte, legte sie sich schlafen.

So lautet in der Sukasaptati die dreißigste Erzählung.

Am andern Tage sprach der Papagei, von Prabhāvatī befragt:

„Gehe, Schöne, nach Herzenslust das Liebesspiel zu treiben, Schlankleibige, wenn du wie das Häslein gar hilfreiche Klugheit besitzest.

In einem Walde namens Madhura lebte ein Löwe mit Namen Piṅgala. Da dieser viele Tiere tötete, berieten sich alle und wehrten seinem Morden unter der Bedingung, ihm täglich ein Stück Wild zu liefern. Eines Tages kam die Reihe an ein Häslein. Wiewohl nun die Tiere zu ihm sagten: ‚Gehe, sonst wird er wie früher alle Geschöpfe fressen' — so ging er doch nicht; vielmehr entgegnete er: ‚Von heute an wird kein Tier mehr zu ihm gehen.' — Darauf ließ er erst viel Zeit verfließen und beschloß dann zur Mittagszeit ganz langsam zu dem Löwen zu gehen. Wie soll er nun, sofort von diesem gepackt, loskommen?" — Antwort: „Das Häslein sprach zu dem Löwen: ‚Herr, während ich mit noch vier Hasen des Weges einherging, wurde ich von deinem Feinde gepackt, worüber die Zeit versäumt wurde.' — Jener sprach: ‚Wo befindet sich der Feind?' — Da führte ihn das verschmitzte Häslein an einen Teich und zeigte ihm sein Spiegelbild in dem Brunnen; und der Dummkopf von Löwe, der das im Wasser sah, sprang zornig hinein und fand den Tod.

Bei Furchtsamen liegt die Stärke in der Klugheit, nicht im Mut: ein schüchternes Häschen brachte einst einen mutigen Löwen ums Leben.

Und es heißt:

Der Pfeil, den der Bogenschütze abschießt, tötet vielleicht einen, vielleicht aber auch nicht: die Klugheit des Ministers aber richtet den König samt Reich und Volk zugrunde."

Als Prabhāvatī diese Erzählung gehört hatte, legte sie sich schlafen.

So lautet in der Śukasaptati die einunddreißigste Erzählung.

Am nächsten Tage nun machte sich Prabhāvatī auf den Weg und fragte den Papagei, um gehen zu können. Der Papagei sprach:

„Gehe, Herrin, wohin das Herz verlangt, du Lotusgesichtige, wenn du imstande bist, eine Antwort zu geben wie Rājinī bei der Verwandlung des Weizens in Staub.

Es gibt eine Stadt namens Śāntipura. Dort wohnte der Kaufmann Mādhava. Sein Weib war Mohinī, ihr Sohn hieß Sōhada; dessen Frau hieß Rājinī. Diese war schön, verschmitzt und mannstoll. Eines Tages trug ihr ihre Schwiegermutter auf, Geld zu nehmen und auf dem

Markte Weizen einzukaufen. Sie ging also auf den Markt, und während sie kaufte, erblickte sie ihren Buhlen. Sie gab ihm ein Zeichen, und er kam herbei. Darauf tat sie den Weizen in den Korb, ließ ihn auf dem Markte stehen und ging mit jenem fort. Der Kaufmann nahm den Weizen heraus und füllte den Korb mit Staub. Nachdem sie nun lange bei ihrem Buhlen gewesen war, kam sie eilig herbei und trug den Korb nach Hause, ohne ihn zu öffnen. Als die Schwiegermutter nun den Korb aufmachte und nachsah, wie der Weizen sei, erblickte sie den Staub. Wie lautet hier die Antwort?" — Der Papagei: „Als sie von der Schwiegermutter gefragt wurde: ‚Was ist das?' — sprach sie: ‚Das Geld fiel mir auf dem Markte aus der Hand auf die Erde, Mutter: da brachte ich den Staub.' — Da die Schwiegermutter das Geld nicht fand, war sie ärgerlich."

Als Prabhāvatī diese Erzählung gehört hatte, legte sie sich schlafen.

So lautet in der Sukasaptati die zweiunddreißigste Erzählung.

Am folgenden Tage nun fragte Prabhāvatī, die gern gehen wollte, den Papagei, und dieser sprach:

„Gehe, Herrin — was für eine Schuld sollte dich dabei treffen? — wenn du imstande bist, in der Gefahr zu handeln wie die Kranzwinderin Rambhikā vor ihrem Gatten."

„Wie war das?" — Der Papagei sprach: „Es gibt eine Stadt mit Namen Saṅkhapura. Dort lebte ein vermögender Kranzwinder namens Saṅkara. Dessen Frau, Rambhikā mit Namen, liebte die Wolluſt mit vielen, war ſchön, wohlgestaltet und vieler Gattin. Eines Tages kam in dem Hauſe des Saṅkara das Ahnenfest herbei. An dieſem Tage lud ſie ihre vier Buhlen ein: als ſie Blumen zu verkaufen ausgegangen war, lud ſie an einem Kreuzwege ſie einzeln ein, ohne daß es einer vom andern merkte: den Schulzen, einen jungen Kaufmann, einen Stadtwächter und einen General, mit den Worten ‚komm morgen in meine Wohnung!' — Am nächsten Tage, als der Kranzwinder in den Garten gegangen war, kam der junge Kaufmann, um mit ihr zu buhlen, nachdem er gebadet und gegessen hatte. Als der Kaufmann bald mit dem Bade fertig war, zeigte sich der Schulze, der auf die Haustür zukam. Da wurde der mit Baden beschäftigte Kaufmann so wie er war auf den mit Ölkuchenstaub bedeckten, aus Bambus gebauten Speicher gesteckt und ward voller Furcht. Als der Schulze halb mit dem Bade fertig war, kam draußen der Stadtwächter gegangen. Bei diesem Anblick wurde er ebenfalls auf jenen Speicher gesteckt und ihm bedeutet, daß darunter eine Schlange mit Jungen sei; darum sollte er sich fern davon verhalten. Auch der Stadtwächter war erst halb fertig mit Baden, als der General sich zeigte: da wurde er mitten unter das Geräte gesteckt. Ebendorthin wurde der General, halb erst mit dem Baden fertig, gesteckt, da der Kranzwinder sich zeigte. Darauf wurden nun der Kranzwinder und die übrigen Leute nach Herzenslust bei dem Ahnenmahl bewirtet. Nachdem dies geschehen war, ward auch jenen vier, die sich gegenseitig nicht sehen konnten, einzeln Essen gebracht, Nektar der schönsten Gerichte. Nun pustete der Kaufmann bei dem Essen heftig: da meinte der über ihm Befindliche, es sei die Schlange, und ließ vor Angst sein Wasser. Der Kaufmann aber dachte, das wäre geschmolzene Butter und hielt die Schüssel hoch, wobei er dem darüber Befindlichen in das Gesicht stieß. Da geriet dieser in Angst und sprang mit einem Satze hinaus und davon, indem er rief: ‚Sie packt mich, sie packt mich!' — Die andern, die über dieses Wort erschraken, enteilten gleichfalls, mit Ölkuchenstaub besudelt, wobei Sankara und die übrigen voller Erstaunen sie sahen. Wie soll sie dabei bestehen?" — Antwort: „Als sie von ihrem Manne gefragt wurde, was das wäre, da antwortete sie:

‚Sicherlich hast du, mein Lieber, das Totenmahl ohne den rechten Glauben veranstaltet: darum sind deine Ahnen, ohne gegessen zu haben, von Hunger gepeinigt davongeeilt.'

Da feierte er auf das Wort der Rambhikā hin das Ahnenfest nochmals, und jene enteilten diesmal nicht."

Als Prabhāvatī diese Erzählung gehört hatte, legte sie sich schlafen.

So lautet in der Sukasaptati die dreiunddreißigste Erzählung.

Am andern Tage nun fragte Prabhāvatī wegen des Gehens den Papagei; dieser sprach:

„Gehe, Herrin, wenn du dabei verschmitzt zu reden weißt, wie es einst Sambhu tat, der dem Mädchen seinen Rock gegeben hatte."

Prabhāvatī sprach: „Wie war das?" — Der Papagei entgegnete: „Einst lebte in irgendeiner Stadt ein Brahmane mit Namen Sambhu. Dem Spiele ergeben und an verschiedenen Orten sich herumtreibend ging er des Weges, als er eine Feldhüterin erblickte, ein schönes Mädchen. Der gab er Betel und sprach unter freundlichen Worten: ‚Nimm dies mein Gewand, um mich zu genießen, und treibe mit mir Wollust.' — So gewährte sie ihm die Wonne. Als er sein Geschäft besorgt hatte, verlangte er das Kleid von ihr zurück: wie soll er es bekommen?" — Antwort: „Als er sie darum gebeten hatte, machte sie sich auf den Heimweg. Da nahm er fünf Ähren, folgte ihr auf dem Fuße nach und schlug Lärm, als er das Dorf erreicht hatte: ‚Ach, seht, ihr Dorfältesten: in diesem Dorfe ist ein großes Wunder geschehen: um fünf Ähren halber hat diese hier mir

mein Kleid abgenommen!' — Da gaben die Dörfler es ihm
wieder; sie aber sagte aus Scham nichts."

Als Prabhāvati diese Erzählung gehört hatte, legte sie
sich schlafen.

So lautet in der Śukasaptati die vierund=
dreißigste Erzählung.

Am andern Tage fragte sie, mit Schmucksachen ge=
schmückt, den Papagei; dieser sprach:

„Gehe, Herrin — es trifft dich keine Schuld! —
wenn du dorthin gelangt deine Sache zu führen weißt
wie der Sesamkäufer."

„Wie war das?" — Der Papagei sprach: „Einst lebte in
irgendeinem Dorfe ein Kaufmann mit Namen Śambaka,
ein Sesamhändler. Der ging nach dem Dorfe Sara in das
Haus des dort wohnenden Getreidemeisters, der war nicht
zu Hause, wohl aber seine Frau, die sehr leichtfertig war.
Da entstand zwischen ihnen durch Augensprache Liebe; und
er genoß sie dort, nachdem er ihr seinen Ring gegeben hatte.
Nach Beendigung des Beischlafes wünschte er diesen Ring
wieder: wie soll er den auf diese Weise verschenkten Ring
wiederbekommen? So lautet die Frage." — Der Papagei
sprach: „Als der Sesamhändler ihn nicht bekam, sprach er
zu dem auf dem Markte befindlichen Getreidemeister:

‚Gib mir die hundert Maß Sesam, wie ich abge=
schlossen habe.'

So angeredet entgegnete jener:

‚Was für Sesam? Wer bist du Sprecher? Und wie
war die Verabredung?'

Er antwortete: ‚Bei dem Abschluß hat deine Frau mit
doppeltem Nutzen auf das Maß meinen Ring genommen.'
— Da sandte der Kaufmann wütend seinen Sohn zu seiner
Frau und ließ sagen: ‚Durch solche Geschäfte, wie du sie
machst, wird unser Haus zugrunde gehen!' Der Sohn

brachte den Ring und gab ihn dem Sesamkäufer; der ging
seiner Wege. — Darum, Prabhāvatī, wenn du auch solche
Klugheit besitzest, dann gehe; sonst nicht."

Als Prabhāvatī diese Erzählung gehört hatte, legte sie
sich schlafen.

So lautet in der Sukasaptati die fünfund=
dreißigste Erzählung.

Am andern Tage sprach Prabhāvatī bei Anbruch der
Nacht wiederum zu dem Papagei: "He, Papagei, ich will
gehen, um das lange ersehnte Glück zu genießen." — Der
Papagei sprach:

"Sicherlich, Schöne, mußt du in der Welt das Glück
genießen, wenn du eine Antwort zu geben weißt wie
Nāyinī."

Prabhāvatī sprach: "Wie war das?

Wer, Papagei, war Nāyinī? Wo gab sie eine Ant=
wort und was für eine? Erzähle die schöne Geschichte;
ich bin neugierig, wie sie geht."

Der Papagei sprach: "In einem Dorfe namens Saraṭa
wohnte der Schulze Sūrapāla. Dessen Frau, Nāyinī, bat
ihren Gatten beständig um ein seidenes Kleid; er aber
meinte: ‚Wir Bauern kleiden uns in Baumwolle. In un=
serm Hause kennt niemand auch nur das Wort Seide.‘ —
Am andern Tage, als er in der Gemeindeversammlung
saß, sprach sie zu ihm: ‚Komm nach Hause, Herr, und iß
dein Futter.‘ — Als er dies Wort gehört hatte, sagte er zu
seiner Frau, als er heimgekommen war: ‚Liebe, warum
hast du vor der Versammlung ein beschimpfendes, beschä=
mendes und mir so unliebes Wort gesprochen?‘ — Sie
sprach: ‚Warum hast du mir meinen Wunsch nicht erfüllt?‘
— Der Schulze entgegnete: ‚Ich will dir heute noch das
Kleid schenken, aber mache dein Wort ungesprochen!‘ —
Sie entgegnete: ‚Wenn ich das Kleid habe, will ich es tun.‘

— Da bekam sie das Kleid: wie wird nun ihr Wort ungesprochen gemacht? Das ist die Frage." — Der Papagei sprach: „Am andern Tage sagte Nāyinī: ‚Wenn ich dich heute aus der Versammlung wie gewöhnlich holen lasse, mußt du die Mitglieder der Versammlung mitbringen.' — Das tat er: da gab sie der in ihr Haus getretenen Versammlung ein ausgezeichnetes Mahl. Darauf sprachen die Dörfler: ‚Śūrapāla ist reich, aber seine Frau sagt nur so, um nicht aufgeblasen zu erscheinen.' So wurde das Wort zum besten gekehrt."

Als Prabhāvatī diese Erzählung gehört hatte, legte sie sich schlafen.

So lautet in der Śukasaptati die sechsunddreißigste Erzählung.

Am folgenden Tage nun fragte Prabhāvatī den Papagei wegen ihres Gehens; und dieser sprach:

„Gehe ganz nach Belieben, Schöne — dich trifft dabei durchaus keine Schuld — wenn du eine Antwort zu geben weißt wie der Knecht."

Prabhāvatī sprach: „Wie war das?" — Der Papagei erzählte: „In einem Dorfe namens Samgama wohnte der Häusler Śūra. Dieser hatte einen Ackerknecht, Pūrṇapāla; der hatte überall in dem Hause seines Herrn Śūra, auf dem Felde und in der Scheune, die Oberaufsicht. Wenn nun dieser Knecht auf dem Felde war, trug ihm die Tochter seines Herrn Śūra, namens Subhagā, beständig Essen hin; und er genoß diese an einer versteckten Stelle des Feldes, unbesorgt um Śūrapāla. Die Nachbarknechte, die diese Geschichte unrecht fanden, erzählten sie jenem, darauf ging Śūra am andern Tage auf das Feld, um sich von dem Liebesgenusse des Knechtes und seiner Tochter durch den Augenschein zu überzeugen, und stand ungesehen nicht weit von dem Verstecke. Da sah er nun jenes Paar in der

Ausführung des Liebesgenusses: wie soll es bestehen? Und wie lautet die Antwort? — Das ist die Frage." — Der Papagei sprach: „Als der Knecht sich erhob, nachdem er sie genossen hatte, erblickte er seinen Herrn Sūra; da sprach er seufzend: ‚Verflucht sei meine Arbeitslast, daß ich die Führung des Pfluges und diese Gelenkkranke besorgen muß. Da möge unsrer beider Leben in die Hölle fahren. Ich soll immer zweierlei machen: den Pflug führen und das Gelenk streichen. Wozu bleibe ich dann noch der Knecht dieses Sūrapāla? So werde ich noch untergehen.' — Als sein Herr Sūra die Worte des Knechtes gehört hatte, ging er beschämt nach Hause und verachtete das Gerede der Leute, indem er dachte: ‚Der ist frei von Schuld.'"

Als Prabhāvatī diese von dem Papagei erzählte Geschichte gehört hatte, legte sie sich schlafen.

So lautet in der Sukasaptati die siebenunddreißigste Erzählung.

Am nächsten Tage fragte Prabhāvatī zur Nachtzeit den Papagei wegen ihres Ganges. Der Papagei:

„Schlankleibige, für Leute, die ihrem Wunsche nachgehen wollen, gibt es kein Hindernis: gehe, wenn du zu handeln weißt wie der Brahmane Priyamvada."

Prabhāvatī fragte: „Wie war das?" — Der Papagei erzählte: „Einst, Herrin, lebte ein wandernder Brahmane namens Priyamvada; der kam eines Tages auf seinem Wege in dem Dorfe Sudarśana in das Haus irgendeines Kaufmanns, dessen Frau war mannstoll. Als der Brahmane diese erblickt hatte, meinte er, daß er sich an einem vortrefflichen Ort einquartiert habe. In der Nacht nun machte er ihr verliebte Anträge; und als der Kaufmann sich auf den Weg nach dem Markte gemacht hatte, genoß er der Liebe mit ihr gegen Einhändigung seines Ringes. Frühmorgens verlangte er den Ring zurück, sie gab ihn aber nicht her. Wie soll er nun den auf solche Weise verschenkten Ring wiederbekommen? So lautet die Frage." — Antwort: „Als sie ihn trotz seiner Bitten nicht herausgab, nahm der Brahmane einen Fuß der Bettstelle, ging damit zu dem Kaufmanne und schrie laut, indem er den Bettstellenfuß vorzeigte. Der Kaufmann sprach: ‚Ei, Brahmane, was soll das?‘ — Er antwortete: ‚Weil ich den hier abgebrochen habe, hat mir deine Frau meinen Ring weggenommen.‘ — Als der Kaufmann diese Worte gehört hatte, sprach er zornig zu seiner Frau: ‚Infolge solcher Dummheit wird in unser Haus kein Wanderer mehr einkehren.‘ — Nach diesem barschen Worte zog er ihr den Ring von dem Finger und gab ihn dem Wanderer; und dieser ging seiner Wege."

Als Prabhāvatī diese Erzählung gehört hatte, legte sie sich schlafen.

So lautet in der Śukasaptati die achtund= dreißigste Erzählung.

Am folgenden Tage fragte Prabhāvatī zur Zeit der Dämmerung den Papagei, um zu dem Buhlen zu gehen: „He, Papagei, ich will gehen!" — Der Papagei sprach:

„Gehe, Herrin, den trefflichen Gang, den schönen Mann zu genießen, wenn du in der Gefahr zu reden weißt wie der, der die Wage wiederbekam, Gebieterin."

Prabhāvatī sprach: „Wie war das?

Wer bekam die Wage, Papagei, und woher nahm er die Wage? Was für eine Gefahr war gekommen? Er= zähle die schöne Geschichte!"

„Es gibt hier eine Stadt namens Kuṇḍina. Dort wohnte ein Kaufmann namens Bhūdhara, der verlor infolge Mangels an verdienstlichen Werken sein Vermögen, weshalb ihn die Leute im Stich ließen. Und es heißt:

Der Reiche ist klug, der Reiche ist ein Spender, der Reiche ist trefflich und tugendhaft; der Reiche ist aller Freund und ehrbar; wer kein Geld hat, dessen Glanz ist erloschen. Als er nur noch eine Wage besaß, deponierte er diese in dem Hause eines anderen Kaufmanns und ging in die Fremde. Nachdem er hier Geld erworben hatte und in seinen Ort zurückgekehrt war, forderte er von dem Kaufmann die Wage. Er bekam sie aber nicht wieder. Nach der Wage lüstern gab vielmehr der Dummkopf von Kaufmann zur Antwort: ‚Deine Wage haben die Mäuse gefressen.' — Als Bhūdhara das gehört hatte, blieb er ruhig. Eines Tages nun, als er in dessen Hause zum Essen gekommen war und seinen Knaben spielen sah, ergriff er diesen heimlich und ging mit ihm in seine Behausung. Da weinte der Vater des Kindes samt seiner Familie, das Herz voll Kummer. Als nun der Nachbar ihn weinen sah, sprach er: ‚Du, deinen Sohn hat Bhūdhara mitgenommen.' — Da ging er in dessen Haus und verlangte von Bhūdhara seinen Sohn. Bhūdhara sprach: ‚Freund, deinen Sohn hat am Ufer des Flusses, wohin er zum Baden in meiner Obhut gegangen war, ein Falke geraubt.' — Als der Kaufmann das gehört hatte, ging er an den Hof des Königs und meldete die Geschichte des Knabenraubes. Ebenso ging Bhūdhara an den Hof des Königs. Nun sage an: Wie soll dieser Knabenräuber loskommen? So lautet die Frage." — Der Papagei: „Als Bhūdhara von dem Minister in Gegenwart des Königs gefragt wurde, antwortete er:

‚Herr, wo Mäuse eine eiserne Wage fressen, da kann auch ein Falke einen Elefanten rauben: was ist also zu staunen, wenn er einen Knaben raubt?'

Als der Minister das Wort gehört hatte, sprach er: ‚Wenn dieser Betrüger die Wage zurückgibt, dann magst du ihm auch den Knaben wiedergeben; nicht anders.' — Jener gab den Knaben zurück, der Dieb aber, der die Wage gestohlen hatte, gab sie erst zurück, nachdem er bestraft worden war.

Als Prabhāvati diese Erzählung gehört hatte, legte sie sich schlafen.

So lautet in der Sukasaptati die neunund=
dreißigste Erzählung.

Am anderen Tage fragte Prabhāvati den Papagei wegen ihres Ganges. Der Papagei:

„Gehe! — Auf Erden ist ja der Gang derer, die zu gehen wünschen, vollbracht oder nicht vollbracht, etwas Schönes! — falls du wie Subuddhi zu reden weißt."
Prabhāvati sprach: „Wie war das?" — Der Papagei: „In einem Orte namens Nagara lebte ein allbekanntes Freundespaar, Subuddhi und Kubuddhi36. Eines Tages ging Subuddhi in die Fremde; Kubuddhi aber buhlte mit der Frau des Freundes. Als Subuddhi Geld erworben hatte und aus der Fremde heimgekehrt war, da heuchelte Kubuddhi dem Subuddhi Freundschaft und fragte diesen, als er ihn begrüßt hatte: ‚Hast du irgendwo etwas Wun=
derbares gesehen?' — Er sprach: ‚In einem Brunnen an dem Ufer des Flusses Sarasvati habe ich eine zur Urzeit gewachsene Mango=Frucht schwimmen sehen, in einem Dorfe namens Manōrama.' Kubuddhi sprach: ‚Das ist Lüge!' — Subuddhi sagte: ‚Das ist Wahrheit!' — Jener entgegnete: ‚Wenn das wahr ist, dann sollst du in meinem Hause dir nehmen, was du mit beiden Händen fassen kannst; ist es aber Lüge, dann will ich ebenso aus deinem Hause holen.' — Nach dieser Vereinbarung stahl Kubuddhi nachts jene Frucht aus dem Brunnen. Da aber die Frucht nicht mehr da war, hatte Subuddhi verloren. Nun bestand jener, dessen Weib zu nehmen begierig, auf der Verein=
barung. Was soll da Subuddhi zum Schutze seiner Frau für ein Mittel ergreifen? So lautet die Frage." — Der

Papagei gab die Antwort: „Als Subuddhi merkte, daß jener böse Absichten hatte, tat er die wertvollen Sachen in seinem Hause sowie sein Weib auf den Boden und legte die Leiter nieder. Da nun Kubuddhi kam, sagte Subuddhi: ‚So nimm dir aus unserm Hause, was dir gefällt.' — Da ergriff er, um die Frau zu holen, mit beiden Händen die Leiter, und sogleich sprach Subuddhi: ‚Ich habe vorhin gesagt: was du mit beiden Händen faßt, das soll dir gehören, weiter nichts.' — Da ging Kubuddhi beschämt weg und wurde von den Leuten geschmäht."

Als Prabhāvatī so die Erzählung gehört hatte, legte sie sich schlafen.

So lautet in der Sukasaptati die vierzigste Erzählung.

Am andern Tag sprach die Kaufmannsfrau: „Papagei, wenn du meinst, dann gehe ich." — Der Papagei entgegnete:

„Recht ist es, daß du gehst, Herrin, falls du, dorthin gegangen, in der Verlegenheit etwas Ordentliches zu sagen weißt wie der Brahmane."

Prabhāvatī sprach: „Wie war das?" — Der Papagei: „Es gibt eine Stadt namens Pañcapura. Dort lebte ein König namens Śatrumardana. Seine Tochter Madanarēkhā bekam am Halse ein Geschwür und wurde von den Ärzten als unheilbar aufgegeben. Da ließ der König unter Trommelschall bekanntmachen: ‚Wer auch immer meine Tochter heilt, den will ich reich machen.' — Das hörte die Frau irgendeines Brahmanen, die aus einem anderen Dorfe gekommen war, und berührte die Trommel. Nachdem sie die Trommel berührt hatte, sprach sie: ‚Mein Mann ist ein Beschwörer; der wird die Königstochter gesund machen.' — Da wurde er von den Leuten des Königs herbeigeholt; und wie er hingeführt wurde, sagte seine

Frau: „Herr, gehe getrost in die Stadt; wenn du die Königstochter gesund machst, wird dir reicher Lohn werden.' — Wie soll er nun bestehen, da er, in den Kreis getreten, Zaubersprüche usw. nicht kannte? So lautet die Frage." — Der Papagei gab die Antwort: „Als der Beschwörer alle Zeremonien eines Zaubermeisters vollzogen hatte, sprach er folgenden Zauberspruch 37:

,Woher sollte ich ein Heilmittel wissen? Mich drückt selbst das Unglück. Du hast auf den Brahmanen Vertrauen gesetzt. Genieße das Glück deiner guten Taten!

Der Wald hier lacht mit Krotons, er ist geziert mit Mangobäumen, er beugt sich von der Last der saftigen Kstramālikā=Früchte, an einer Stelle geschmückt mit Timburinis und Jambus, an einer andern glänzend durch die mächtigen Knospenbüschel der Karavandās, an einer andern duftend von Kampfer und Nelkenpfeffer;

mit Dēvadāruṣ, Priyaṅguṣ, Mangobäumen, Jasmin und Gaertnerien versehen, an einer anderen geschmückt mit Sandel= und Atigurubäumen; reich an Nāgas, Punnāgas, Granatbäumen, Crataevas, mit zahlreichen Mayūrabadaris, Kapiṭṭhis und Pilus; von Shoreen und Beninkaseen stark schwankend, an einer andern Stelle den Himmel verdeckend durch Betelpalmen, Calotropen und Ghanakarmas.

Ferner:

Hier blüht der rote Oleander, auf einer andern Seite blühen die Rosae glandiferae;

an einer andern Seite blüht der Corindabaum, auf einer andern Seite blüht der Sindūrā;

auf einer andern Seite blüht der Korallenbaum, der den schönsten Duft verbreitet, der den hoch aufsteigenden Duft der Sirīsas übertrifft;

auf einer andern Seite blüht ein Gewölbe von Sindūrikas, ein reizendes, schönes;

an einer andern Seite sind Boswellien, die von Harz
triefen; die Blüten der Jasmine sind in voller Pracht.'
Als der Brahmane so sprach, lachte die Königstochter;
und infolge der hastigen Bewegung bei dem Lachen ging
das Halsgeschwür auf; dadurch ward der Königstochter
wohl. Der Brahmane aber wurde von dem Herrscher zufriedengestellt und ging in seine Wohnung."

Als Prabhāvatī diese Erzählung gehört hatte, legte sie
sich schlafen.

So lautet in der Sukasaptati die einund=
vierzigste Erzählung.

Am folgenden Tage sagte Prabhāvatī zu dem Papagei:
„Ich gehe." — Der Papagei:

„Das Lustgenießen ist das Beste auf Erden, Allglieder=
schöne, gehe, wenn du zu antworten weißt wie die Byā=
ghramārī."

Als Prabhāvatī dies gehört hatte, sprach sie: „Das Lust=
genießen ist das Beste auf Erden: Papagei, erzähle du die
Geschichte." — Der Papagei erzählte: „Es gibt ein Dorf,
das heißt Dēūla. Hier lebte ein Rājput mit Namen Rāja=
siṃha. Dessen Frau war bekannt unter dem Namen Kala=
hapriṇā 38. Eines Tages hatte sie mit ihrem Gatten einen
Streit: da ging sie mit ihren beiden Kindern nach dem
Hause ihres Vaters. Nachdem sie nun zornig viele Städte
und viele Wälder durchwandert hatte, kam sie in einen
großen am Malaya gelegenen Wald. Wie war der beschaf=
fen?

Mit Sandelbäumen und Alstorien angefüllt, über=
deckt von den Zweigen der besten hohen Fichtenbäume,
an einigen Stellen mit Mangos und Dattelpalmen be=
wachsen, angefüllt von Brotfruchtbäumen, trunkenen
Bienen und Vögeln, an anderen Stellen an seinem
Saume voll von den Früchten der Cordien und Wein=

palmen, erfüllt von saftigem Judendorn und vielen Tamarinden; der Wind wohlduftend von den Früchten der Granatbäume und Bilvas.

In diesem also beschaffenen Walde sah sie, Kalahapriyā, einen Tiger; und als dieser sie nebst ihren Kindern erblickte, schlug er die Erde mit seinem Schweife und kam herbeigelaufen. Wie soll sie da bestehen? So lautet die Frage."

Der Papagei gab die Antwort: „Als sie den Tiger herbeikommen sah, schlug sie schnell entschlossen ihre beiden Kinder mit der flachen Hand und sprach: ‚Was streitet ihr euch denn und wollt jeder den Tiger allein verzehren? Teilt euch in diesen einen da und eßt ihn; später wird sich schon noch ein zweiter finden.' — Als der Tiger das hörte, dachte er: ‚Das ist eine Vyāghramārī39' und floh, das Herz voller Furcht.

Durch ihre Klugheit befreite sie sich von der Tigernot, o Schöne; und auch jeder andere Verständige wird in der Welt durch seine Klugheit von schwerer Besorgnis frei."

Als Prabhāvatī diese Erzählung gehört hatte, legte sie sich schlafen.

So lautet in der Śukasaptati die zweiundvierzigste Erzählung.

Am folgenden Tage fragte die Verliebte den Papagei, und dieser sprach:

„Gehe, Herrin. Du darfst sicherlich gehen, du Elefantengangbegabte, wenn du klugen Verstand besitzest, wie abermals die Vyāghramārī."

Prabhāvatī fragte: „Wie ging das zu?

Erzähle jetzt, wie die Vyāghramārī zum zweiten Male Klugheit bewies. Ich bin sehr neugierig darauf, du lieblich Redender."

Der Papagei:

„Als diesen im Walde dahinfliehenden, von Furcht erfüllten Tiger ein Schakal sah, sprach er lachend: ‚Was setzte den Tiger so in Schrecken, daß er flieht?‘ Der Tiger antwortete: ‚Schakal, komm, komm auch du nach einer etwas versteckten Gegend. Denn die ‚Vyāghramārī‘, von der man in den Büchern liest, wollte mich töten; aber ich nahm mein Leben in die Hand und floh schnell weg von ihr.‘ — Der Schakal: ‚Tiger, du erzählst ja da etwas sehr Wunderbares! Du fürchtest dich vor einem menschlichen Wesen, das doch nur ein Fleischklumpen ist?!‘ — Der Tiger: ‚Ich habe deutlich gesehen, wie sie ihre beiden Kinder mit der flachen Hand schlug, die sich zankten, weil jedes mich verzehren wollte.‘ — Der Schakal: ‚Herr, laß uns hingehen, wo die Betrügerin sich befindet. Wenn sie dann vor dir steht, Tiger, dann will ich schon für dich einspringen.‘ — Der Tiger: ‚Schakal, wenn du mich aber im Stiche läßt und fliehst, dürfte wohl aus dem Einspringen ein Fortspringen werden.‘ — Der Schakal: ‚Wenn du das befürchtest, dann binde mich an deinen Hals und gehe hurtig hin.‘ — Das tat der Tiger, ging in den Wald zurück und fand auch die Vyāghramārī nebst ihren Kindern. Wie soll sie sich von dem Tiger befreien, der durch den Schakal wieder neuen Mut bekommen hat? So lautet die Frage." — Der Papagei gab die Antwort: „Da dachte die Vyāghramārī: ‚Der Tiger ist von dem Schakal hergebracht worden‘; darum schalt sie diesen, drohte ihm mit dem Finger und sprach:

‚He, he, du Schuft, sonst brachtest du mir drei Tiger; sprich, wie willst du bestehen, da du mir heute für uns alle drei nur einen herbeigeschafft hast?‘

Sprach's und lief eilig auf ihn los, die schreckverbreitende Vyāghramārī; und der Tiger entfloh schnell, mit dem Schakal am Halse.

Wiederum hatte sie sich durch ihre Klugheit von der

Tigergefahr befreit: Klugheit ist überall gut, o Zarte, zu allen Dingen."

Als Prabhāvatī diese Erzählung gehört hatte, legte sie sich schlafen.

So lautet in der Sukasaptati die dreiund=
vierzigste Erzählung.

Am folgenden Tage nun, bei Anbruch der Nacht, fragte Prabhāvatī den Papagei. — Der Papagei:

„Gehe, Herrin, wenn du verstehst, aus schwieriger Lage dich zu befreien, wie der Schakal sich selbst aus der Bedrängnis befreite.

Der Tiger, der aus Furcht vor der Vyāghramārī wegzu= kommen suchte, riß den Schakal mit sich fort, der an seinem Halse angebunden war. Pfoten und Rücken wurden dem= selben zerrissen, so daß er durch Blutverlust dem Tode nahe war. Wie befreite er sich nun aus der großen Gefahr? So lautet die Frage." — Die Antwort gab der Papagei: „Als der Schakal sah, wie der Tiger eilig durch viele Flüsse und Wälder, bergauf und bergab und an Höhenzügen vorbei dahinsprang, wollte er sich gern befreien und lachte plötzlich laut, trotz seiner Schmerzen. Der Tiger sprach: ‚Wie kannst du noch lachen?' — Er antwortete: ‚Herr, ich habe das Scheusal, die ‚Vyāghramārī', erkannt. Durch deine Gnade bin ich weit weg von ihr und am Leben. Aber wenn sie, die Nichtsnutzige, meinen Blutspuren nachgeht und uns findet, wie sollen wir da leben bleiben? Deshalb lache ich. Herr der Tiger, fasse Mut und überlege es dir.' — Erfreut über diese Worte sprach der Tiger: ‚Das soll geschehen'; band den Schakal los und lief eilig weiter. Der Schakal aber war froh.

Klugheit, du Schönhüftige, ist das Beste für die, welche Geld, Ruhm und Glück heischen; der Klugheit Bare gelangen in bitterste Bedrängnis, o Schlanke.

Die Kraft eines Menschen, der der Klugheit entbehrt,
gereicht nur anderen zum Vorteil, wie die des (gezähmten)
Elefanten, dessen Körper einem Berggipfel ähnlich ist."
Als Prabhāvatī diese Geschichte gehört hatte, legte sie
sich schlafen, betroffen wegen der Worte des Papageien.

So lautet in der Sukasaptati die vierund=
vierzigste Erzählung.

Am andern Tage, zur Dämmerzeit, fragte die Verliebte
den Papagei: „Soll ich gehen?" — Der Papagei sprach:
„Das ist jetzt für dich die Zeit, Herrin, den Geliebten
zu genießen, falls du, getäuscht, zu handeln weißt wie
einst Viṣṇu es trefflich verstand."
Prabhāvatī sprach: „Wie war das?" — Der Papagei er=
zählte: „Es gibt eine Stadt namens Vilāsapura. Dort lebte
ein König mit Namen Arimdama. Dort war auch ein auf
Unzucht versessener, von seiner Familie verstoßener Brah=
mane namens Viṣṇu, der in der Stadt als von allen
Frauen in der Wollust schwer zu ertragen bekannt war.
Selbst von Hetären konnte er nicht überwunden werden;
wieviel weniger von anständigen Frauen! Dort wohnte
nun eine Kurtisane namens Ratipriyā. (Es gibt nämlich
viele Arten von gaṇikā= usw. =Hetären: aber fünf sind die
bekanntesten; unter sie reihen sich alle anderen ein. Diese
fünf sind: gaṇikā, vilāsinī, rūpājivā, arthavṛttikā und
dārikā; unter diesen Arten ist die gaṇikā die allerbeste.)
Jene ließ sich nun sechzehn Drachmen geben und lud ihn
ein. Als sie ihn kommen sah, war sie mit freundlicher Rede
um ihn herum; er aber wollte von nichts weiter wissen,
sondern hatte seinen Sinn nur auf den Liebesgenuß gerich=
tet und begann, sie zu genießen und zu überwinden. Zwei
Nachtwachen hielt sie den Geiling aus, sei es des Geldes
oder des Sieges halber; in der Nacht aber ging sie in das
untere Stockwerk und sagte zu der Kupplerin: ‚Dieser Brah=

mane ist schwer zu ertragen; gib ihm den Einsatz wieder und laß ihn gehen. Wenn ich am Leben bleibe, wird morgen viel einkommen.' — Die Kupplerin sprach: ‚In unserem Hause hat noch kein Liebhaber die Schöne überwunden und den Einsatz zurückbekommen. Darum halte ihn so lange aus, bis ich ihn durch eine List hinausjage. Wenn ich auf den Feigenbaum gestiegen bin, mit zwei Schwingen den Flügelschlag nachmache und den Hahnenschrei ausstoße, dann treibe ihn hinaus mit den Worten: ‚Es ist Tag.' — Nachdem sie so gesprochen hatte, schickte sie die Hetäre wieder nach oben. Dann tat die Kupplerin, wie sie gesagt hatte; und als das geschehen war, wurde der Brahmane hinausgejagt mit den Worten: ‚Es ist Tag.' — Als er nun an der Haustür stehend den Himmel anblickte, da war ringsum Nacht. Wie soll da der von der Kupplerin überwundene Brahmane seine Niederlage vor den Leuten verbergen? So lautet die Frage." — Der Papagei sprach: „Als der Brahmane nachsah, wo der Hahnenschrei herkam, erblickte er die Kupplerin mit den zwei Schwingen. Da stürzte er sie mit einem Steinwurfe auf die Erde nieder, und die Frauen schmähten sie. Der Brahmane aber nahm das Doppelte des Einsatzes und ging in seine Behausung, nachdem er in der Stadt die Hetäre verspottet hatte."

Als Prabhāvatī das gehört hatte, legte sie sich schlafen.

So lautet in der Śukasaptati die fünfundvierzigste Erzählung.

Am folgenden Tage nun fragte Prabhāvatī den Papagei, und der sprach:

„Gehe, Herrin, und verlaß das Haus, wenn du eine Antwort zu geben weißt, wie der Gatte der Karagarā es tat, bei der Austreibung des Dämons.

Herrin, es gibt eine Stadt namens Vatsōma. Dort lebte

ein kluger, armer Brahmane, dessen Frau, mit Recht Karagarā 40 genannt, alle Welt in Schrecken setzte, so daß ein Dämon, der auf einem Baume vor seiner Tür wohnte, aus Furcht vor dieser Karagarā floh und sich in den Wald begab. Auch der Brahmane begab sich, wegen ihres schrecklichen Wesens, in die Fremde. Da wurde er von jenem Dämon erblickt und angeredet: ‚Du bist wegmüde, darum sei heute mein Gast.' — Erschrocken sagte der Brahmane: ‚Was du als Gastgeschenk geben willst, das tue schnell.' — Der Dämon sprach: ‚Fürchte dich nicht; du bist mein Gebieter. Denn ich bin der Dämon, der auf dem Baume vor deines Hauses Tür wohnte; aus Furcht vor Karagarā bin ich hierher gegangen. Darum muß ich dir als meinem Herrn nach Kräften beistehen. So gehe denn, du Brahmane, nach der Hauptstadt Mrgāvatī, wo Madanabhūpati herrscht; dort werde ich dessen Tochter Mrgalōcanā besessen machen. Sie wird von keinem anderen Beschwörer geheilt werden; wenn du aber kommst, werde ich sie bei bloßem Anblick verlassen. Ein zweites Mal jedoch darfst du keine Beschwörung unternehmen.' — Nach diesen Worten ging der Dämon hin und machte die Königstochter besessen. Auch der Brahmane kam dorthin und berührte die Trommel 41. Darauf kam er in den Königspalast und vollbrachte die Zeremonien eines Zauberers. Als aber der Dämon derselben ungeachtet nicht ausfuhr, was soll er da tun? So lautet die Frage." — Der Papagei: „Da die dämonische Besessenheit nicht aufhörte, sprach der Brahmane:

‚Dämon, du bleibst so ruhig, du Bösewicht, trotzdem du gehört hast, der Mann der Karagarā ist gekommen: erinnere dich doch an das auf dem Markte*) Gesprochene; paßt sich, o Gott, eine Falschheit gegen mich?
Und es heißt:

Männer aus edlem Geschlechte entsprossen und be-
*) D. h. ganz offen.

sonders heilig lebende sprechen keine Lüge aus; wieviel weniger aus göttlichem Geschlechte stammende!'

Da fuhr der Dämon aus und entwich. ‚Sie ist befreit!' mit diesen Worten gab der König dem Brahmanen die Tochter und die Hälfte des Reiches. Da entfernte sich der Brahmane, nachdem sein Wünschen erfüllt war."

Als Prabhāvatī diese Erzählung gehört hatte, legte sie sich schlafen.

So lautet in der Śukasaptati die sechsundvierzigste Erzählung.

Als Prabhāvatī den Tag hingebracht hatte, fragte sie den Papagei, und dieser entgegnete:

"Gehe, Herrin, wenn du dabei eine Antwort zu geben weißt, wie der Gatte der Karagarā bei der Verlegenheit wegen des Dämons tat.

Der Ehemann der Karagarā genoß königliches Glück zusammen mit der Königstochter. Inzwischen war jener Dämon nach Karṇāvatī gegangen und hatte des Königs Gemahlin Sulōcanā besessen gemacht; die war des Madana Vaterschwester. Sie litt außerordentliche Qualen und war dem Tode nahe. Da ließ sie, des Fürsten Satrughna Gattin, in ihrem mütterlichen Reiche den Beschwörer Kēśava holen. Da wurden nun Boten abgeschickt, aber Kēśava wollte nicht gehen, wiewohl der König ihm mit freundlichen Worten zuredete. Da ging der Gatte der Karagarā mit Rücksicht auf seine Frau hin. Als er dort angekommen war, wurde er von dem Herrscher Satrughna ehrenvoll empfangen und begab sich dann in die Behausung der Sulōcanā. Der Dämon, der ihn kommen sah, sprach drohend und mit harten Worten: ‚Ich habe mein Versprechen an einer Stelle erfüllt; heute aber, Brahmane, magst du dich selber schützen.' — Der Brahmane nun weiß nicht Rat noch Tat: wie soll er bestehen? So lautet die Frage."

— Der Papagei: „Da erkannte der Brahmane den Dämon, und indem er die Hände faltete, sagte er ihm schnell gefaßt in das Ohr:

‚Karagarā ist heute gekommen, Dämon, indem sie mir auf dem Fuße hierher folgte; und ich, ihr Gatte, bin hierher gekommen, um das zu melden.'

Als der Dämon dies Wort gehört hatte, sprach er erschrocken und starr im Herzen zu dem Brahmanen: ‚Ich gehe'; verließ die Besessene und entwich.

Da nun die Besessene wiederhergestellt war, wurde der Brahmane von dem Könige Satrughna mit Ehren überhäuft und kehrte nach der Stadt Mṛgāvatī zurück."

Als Prabhāvatī diese Geschichte gehört hatte, legte sie sich schlafen.

So lautet in der Sukasaptati die siebenundvierzigste Erzählung.

Am anderen Tage nun fragte Prabhāvatī den Papagei: „Ich gehe zu dem Buhlen." — Der Papagei:

„Gehe zu dem Glücke des Liebesgenusses, dem höchsten hier, Schöne, wenn du in der Verlegenheit eine Entscheidung zu treffen weißt wie Sakaṭāla.

In der Stadt Pāṭalīpura herrschte ein König namens Nanda, ein Herrscher über die ganze Erde. Sakaṭāla war der erste Minister dieses Fürsten; und durch die Fülle von dessen Klugheit besiegt waren alle anderen Herrschen tributpflichtig geworden. Und es heißt:

Welchen Vorteil hätte man von einem ergebenen Diener, wenn er dumm und feige wäre? Welchen Nutzen hätte man aber auch von dem, der zwar Einsicht und Mut besäße, aber der Treue ermangelte? Diejenigen, welche Einsicht, Mut und Treue, die zur Wohlfahrt erforderlichen Vorzüge, vereint besitzen, sind wahre Diener eines Fürsten im Glück und im Unglück, die übrigen dagegen sind Weiber.

Ferner:

Was werden demjenigen, dessen Leib durch Einsicht geschützt ist, dichtgedrängte Feinde anhaben können, gleichsam Regenschauer für den, der einen Schirm in der Hand hält?

Als der König nun, vom Wege der Tugend abweichend, die Erde auszusaugen begann, wehrte ihm der Minister: da ließ der Dummkopf von König den Minister in den Brunnen werfen. Dort weilte er lange Zeit samt seinen Kindern. Während nun der mächtige Minister Sakaṭāla sich dort befand, drang überall das Gerücht hin, daß er tot sei. Um das zu ergründen, sandte der Herrscher von Vaṅgāla seine Leute zu Nanda, indem er ihnen ein Paar Stuten mitgab mit den Worten: ‚Kommt zurück, wenn ihr euch habt sagen lassen, welches unter diesen beiden das alte und welches das junge Tier ist.' — Die beiden Stuten waren durchaus versehen mit allen guten Zeichen und ganz gleich; und jene Merkmale konnten nur von Pferdekennern beurteilt werden. Als nun in dem Reiche des Nanda niemand die Entscheidung über die Stuten treffen konnte, da überlegte König Nanda: ‚Da ich den Sakaṭāla nicht mehr habe, bin ich einer Demütigung ausgesetzt worden. Und es heißt:

Wenn man fragt, was schlimmer sei, der Verlust einer schönen Gegend der Erde oder der eines klugen Dieners, so lautet die Antwort: eines Dieners Verlust ist des Fürsten Tod; auch verlorenes Land ist leicht wiederzuerlangen; nicht so verlorene Diener.'

Nachdem er so überlegt hatte, sagte er zu dem Polizeidiener: ‚Ist einer aus dem Hause des Sakaṭāla noch in dem Brunnen oder nicht?' — Jener sprach: ‚Es ist einer darin, aber man kann es nicht deutlich erkennen. Denn es nimmt jemand in dem Brunnen die früher angewiesenen

Speisen an.' — Da zog er ihn aus dem Brunnen, erwies ihm Ehren und sprach also zu ihm:

,Ehrwürdig bist du mir, Freund, Lehrer, Herr, Gebieter, stets Gewährer der Zuflucht: was bist du wohl nicht, du allzeit Sündloser!
Und es heißt:

Ein Herr bei der Not mit einem unbändigen Elefanten; ein Lehrer bei dem Unterrichte in den Lehrbüchern; ein Herz bei den Vertrauenssachen; ein Diener, wenn es Aufträge gab; eine Zuflucht in der Gefahr; ein Schenker der von den sieben Meeren als Grenzgürteln eingeschlossenen Erde — so war Karṇa in jeder Weise selbst mein bester Freund: was war er etwa nicht?!'

Der Minister sprach: ,Herr, was ist zu tun? Das sage!' — Der König entgegnete: ,Löse schnell die Rätselfrage dieser arglistigen Gesandten, welches von diesem Paar Stuten das Alte und welches das Junge ist.' — Wie soll er diesen Zweifel lösen? So lautet die Frage." — Der Papagei: „Da ließ der Minister jenes Stutenpaar satteln, in der Reitbahn sich tüchtig tummeln und dann, als es müde war, den Sattel abnehmen und frei laufen. Da machte es das Paar wie Altes und Junges es zu tun pflegen: das Alte leckte das Junge mit der Zunge, und das Junge war zu jenem außerordentlich zutunlich. Darauf meldete der treffliche Minister dem Könige den Unterschied zwischen dem alten und jungen Tiere. Nun gewann Sakatāla das höchste Ansehen und höchsten Ruhm."

Als Prabhāvatī diese Erzählung gehört hatte, legte sie sich schlafen.

So lautet in der Sukasaptati die achtundvierzigste Erzählung.

Am folgenden Tage nun, als sie die Geschäfte des Tages verrichtet hatte, fragte sie den Papagei. — Der Papagei:

„Es ziemt sich für dich, Herrin, heute das Glück des Liebesgenusses zu genießen, wenn du in der Verlegenheit gewandt bist wie abermals Śakaṭāla.

Wie vorher, sandte der Herrscher von Vaṅgāla durch ebendiese Männer einen ganz gleich starken symmetrischen Stab, um zu erproben, ob Śakaṭāla noch lebte: ‚Geht in das Reich des Nanda und wenn ihr erfahren habt, was an diesem mit Perlen, Gold und Diamanten besetzten Stabe Anfang und Ende ist, dann kehret zurück.‘ — Auf diesen Befehl hin gingen jene Männer zu Nanda, legten ihm den Stab vor und fragten nach seinem Anfang und Ende. Als das die Minister, Künstler und Angesehensten unter den Kaufleuten gehört hatten, wogen sie den Stab; andere Kenner betrachteten ihn: aber keiner erkannte das Anfangs- und Endteil. Da befahl der König dem Śakaṭāla: ‚Außer dir weiß keiner Anfang und Ende zu finden; darum sollst du die Entscheidung treffen.‘ — Darauf sagte der Minister: „Herr, die hohe Meinung, die du von mir hegst, ist nicht eitel!‘

Wie wird nun der Minister, mag er auch noch so angesehen sein, die Sache ergründen? So lautet die Frage.‟ — Antwort: Der Papagei sprach: „Da warf der kluge Minister den Stab in das Wasser — und fand es: denn was das Unterste war, das sank im Wasser etwas unter. Das meldete er dem Fürsten, und dieser teilte es jenen Gesandten mit. Als sie es vernommen hatten, meldeten sie es ihrem Könige: darauf gaben die Fürsten dem Oberhaupte Nanda den früher festgesetzten Tribut.‟

Als Prabhāvatī diese Erzählung gehört hatte, legte sie sich schlafen.

So lautet in der Śukasaptati die neunundvierzigste Erzählung.

Am andern Tage machte sich Prabhāvatī zur Abendzeit auf den Weg und fragte den Papagei. — Der Papagei:

„Gehe, Herrin — es läßt sich keine Sünde dabei entdecken, wenn du gehst — falls du in schwieriger Lage das Richtige findest wie Dharmabuddhi."

„Wie war das?" — Der Papagei: „Herrin, es gibt auf dem Erdboden ein Dorf mit Namen Jāṅgala. Dort wohnte ein Freundespaar, Dharmabuddhi und Duṣṭabuddhi 42. Eines Tages gingen beide in der Hoffnung, Geld zu erwerben, in die Fremde; und als sie nach einiger Zeit viel Geld erworben hatten und nach ihrem Dorfe zurückkehrten, verabredeten sie untereinander: ‚Wir wollen einen Teil des Geldes unter diesem Feigenbaume vergraben und das übrige mit nach Hause nehmen. In der Folgezeit wollen wir dann den Rest teilen.' — Nachdem das geschehen war, gingen beide froh und erfreut in ihr Haus und lebten in Saus und Braus. Nun höre, was Duṣṭabuddhi inzwischen tat. Es ziemt sich freilich nicht, es zu sagen. Denn:

Sicherlich, Herrin, darf ich von keiner Freveltat berichten, die ich gesehen oder gehört habe; denn die bloße Erzählung von Missetaten reicht schon aus zu Schädigungen.

Jener Duṣṭabuddhi also grub das Geld dort aus, nahm es weg und brachte es in sein Haus. Im Laufe der Zeit nun gingen beide zusammen hin, um das unter dem Feigenbaume befindliche Geld zu holen; und als sie nachsahen, da war keins mehr da. Darauf ging Dharmabuddhi hin und meldete dem Minister die Geschichte mit dem Gelde, und daß es Kubuddhi gestohlen habe. Kubuddhi wurde geholt und gab zur Antwort: ‚Ich setze tausend Goldstücke und werde darüber ein Gottesurteil befragen.' — Der Minister war damit einverstanden; und als auch der andere zugesagt hatte, nahm der Minister ihre Bürgschaften an, entließ beide und jeder ging in sein Haus. Darauf weihte

Duṣṭabuddhi seinen Vater in die Sache ein und steckte ihn in die Höhlung des Baumes. Als es dann Tag geworden war, gingen der Minister, die beiden Streitenden und neugieriges Volk nach jenem Feigenbaume. Duṣṭabuddhi nahm ein Bad, faltete die Hände und sprach, nachdem er einen Eid geleistet hatte: ‚Sage hier die Wahrheit, trefflichster der Bäume! Wenn ich das Geld gestohlen habe, dann sage, der hat es gestohlen. Habe ich es nicht gestohlen, dann sage, der hat es nicht gestohlen.' — Als sein Vater das gehört hatte, sprach er vor allem Volke: ‚Er hat es nicht gestohlen.' Wie soll da Dharmabuddhi bestehen? So lautet die Frage." — Von ihr aufgefordert sprach der Papagei: "Als Dharmabuddhi merkte, daß jene Stimme die des Vaters von jenem sei, zündete er an der Baumhöhle ein Feuer an: da kam der Vater pustend und halb verbrannt aus der Höhle gestürzt. Als der Minister das gesehen hatte, bestrafte er Duṣṭabuddhi, den Dharmabuddhi aber machte er froh."

Als Prabhāvatī diese Erzählung gehört hatte, legte sie sich schlafen.

So lautet in der Śukasaptati die fünfzigste Erzählung.

Am andern Tage fragte die junge Frau den Papagei, und dieser sprach:

"Gehe, Herrin, du nach der Kost der Wollust Verlangende, Verliebte, zu jenem Manne, wenn du in der Gefahr zu reden weißt wie Gāṅgila."

Prabhāvatī sprach: "Das kenne ich nicht; erzähle es!" — Der Papagei: "Es gibt eine Stadt namens Camatkārapura; die war voll von den vier Veden, den vier Kasten und den vier religiösen Ständen. Nun begaben sich einst dort ansässige Brahmanen auf die Wallfahrt zu dem Herrn von Vallabhī, zu Wagen, mit Pferden bespannt; in gehobener Stimmung; reich, mit umfangreicher, vollständiger Reiseausrüstung usw.; mit den besten Kleidern angetan und von Weib und Kind begleitet. Unterwegs wurden sie von Räubern überfallen: da flohen sie alle voller Furcht. Nur ein Brahmane, mit Namen Gāṅgila, konnte nicht mit fliehen, da er lahm war; und wurde von allen Seiten umringt, als er auf den Wagen gestiegen war. Wie soll er da bestehen? So lautet die Frage." — Der Papagei: „Als nun alle Brahmanen geflohen waren, sprach er verwegen zu seinem fliehenden Bruder, auf dem Wagen stehend: ‚Bruder, wieviel Elefanten sind es und wieviel Rosse? Sage es mir und gib mir den Bogen nebst dem Köcher, damit ich sie mit dem göttlichen Geschoß auf einmal töte.' — Als die Räuber diese Worte vernommen hatten, entflohen sie alle.

Wer darum so zu reden weiß in Sachen des Rechtes, des Geldes und der Liebe — wer unter den Menschen könnte den überwältigen, du Lotusangesichtige?"

Als Prabhāvatī diese Erzählung gehört hatte, legte sie sich schlafen.

So lautet in der Sukasaptati die einundfünfzigste Erzählung.

Nachdem Prabhāvatī den Tag hingebracht hatte, sprach sie zu dem Vogel zur Nachtzeit: „Ich gehe." — Der Papagei:

„Gehe zu dem Manne, den du ersehnst, Herrin, wenn du, an dein Werk gegangen, wie Jayaśrī es versteht, dein Vorhaben glücklich auszuführen."

„Wie ging das zu?" — Der Papagei: „Höre, Herrin. Es gibt auf dem Erdboden eine Stadt mit Namen Pratiṣṭhāna. Dort herrschte der König Sattvaśīla; dessen Sohn heiß Durdamana. Der dachte: ‚Ich muß von meiner Hände Arbeit leben, aber nicht von der meiner Eltern.' Nachdem er so überlegt hatte, verließ er die Stadt zusammen mit gleichgesinnten Freunden, den Söhnen eines Brahmanen, eines Zimmermanns und eines Kaufmanns, um in die Fremde zu ziehen. Darauf überlegten sie gemeinsam: ‚Wir sollten erst dem Meere, dem Fundorte der Perlen, unsre Verehrung darbringen. Denn es heißt:

Für Wissende, aus edlem Geschlechte Stammende, Helden und Reiche ist der passendste Wohnort der Palast des Königs, wenn nicht etwas noch Besseres.

Und es heißt:

Gute sind für Gute stets die Ursache der Errettung aus dem Unglück, wie Elefanten die in einen Sumpf gesunkenen Elefanten aus der Not erretten.‘

Nachdem sie so überlegt hatten, verehrten sie den Herrn der Gewässer dadurch, daß sie dreimal sieben Fasten abhielten. Da gab ihnen der erfreute Meeresgott vier Perlen, die mit den Eigenschaften eines Zauberjuwels versehen waren.

Nachdem sie die vier Perlen in Empfang genommen hatten, kehrten sie befriedigt um; und voll Vertrauen übergaben alle dieselben dem Kaufmanne.

Da tat dieser habgierige Bösewicht die vier Perlen in seinen Schenkel und nähte ihn wieder zu. Am andern Tage erhob der Kaufmann unterwegs lautes Geschrei und rief von weitem: ‚Ich bin bestohlen.‘ — Die anderen fragten: ‚Wieso denn?‘ — Er antwortete: ‚Als ich zurückgeblieben war, um mein Wasser zu lassen, hat ein Räuber mein ganzes Gut gestohlen.‘ — Als er ihnen das mitgeteilt hatte, merkten sie es und sprachen: ‚Seht, er ist ein Betrüger; sicher hat dieser Kaufmann eine Schwindelei verübt.‘ — So dachten sie und kamen streitend nach der Stadt Airāvatī. Hier herrschte ein König, Nītisāra war er genannt. Dessen Minister, Buddhisāra mit Namen, war in der Welt berühmt. Nah und fern war er dafür bekannt, daß er bloß ein Wort von den Streitenden zu hören brauchte, um entscheiden zu können. Da erzählten jene, der Königssohn usw., dem Minister, wie sie um ihre Perlen gekommen waren. ‚Nachdem du demgemäß untersucht hast, gib sie uns wieder, jedem die seine, ohne Folter oder Haft anzuwenden. Wenn du sie uns nicht wieder zustellst, nachdem du sie ausfindig gemacht hast, dann wird es mit deinem Ruhme vorbei sein.' — Das hörte Buddhiśāra und ward von Sorgen gequält: und wie soll der König Nītiśāra bestehen? So lautet die Frage." — Der Papagei sprach: „Als der Minister die vier bei ihnen befindlichen Perlen nicht zu finden vermochte, ging er bestürzt nach Hause. Da kam des Ministers jugendfrische Tochter, Jayaśrī mit Namen, ihren Vater zu begrüßen, nachdem sie der Pārvatī ihre Anbetung dargebracht hatte; und als sie ihren Vater so voll Sorge erblickte, fragte sie nach dem Grunde seiner Betrübnis. Da erzählte der Minister, was sich zugetragen hatte. Die Tochter sprach: ‚Vater, sei nicht bange; ich will hier die Entscheidung treffen. Wenn die streitenden Männer hierher kommen, um die Entscheidung zu hören, so sollen sie in das Haus geschickt werden, damit ich aus ihrer Mitte den Perlenräuber herausfinde.' — Jener erwiderte: ‚Tochter, wie willst du das finden, was ich nicht gefunden habe?' — Sie antwortete:

‚Sage das nicht, Vater! In den Menschen wohnt mannigfache Einsicht. Hier in der Welt weiß der eine da, der andere dort was, in irgendeiner Kunst erfahren. Und ferner:

So viel Köpfe, so viel Sinne; so viel Krüge, so viel Wasser; so viel Zungen, so viel Stimmen; so viel Häuser, so viel Frauen.

Das Unglück flieht vor denen, deren Augen durch Einsicht geöffnet sind, wie die Finsternis vor denen, die eine Lampe in der Hand tragen.

Darum mache dir keine Sorge, Vater, die Fremdlinge

sollen mir zugeschickt werden, damit ich sie überführe.' — Nachdem der Minister sie also geschickt hatte, ließ jene sie baden und bewirten und dann gesondert zum Schlafe sich niederlegen. Darauf tat sie Schmucksachen an, ging zuerst zu dem Königssohne und sprach: ‚Ich bin zu dir gekommen, nach Wollust verlangend. Gib mir hundert Goldstücke und genieße mich.' — Der sprach: ‚Ich will dir mein Geld und Reich geben, wenn ich es besitze; aber heute habe ich gar nichts.' — Nachdem sie erkannt hatte, daß er kein Geld besaß, ging sie zu dem Brahmanen und sagte zu ihm dasselbe wie vorher. Der Brahmane sprach: ‚Mein Vater hat Geld und durch Schenkungsurkunde ihm gehöriges Land; das alles will ich dir geben.' — Als sie merkte, daß auch er ohne Geld sei, ließ sie ihn und ging zu dem Zimmermanne. Dieser sagte: ‚Jetzt habe ich nichts; aber später will ich dir eine Million geben.' — Da auch er kein Geld hatte, verließ sie ihn und ging zu dem jungen Kaufmanne, dem sie dasselbe sagte. Er antwortete: ‚Herrin, nimm vier Perlen und genieße mich.' Damit holte er aus dem Schenkel die Perlen und gab sie ihr. Da erhob sich Jayaśrī unter einem Vorwande und entfernte sich, ihre Keuschheit wahrend. Die vier Perlen gab sie ihrem Vater; und der Minister ließ jene kommen und gab jedem eine Perle. Nachdem sie durch das Erlangen derselben zufriedengestellt worden waren, gingen sie, ein jeder in sein Haus."

Nachdem Prabhāvatī diese Geschichte gehört hatte, legte sie sich schlafen.

So lautet in der Śukasaptati die zweiundfünfzigste Erzählung.

Am andern Tage nun fragte Prabhāvatī den Papagei, um zu gehen. Der Papagei sprach:

„Gehe, Pisangschenklige, du darfst gehen, wenn du

in der Gefahr eine Antwort zu geben weißt wie die Frau des Schuhmachers."

Prabhāvatī fragte: „Wie war das?" — Der Papagei: „An dem Ufer des Flusses Carmaṇvatī liegt das Dorf Carmakūṭa. Dort wohnte ein Schuhmacher namens Dōhaḍa. Dessen Frau, Dēvikā mit Namen, war sehr geil nach fremden Männern. Als nun der Schuhmacher ausgegangen war, um Leder zu kaufen, da holte sie den Buhlen herbei. Während sie beide nun drinnen der Wollust frönten, kam der Ehemann mit Leder beladen draußen an: wie soll da der Buhle und sie selbst bestehen? So lautet die Frage." — Von ihr gefragt sprach der Papagei: „Als sie den Gatten herankommen sah, stürzte sie eilends hinaus und sprach lauter kauderwelsche Worte*).

Als jener Dummkopf diese Worte vernommen hatte, lief er erschrocken in das Dorf, um einen Beschwörer herbeizuführen. Inzwischen jagte jene den Buhlen hinaus, und dieser ging in seine Behausung.

Wenn du nun auch eine Antwort in der Gefahr weißt, dann gehe."

Als Prabhāvatī diese Erzählung gehört hatte, legte sie sich schlafen.

So lautet in der Śukasaptati die dreiundfünfzigste Erzählung.

Als Prabhāvatī nun den Tag hingebracht hatte, fragte sie wiederum, zu gehen verlangend, den Papagei. Dieser sprach:

„Gehe, Herrin — was ist dabei für Sünde? — wenn du zu reden weißt, wie der Gesandte in der Verlegenheit vor dem Fürsten sprach."

Prabhāvatī sagte: „Wie war das?" — Der Papagei: „Es gibt eine Stadt namens Śakrāvatī. In dieser herrschte

*) Vielleicht sind die Worte des Originales überhaupt ohne Sinn und sollen nur das Stammeln einer Irrsinnigen darstellen?

ein mit den Tugenden der Rechtlichkeit usw. geschmückter König namens Dharmadatta. Dessen Minister hieß Suśila; der Sohn desselben, Viṣṇu mit Namen, war ehemals Minister über Krieg und Frieden gewesen. Als er aber dieser Stelle verlustig gegangen war und kein Geld mehr hatte, da war er doch noch voll Stolz und hochfahrend in dem Gedanken, Erbminister zu sein. Der König aber sagte kein Wort dazu. Eines Tages sprach der Minister zu dem Herrscher: ‚Majestät, warum wird dieser Viṣṇu nicht irgendwie in Gnaden angenommen?' — Der König, der diesem nicht wohl wollte, erwiderte kein Wort. Da sagte der Minister wiederum: ‚Herr, dieser Viṣṇu ist treu und ergeben und geschickt in Gesandtschaftsdiensten. Darum möge Majestät ihn irgendwohin schicken und ihn auf die Probe stellen.' — Als der König diese Worte vernommen hatte, ging er darauf ein, versiegelte ein aus Asche bestehendes Geschenk mit seinem Siegelringe, händigte es jenem ein und sandte ihn in die Stadt Vidiśā zu dem Fürsten Śatrudamana. Als er dorthin gekommen war, legte er das aus Asche bestehende Geschenk, ohne darum zu wissen, versiegelt vor dem Könige nieder. Als nun dies unheilbringende Geschenk vor dem Könige niedergelegt worden war, geriet dieser in wütenden Zorn. Wie soll da der Gesandte, der ein solches Geschenk gebracht hat, in Frieden scheiden? So lautet die Frage." — Der Papagei gab die Antwort: „Als Viṣṇu jenen in Zorn geraten sah, sprach er klugerweise also: ‚Gebieter, mein Herr hat ein Pferdeopfer veranstaltet: zum Zeichen der Ehrerbietung hat er aus der Feuergrube die lautere, heilbringende und sündentilgende Asche von den drei heiligen Feuern mir übergeben. Denn:

Es gibt Elefanten, es gibt Rosse, es gibt Glücksgüter mannigfacher Art: schwer zu erlangen ist Opferasche für dich und mich.'

Mit diesen Worten sprang er eilig auf, nahm die Asche

in die Hand und gab sie dem Könige. Dieser war über das Wort ganz voller Freude, erwies ihm Ehren und sandte auch ein wertvolles Gegengeschenk mit; Viṣṇu aber wurde unter Ehrenbezeugungen entlassen. — Wenn du, Herrin, in gefährlicher Lage auch eine Antwort weißt, dann gehe; andernfalls bleibe hier."

Als Prabhāvatī diese Erzählung gehört hatte, legte sie sich schlafen.

So lautet in der Śukasaptati die vierundfünfzigste Erzählung.

Am folgenden Tage fragte Prabhāvatī zur Nachtzeit den Papagei, um zu gehen. Der Papagei sprach:

"Gehe, Pisangschenklige; es ziemt sich, zu gehen, Elefantengangbegabte, wenn du eine Antwort zu geben weißt wie der Brahmane Śrīdhara."

Prabhāvatī sprach: "Wie war das?" — Der Papagei sprach: "In dem Dorfe Carmakūṭa wohnte ein Brahmane namens Śrīdhara. Ebendort lebte ein Schuhmacher mit Namen Candana, bei dem hatte sich Śrīdhara ein Paar Sandalen machen lassen. Der Schuhmacher verlangte beständig sein Geld, und der Brahmane sprach: ,Ich werde dich schon zufriedenstellen!' — Darüber verging eine ganz geraume Zeit, als der Brahmane eines Tages von dem Schuhmacher gepackt wurde. Wie soll da der Brahmane ohne Geld loskommen? Das erzähle. So lautet die Frage." — Antwort: Der Papagei sprach: "Inzwischen war in dem Hause des Dorfoberhauptes ein Sohn geboren worden; da sprach der arglistige Brahmane: ,Schuhmacher, ich habe neulich gesagt, ich wolle dich zufriedenstellen, bist du nun durch die Geburt dieses Sohnes zufriedengestellt oder nicht?' — Sagt er, ich bin nicht zufriedengestellt, dann dürfte der König ihn bestrafen; andernfalls kommt er um sein Geld. Da sagte er: ,Ich bin zufriedengestellt worden.'

Da hatte der Brahmane sich durch seine Arglist befreit und entfernte sich. — Darum, Herrin, wenn du auch so eine Antwort weißt, dann gehe."

Als Prabhāvati diese Erzählung gehört hatte, legte sie sich schlafen.

So lautet in der Śukasaptati die fünfundfünfzigste Erzählung.

Am andern Tage nun fragte Prabhāvati den Papagei, um zu gehen. Der Papagei:

„Gehe, Herrin, wenn du dabei eine Antwort zu geben weißt, wie einst der Kaufmannssohn Śāntaka in der Gefahr es tat.

Es gibt ein Dorf namens Tripatha. Dort lebte ein reicher, geiziger und sündiger Kaufmann namens Śāntaka, der gern über Land ging. Als er in einem anderen Dorfe Geld einkassiert hatte und seines Weges ging, wurde er von Räubern überfallen: wie soll er aus der Räubergefahr befreit werden, Herrin? So lautet die Frage." — Antwort: Der Papagei: „Als der Kaufmann merkte, daß er von Räubern überfallen würde, ging er zu dem in der Nähe befindlichen Standbilde des Yakṣa Galagraha mit Namen, legte das Geld vor ihm nieder, nahm ein Stück Kreide in die Hand und sprach also zu dem Herrn der Yakṣās:

‚Gott, diese Geldsumme habe ich von allen Seiten für dich einkassiert; soviel Geld habe ich bekommen, und noch vieles andere steht noch außen.'

Als die Räuber diese Rechnung sahen, meinten sie, das Geld gehöre dem Yakṣa; verneigten sich und gingen weg. Jener aber nahm das Geld und ging ruhig nach Hause."

Als Prabhāvati diese Erzählung gehört hatte, legte sie sich schlafen.

So lautet in der Śukasaptati die sechsundfünfzigste Erzählung.

Am andern Tage sprach die junge Frau zur Abendzeit wiederum zu dem Luftsegler: „Ich gehe heute, das Glück zu genießen, welches in dem Liebesgenusse mit dem Buhlen besteht." Der Papagei:

„Gehe, Herrin, wenn du, von dem Gatten erkannt, zu reden weißt, wie einst der kluge Subhaṃkara sprach, als er von dem Könige erkannt worden war.

In der Stadt Avantī herrschte König Vikramārka; dessen erste Gemahlin, Candralēkhā mit Namen, war verliebt hinter einem königlichen Pandit namens Subhaṃkara her und buhlte mit ihm dank der Hilfe von Unterhändlerinnen und Sklavinnen. Beständig ging sie in dessen Haus und scherzte mit ihm nach Herzenslust. Während Pandit und Königin so miteinander tändelten, kam die Regenzeit heran. Und da war es so:

Unter dem Paukenschall Blitzgeprassel, unter dem Bardensang Wolkendonner, mit den Siegesfahnen Pfauenschrei kam der König Regenzeit.

Böses Wetter, gewaltige Regengüsse, Morast, Blitzesleuchten und das Wechselspiel der Liebe der zu dem Buhlen eilenden Frauen sind da gebräuchlich.

Und es heißt:

Wenn dein Sinn voll Liebe ist, wenn du voller Liebe lebst, warum gehst du, o Tochter, die du für einen andern die Wirtschaft führst, in das Haus eines schlechten Menschen?

In dieser Zeit merkte König Vikramārka, daß die Königin nachts nach dem Hause des Subhaṃkara ging: da folgte er ihr auf dem Fuße voller Neugier noch, unbemerkt, ein Schwert in der Hand und in dunkler Kleidung. Subhaṃkara, der die Königin auf die Haustüre zukommen sah, sprach:

‚Daß du Lotusäugige aus dem Frauengemache des Fürsten hierhergekommen bist, der das höllische Feuer für das Meer der Feinde bedeutet; in einer Zeit, wo die dichte Finsternis noch durch laut donnernde Wolken vermehrt wird, das Himmelsrund unsichtbar ist und lautes Getöse von den Wächtern, Aufpassern und Soldaten erschallt: darum halte ich die Furchtsamkeit der Frauen für falsch.'

Als der Herrscher dies Wort vernommen hatte, kehrte er in seinen Palast zurück; Subhaṃkara aber erfreute die Schöne durch Bewirtung und freundliche Reden. Und es heißt:

Diejenigen sind den Frauen lieb, welche nicht den Herrn spielen wollen und die Erzürnte wie ein Sklave besänftigen; die übrigen sind nur verhaßte Herren.

Der Beste war er unter den Liebhabern, und ebenso die Schöne unter den Liebhaberinnen; auch die beste Art des Lagers benutzten sie, indem sie unter den drei Arten desselben Lagers unterschieden.

In drei Unterabteilungen zerfallen die Liebhaber, beste, mittlere und gewöhnliche; ebenso soll man die Liebhaberinnen ansehen; und ihr Lager ist gleichfalls dreifach verschieden.

Hier folgen die Eigenschaften der Liebhaber:

Wer von tausenderlei Zornesäußerungen getroffen und von dem Feuer Madanas*) versengt eine Nichtverliebte liebt, der ist bekannt als der gewöhnliche Liebhaber.

Wer von liebeskranken Verliebten fortwährend geliebt wird, aber diese Demütigen nicht wiederliebt, dieser Liebhaber gilt als mittlerer.

Wer eine verliebte, hingebende Schöne stets liebt, Herrin, und von dieser außerordentlich wiedergeliebt wird, der wird der beste genannt.

Liebhaberinnen gibt es drei Arten:

*) Der indische Liebesgott.

Die Liebhaberin, die zur rechten Zeit zornig wird, aber, wenn der Zorn verflogen ist, dem Geliebten wieder ergeben ist; kundig der Gefühle und erfahren in den Geschäften, die gilt als die beste.

Die am unrechten Platze zornig wird, ferner schwer zu versöhnen, bald spröde, bald frei von Sprödigkeit ist: die gilt als die mittlere.

Die Geile, außerordentlich Freche, bei dem Sprechen Geschmacklose, im Schaffen von Mißgeschick Kundige, Undankbare gilt als gewöhnlich.

Diese beiden können ein dreifaches Lager haben:

Ein Lager, welches an den beiden Seiten hoch gebaut ist, während die Mitte tief liegt, ist das beste Lager für den Geliebten und hält das heftige Drängen der im Liebesgenusse Befindlichen aus.

Zu den mittleren gehört das wagrecht=ebene Lager, so daß die Nacht beständig hingeht bei sehr vereinzelter Berührung der Leiber.

Einem Feinde vergleichbar ist das Lager, welches in der Mitte hoch und an beiden Seiten niedrig ist, wo selbst ein Kenner nicht beständig Beischlaf ausüben könnte.

So wurde die Schöne, auf nicht erhöhtem Lager ruhend, von dem Pandit genossen und ging dann, am Morgen entlassen, in ihr Haus zurück.

Am Morgen ließ der König, nach Beendigung aller Geschäfte, den Pandit und die Königin kommen, setzte den Pandit auf den Thron und sprach lächelnd zu Subhaṃkara, indem er eine Anspielung machte: „Die Furchtsamkeit der Frauen halte ich für falsch!" — Da er dies Wort hörte, erschrak er in seinem Herzen über seinen Fehltritt. Wie soll er nun bestehen, da er von dem Könige durchschaut ist? So lautet die Frage. Denn:

Auch in dem Hause eines Armen wird eine begangene

Sünde bestraft: wieviel weniger kann in dem Hause des Erdherrschers eine Sünde geduldet werden!"

Antwort: Der Papagei sprach: „Da erhob der Kluge also seine Stimme, nachdem er bedacht hatte, daß der König ihn durchschaut hatte:

‚Deine Hoheit, Liebesgottverkörperter, schreitet über das Wasser des Meeres voller grausiger Haifische; an dem Himmel, der keine Stütze bietet, steht sie; auf der schwer zugänglichen Berge Häupter klimmt sie; allein geht sie in die Hölle, die erfüllt ist von giftstrotzenden Schlangenscharen: darum halte ich die Furchtsamkeit der Frauen für falsch.'

Als der König diese Rezitation des Pandits vernommen hatte, sah er diesen Klugen und die Königin an und dachte: ‚Ein solcher Kluger findet sich nicht leicht, aber Frauen sind freilich leicht zu erlangen.' — Nachdem er so überlegt hatte, nahm er die Fürstin bei der Hand und gab sie dem Gelehrten mit den Worten: ‚Nimm diese Fürstin zu eigen!' — Hocherfreut sprach der Pandit: ‚Das ist eine große Gnade.' — Und es heißt:

Wie kann ein Mann, der sich nicht auf die Lehrbücher versteht, Vorzüge und Mängel unterscheiden? Besitzt etwa ein Blinder die Befähigung, Schönheit und Gebrechen wahrzunehmen?

Durch die Gnade des Königs genoß nun der Pandit des Glückes mit ihr zusammen. — Wenn du, Prabhāvatī, gelegentlich auch so zu reden verstehst, dann gehe; andernfalls bleibe zu Hause."

Als Prabhāvatī diese Erzählung gehört hatte, legte sie sich schlafen.

So lautet in der Sukasaptati die siebenundfünfzigste Erzählung.

Am andern Tage machte sich Prabhāvatī zur Abendzeit auf den Weg und fragte den Papagei. Der Papagei:

„Gehe heute, Wollustheischende, um zu buhlen, wenn du dem gegebenen Falle entsprechend zu handeln weißt wie der Gatte der Duḥśīlā vor dem Gaṇapati 43."

Prabhāvatī sprach: „Wie war das?" — Der Papagei: „Es gibt eine Stadt namens Lōhapurī. In dieser wohnte ein schmutziger Kerl 44 namens Rājaḍa. Dessen Frau, Duḥśīlā benannt, war nach fremden Männern lüstern. Diese ging einmal mit ihren Freundinnen zusammen nach der Stadt Padmāvatī, um Garn zu verkaufen. Da nannten alle einzeln vor dem bei dem Dorfe befindlichen Gaṇapati einen Wunsch; jene aber, deren Leib von Madana besetzt war, wünschte sich Küsse. Jener schenkte ihnen nun reichen Erfolg; worauf ihm alle, eine jede von dem, was sie erbeten hatte, spendeten; jene aber gab ihm nackt einen Kuß: da hielt sie der Schalk an der Lippe fest, so daß sie, an der Lippe festgehalten, wie ein Huhn dahing. Dies Abenteuer erzählten die Freundinnen kichernd deren Manne, damit er sie befreien möchte. Als er ihre Worte gehört hatte, ging er dorthin, und da er sie in solcher Lage sah, überlegte er: ‚Wie kann die losgemacht werden?' — So lautet die Frage." — Der Papagei: „Als er sie in solcher Lage sah, ward er geil und begann, sie nach dem Eselmodus zu genießen. Da nun Gaṇapati dieses Abenteuer sah, mußte er lachen; und bei dem Lachen ließen seine Lippen los, so daß sie befreit wurde. Sie verneigte sich und ging nach Hause, indem sie ihrem Gatten drohte.

Er frönte so der Liebeslust, Herrin, wie es den Umständen entsprach, und Duḥśīlā wurde bei dieser Gelegenheit von dem Herrn der Hindernisse befreit.

Der Gewandte, der den Verhältnissen entsprechend einen Anfang macht, der erntet stets Früchte; wer sich auf die Verhältnisse versteht, der zeichnet sich aus."

Als Prabhāvatī diese Erzählung gehört hatte, legte sie sich schlafen.

So lautet in der Śukasaptati die achtund=
fünfzigste Erzählung.

Am Ende des nächsten Tages nun fragte sie den Papa=
gei, um zu gehen. Der Papagei:

„Gehe, Herrin, und vollführe dein außerordentliches Vorhaben, an das du denkst, wenn du wie Rukmiṇī verstehst, den stolzen Gatten zu hintergehen."

Prabhāvatī sprach: „Wie war das?" — Der Papagei: „Es gibt ein Dorf namens Saṁgama; dort wohnte ein jähzorniger Rājput namens Rāhaḍa, dessen Frau hieß Rukmiṇī. Als er mit ihr zusammen eine Prozession mit= machte, warf sie einem andern Manne Seitenblicke zu, wobei er sie und den Mann sah. Da er dies Paar so beobachtete, meinte er, daß sie in jenen verliebt sei. Und es heißt:

Der Geliebte einer Frau, auch wenn sie nicht spricht; und ebenso eine Amme, die nur mit halbem Auge an= geblickt ward, ja ein Seufzer wird erkannt in einem Dorfe, das voll ist von verschlagenen Leuten.

Da Rāhaḍa nun merkte, daß sie so verändert sei, ging er heim, schalt sie mit harten Worten und hielt sie im Hause gefangen. Sie dachte nun: ‚Meine Geburt, mein Leben und meine Jugend wäre gesegnet, wenn ich vor seinen Augen den Buhlen genösse!' — Das nahm sie sich fest im Herzen vor. Wie soll sie nun ihren Vorsatz ausführen? So lautet die Frage." — Der Papagei: „Als sie einst jenen in ihrem Herzen wohnenden Mann an dem Hause vorbeigehen sah, sprach sie zu ihm: ‚Heute nacht mußt du dich am Fuße des auf unserem Hofe befindlichen Tamarindenbaumes in einer deinem Körper entsprechenden Mulde mit aufgerichtetem Gliede niederlegen.' — Er sagte zu und legte sich nachts so hin; die Verliebte aber, in allen Geschäften Bewanderte, begab sich dorthin und rief den Gatten nach dem Hausboden. In dem Schatten des Tamarindenbaumes legte sie sich über jenes Glied und sprach zu ihrem Manne, der Pfeil und Bogen trug:

‚Ein Bogenschütze bist du, der Erste bist du, Ruhm hast du in der Welt erlangt; so triff mir heute den Mond, ich rechne auf deine Tüchtigkeit!'

Da der Dummkopf dies ihr Wort vernommen hatte, ergriff er den Bogen samt dem Pfeile, zielte auf den Mond und schoß den Pfeil ab. Der von ihm entsandte Pfeil traf den am Himmel befindlichen Mond natürlich nicht und fiel, das Ziel verfehlend, herunter. Da der Gatte nun nicht getroffen hatte, verspottete sie ihn 45, von dem umgekehrten Liebesgenusse ermüdet, unter Händeklatschen.

Als Rāhaḍa sie so reden hörte, ging er, den Pfeil suchend, lange umher, worauf sie nach Herzenslust den umgekehrten Liebesgenuß ausübte und also zu dem Gatten sprach:

‚Nach Herzenslust habe ich heute vor deinen Augen, du Dummkopf, der Liebe gepflegt; du bist ein trauriger Held; ich gehe!' So sprach sie zu ihm.

Nach diesen Worten bestieg sie das Pferd, welches der Buhle mitgebracht hatte, und entfernte sich. Rāhaḍa aber, der sie gehen sah, war beschämt und zog sich scheu zurück. Ja, wer ward nicht betrogen, der den Frauen diente?! Denn:

Einst tanzte Sambhu; ebenso führte Govinda den Reigen auf; Brahman ward zum Tiere: wer ward nicht von den Weibern angeführt!

Was für Glück sollten wohl die Weiber bringen, die die Wurzel des Baumes Dasein sind, die Stätte der Schößlinge Sünden, mit Qualenblüten und =früchten!

Dies Weltall wurzelt in der Māyā; deren Wurzel sind die Weiber; deren Wurzel ist der Geschlechtsgenuß: wenn wir diesen aufgeben, blüht uns das Glück."

Als Prabhāvatī dessen Worte vernommen hatte,

sprach sie: „Ursache des Entstehens ist die Zarte; Ursache des Zunehmens auch ist die Zarte; des Glückes Ursache ist die Zarte; wie kann sie vom Übel sein?

Ohne diese gibt es keinen Genuß, ohne diese auch keine Freuden; ohne diese glauben die Männer ihr Ziel nicht erreicht zu haben.

Und es heißt:

Wer hat die Weiber geschaffen, diese Krüge voll Nektar, diese Minen voll Freuden, diese Behälter der Liebeslust?

Der Anblick der Geliebten möge uns zuteil werden — was soll jeder andere Anblick? — wobei selbst ein leidenschaftliches Herz in das Erlöschen eingeht."

Als der Papagei diese ihre Worte vernommen hatte, sagte er: „Bei Pferden, Elefanten, Metallen, Hölzern, Steinen, Kleidern, Frauen, Männern und Wasser findet man große Verschiedenheiten.

Was du da gesagt hast, bezieht sich auf gattentreue Frauen, auf keine anderen."

Als Prabhāvatī diese Erzählung gehört hatte, legte sie sich schlafen.

So lautet in der Śukasaptati die neunundfünfzigste Erzählung.

Am andern Tage fragte Prabhāvatī den Papagei, um zu gehen. Der Papagei sprach:

„Gehe, Herrin, wenn du bei dem Eintritt einer Verlegenheit weißt, was angemessen ist, wie der Gesandte des Fürsten in der Halle des Herrschers Vīra."

Prabhāvatī sprach: „Wie ging das zu?" — Der Papagei:

„Von dem Oberhaupte von Kaccha, o Herrin, ward gehört, daß der Saal dieses Fürsten (des Vīra!) vielfarbig, von den Göttern erbaut und mit allen möglichen Edelsteinen geschmückt sei.

Um diesen anzusehen, wurde ein Gesandter, genannt

Haribatta, mit tausendfachen Geschenken an kostbaren
Perlen und mit Pferden abgeschickt, o Schüchterne.

Als der Gesandte in jene Stadt gekommen war und
den Fürsten erblickt hatte, sprach er zu ihm: ‚Ich bin von
meinem Herrn beauftragt, deine Prunkhalle anzusehen.'
— Der König erwiderte: ‚Ich werde sie dir morgen zeigen.'
— Darauf wurde der Gesandte am nächsten Tage von
dem Könige herbeigeholt; und als jener eilig hinkam und
die von mannigfachen Edelsteinen funkelnde Halle erblickt
hatte, konnte er nicht unterscheiden, ob sie aus Wasser oder
fester Masse bestände: wie soll er da bestehen? So lautet
die Frage." — Der Papagei: „Da warf er eine Betelnuß
hin, erkannte auf diese Weise, daß die Halle aus fester
Masse bestand und ging heim."

Als Prabhāvatī diese Erzählung gehört hatte, legte sie
sich schlafen.

So lautet in der Sukasaptati die sechzigste
Erzählung.

Am andern Tage fragte sie den Papagei; dieser sprach:
„Gehe, Herrin, wenn du zu deinem Buhlen gelangt
ihn zu genießen verstehst, den lange ersehnten, wie Tē=
jukā es einst tat."

Prabhāvatī sprach: „Wie war das?" — Der Papagei
erzählte: „Es gibt ein Dorf mit Namen Khōrasama. Dort
lebte ein junger Kaufmann namens Pārsvanāga. Dessen
Frau hieß Tējukā und war schön, nach Wollust gierig und
liederlich. Eines Tages, als sie von ihren Freundinnen um=
geben ausgegangen war, eine Prozession anzusehen, erblickte
sie einen Mann von schöner Gestalt und dachte daran, mit
ihm zusammenzukommen. Denn:

Bei Hochzeiten, Prozessionen, im Hause des Königs,
in der Not, in fremden Häusern und im Streite geht
die Frau zugrunde, Herrin.

Und es heißt:

Im Hause, im Walde, ferner im Tempel, bei dem Opfer, am Wallfahrtsorte, an der Wasserschöpfstelle, bei Hochzeiten und Festen immerdar, ebenso im Hause einer Kranzwinderin,

Bei Prozessionen, in Frauengesellschaft, wo es keine und wo es viel Menschen gibt, ist die Frau zügellos, in der Stadt und auf dem Lande; ebenso diejenige, die immer an der Tür steht.

In der Scheune, auf dem Felde, in der Fremde, unterwegs, im Hause, auf öffentlichem Platze, wenn sie schaulustig ist bei dem Kommen und Gehen der Könige,

Im Hause des Nachbars, in der Öde, im Hause einer Wäscherin und Näherin; bei Tag und bei Nacht, in der Dämmerung, bei schlechtem Wetter, auf dem Königsplatze, bei Kummer und Unglück des Gatten geht das zügellose Weib immer zugrunde.

Als Tejukā jenen erblickt hatte, winkte sie ihn mit einem Zeichen der Braue herbei und sprach zu ihm: ‚Ich bin in dich verliebt; aber mein Gatte ist unerträglich und grausam, so daß ich nicht aus dem Hause gehen kann. Darum will ich an dem und dem Tage an unsrer Haustür einen Skorpion in den Krug tun und dann hinlaufen lassen; von dem werde ich „gebissen" sein, und du mußt an unsrer Haustür als Arzt stehen.' Nachdem sie diese Verabredung getroffen hatten, gingen beide heim; und jener handelte danach. Sie aber warf einen Krug auf das Kopfkissen des Lagers und rief: ‚Dieser Skorpion, der in dem Kruge gewesen war, hat mich gestochen.' — So kreischte sie. Jener Mann trat nun als Arzt an die Haustür und sprach: ‚Man versetze einen Schlag, reibe den Bauch, entferne den stechenden Schmerz, beseitige das Gift.' — Darauf sagte sie zu dem Gatten:

,Trage Holz für mich herbei, Herr; ich muß gewiß sterben; oder hole Zauberer und Ärzte und laß sie mich heilen.'

Da holte ihr Gatte den draußen am Haus Stehenden herbei. Der Arzt besah sie und sagte zu ihrem Manne: ,Wenn diese von einer schwarzen Schlange Gebissene am Leben bleibt, dann hast du Glück und ich werde berühmt.' — Der Kaufmann sprach: ,Arzt, sei so gütig und heile sie von dem Gifte.' — Da bestrich der Arzt die Lippen der Geliebten mit irgendeiner bitteren Arzenei und sagte zu ihrem Gatten: ,Nun, Kaufmann, stärker als alle Gifte ist das Menschengift. So denke nun, Gift ist das Mittel gegen Gift und lecke ihre Lippe.' — Darauf begann der Kaufmann das zu tun; aber im Nu wurde sein Mund durch das Berühren der mit der bitteren Arzenei bestrichenen Lippen bitter. Da sagte der Kaufmann: ,Lecke du die Lippe!" — Mit diesen Worten trat er hin. Nun stieg aber in dem Kaufmanne die Furcht vor dem Gifte auf, weshalb er hinausging; inzwischen genoß der Arzt die Verliebte. Danach wurde die Arglistige wieder gesund; ebenso wurde der Kaufmann im Augenblicke gesund, war gegen den Arzt zuvorkommend und berührte seine Füße mit den Worten: ,Ich bin dein.' — So oft nun der Kaufmann ausgegangen war, kam jener als „Arzt" in das Haus und genoß sie beständig. — Wenn du nun, Herrin, so zu handeln und zu sprechen weißt, dann gehe.

Der Arglistige, der so zu handeln und zu reden weiß, möge handeln und gehen, sein Bestes zu vollbringen und zu genießen."

Als Prabhāvatī diese Erzählung gehört hatte, legte sie sich schlafen.

So lautet in der Śukasaptati die einundsechzigste Erzählung.

Am andern Tage fragte Prabhāvati den Papagei. — Der Papagei sprach:

„Gehe zu dem Geliebten, ihn zu genießen, Herrin, wonach du verlangst, wenn du in der Verlegenheit einer Antwort fähig bist wie die beiden Frauen des Kuhana.

Es gibt ein Dorf mit Namen Gambhīra. Dort wohnte ein Rājput namens Kuhana, der war eifersüchtig, mutig, beschränkt, ein Weiberfreund und schwer zu ertragen. Er hatte zwei Frauen, Śobhikā und Tejikā mit Namen, wollüstig, nach fremden Männern geil und schön. Um diese zu bewachen, hatte er außerhalb des Dorfes am Ufer des Flusses ein Haus erbaut und bewachte sie, an der Türe stehend. Eines Tages sagten sie zu ihm: ‚Es wäre gut, wenn ein Barbier käme!' — Da schickte er einen umherwandernden Barbier, um hinter dem Vorhange ihre Nägel zu schneiden. Während nun der Barbier ihre Füße reinigte, die sie hinter dem Vorhange hervorstreckten, stand der Ehemann nicht weit davon auf dem Wege. Jene beiden aber gaben dem Barbier eine goldene Spange und sagten heimlich zu ihm: ‚Nimm dies Gold und bringe uns mit irgendeinem Manne zusammen.' — Der Barbier sagte zu, verabschiedete sich von dem Rājput und ging. Am andern Tag begab sich der Barbier mit seinem Freunde, einem jugendfrischen, gewandten Burschen, dem der Bart noch nicht sproßte, nachdem er ihn in Weiberkleider gesteckt hatte, zu dem Gatten jener beiden und sprach zu ihm: ‚Das ist hier meine Frau. Da ich über Land gehen will, kann ich sie nirgends anderswo lassen als in Eurem Hause. Denn in Eurem Hause muß eine Frau geschützt sein.' — Nach diesen Worten sagte jener zu: ‚Laß sie hier!' — Da ließ der Caṇḍāla ihn dort, ging zu den beiden Frauen und sagte: ‚Diese müßt ihr euch zu eigen machen!' — Als sie nun den von dem Caṇḍāla Herbeigebrachten erkannt hatten, erwiesen sie ihm viele Ehren. Am Tage war er ein Weib, bei

Nacht aber ein Liebhaber und genoß die Frauen des Rājput abwechselnd. Nun verlangte aber der geile Rājput danach, mit „ihr" Umgang zu haben und bat „sie" immer darum. Aber die Scheinfrau sagte nein. Da bekam der Rājput Zweifel, ob sie überhaupt eine Frau sei. Diesen Zweifel zu beseitigen, sprach er zu seinen Frauen: ‚Auf Geheiß der Dēvī muß ich morgen ein großes Fest feiern; da müßt ihr alle drei nackt tanzen.' — Wie soll da der verkleidete Mann tanzen? So lautet die Frage." — Der Papagei gab die Antwort: „Da wurde die Spitze seiner Rute mit einem Faden zurück und in den After gebogen und so ein deutliches weibliches Glied hergestellt, worauf alle, als der Ehemann gekommen war, unter Händeklatschen tanzten und dazu eine Strophe sangen von einer Affin, die ihn geäfft habe.

Der Rājput fragte nach dem Sinne, worauf sie antworteten: ‚Affin bedeutet die vulva. Da diese zerstört ist, möge der Rājput sich eine andere Frau suchen, ist der Sinn.'(?) — Da war der Dummkopf von Rājput überzeugt und ließ den verkleideten Mann in Ruhe; dieser aber genoß so in Weiberkleidern die beiden Frauen weiter.

Wer also in der Verlegenheit zu handeln und zu reden versteht, Herrin, der möge nach Wunsch, zur richtigen Zeit und nach Behagen hingehen."

Als Prabhāvatī diese Erzählung gehört hatte, legte sie sich schlafen.

So lautet in der Śukasaptati die zweiund=
sechzigste Erzählung.

Am andern Abend sagte Prabhāvatī zu dem Papagei: „Ich gehe." — Der Papagei sprach:

„Gehe, Herrin, — dabei ist keine Sünde — wenn du beim Nahen eines Herzenskummers dies Unglück zu überwinden weißt wie Śakaṭāla.

Wie von Śakaṭāla das ihm zum Tode seiner Familie

erwachsende Leib dadurch beseitigt wurde, daß das Geschlecht der Nanda durch Cāṇakya vertilgt wurde, so 46.

Darum ziemt es sich nicht für dich, in ein fremdes Haus zu gehen. Und es heißt:

Sogar der mit hellem Lichte ausgestattete Mond, dessen Gefolge die Sterne bilden; der das Haupt der Kräuter 47 ist und dessen Leib aus Nektar 48 besteht, büßt seine Gestalt ein, sobald er in die Scheibe der Sonne gerät: wer ward nicht erniedrigt, wenn er ein fremdes Haus betrat?"

Als Prabhāvatī diese Geschichte gehört hatte, legte sie sich schlafen.

So lautet in der Śukasaptati die dreiund= sechzigste Erzählung.

Am andern Tage fragte Prabhāvatī den Papagei, und dieser sprach:

"Gehe, wenn du in der Gefahr etwas zu tun weißt, Schlankleibige, wie es Dēvikā tat, damit der Buhle der Freundin entkommen konnte."

Prabhāvatī sagte: "Wie war das?" — Der Papagei: "Es gibt ein Dorf mit Namen Kūṭapura. Dort wohnte der Rājput Sōmarāja, dessen Gattin, Maṇḍukā mit Namen, war schön von Angesicht und lüstern nach fremden Män= nern. Diese genoß nachts auf dem Hofe des Hauses ein Mann, der nach Verabredung mit einer Glocke ein Zeichen gab. Einstmals hörte ihr Gatte den Ton der Glocke, dachte, es wäre ein Stier und kam mit einem Knüppel gelaufen. Wie soll da der für einen Stier angesehene Buhle bestehen? So lautet die Frage." — Der Papagei: "Als die Freundin der Maṇḍukā, namens Dēvikā, sah, daß der Gatte herbei= kam und dem Glockentone nachging, faßte sie den Glocken= klöppel des fliehenden Buhlen mit der Hand fest und sagte zu dem Gatten: ,Lieber, der Stier ist flüchtig geworden und entronnen.' — Da kehrte er um und erzählte seiner Frau von seiner Heldentat."

Als Prabhāvatī diese Erzählung gehört hatte, legte sie sich schlafen.

So lautet in der Śukasaptati die vierund=
sechzigste Erzählung.

Am andern Tage fragte Prabhāvatī den Papagei. — Der Papagei:

„Du darfst dorthin gehen, Herrin Prabhāvatī, wenn du in der Gefahr zu reden weißt wie der Jaina=Mönch 49 in der Klemme.

Herrin, es gibt einen Ort namens Janasthāna. Dort herrschte der mit Recht so genannte König Nandana*). In diesem Orte lebte ein dem höchsten Gotte treu ergebener Mönch namens Śrīvatsa. Als sich dieser eines Tages nach der Stadt Benares auf den Weg gemacht hatte und mit seinen Schülern fürbaß zog, sandte er einen Schüler hin, um Fleisch zu besorgen. Dabei sahen ihn andere Mönche: wie soll er bestehen? So lautet die Frage." — Der Papagei sprach: „Wie alle Mönche herbeikamen, ihn umringten, in lautes Gelächter ausbrachen und allzumal fragten, da erwiderte er: ‚So ist nun dieser Schüler! Da ich sagte: mām samvartata (kommt zu mir), hat er in seiner Dummheit etwas von Māṁsam (Fleisch)**) verstanden.'"

Als Prabhāvatī diese Erzählung gehört hatte, legte sie sich schlafen.

So lautet in der Śukasaptati die fünfund=
sechzigste Erzählung.

Am andern Tage machte sich Prabhāvatī auf den Weg und fragte den Papagei. — Der Papagei:

„Gehe, Herrin, — bei einem edlen Werke darf man

*) Erfreuer.
**) Fleischgenuß ist strengstens verpönt!

nicht säumen — wenn du in der Gefahr zu handeln weißt wie der kluge König der Schwäne.

Es gibt, Herrin, auf Erden einen lieblichen, von verdorrtem Duft=Gras 50 erfüllten, zehn Jucherte bedeckenden Wald, den Liebling der Vögel.
Dort war ein morgengroßer, kühlen Schatten spendender, an einem Teiche stehender Feigenbaum 51, auf welchem 52 der König der Schwäne, Saṅkhabhavala mit Namen, mit seiner Familie am Abend zu ruhen pflegte, nachdem er das Land durchstreift hatte. Eines Tages, als die Schwäne ausgeflogen waren, um umherzustreifen, legte ein Jäger ein Netz, und alle gerieten hinein, als sie am Abend zurückkehrten. Wie sollen sie befreit werden? So lautet die Frage."
— Der Papagei: „Nachts, als Saṅkhabhavala sah, daß seine Familie so gefangen war, sprach er: ‚He, he, Söhne! Wenn der Jäger morgen auf den Baum steigt und euch besieht, dann müßt ihr euch tot stellen und ohne Atem und Hauch daliegen. Wenn er nun merkt, daß ihr tot seid, und alle auf die Erde hinabwirft, dann erhebt euch alle und fliegt davon.' Danach kam morgens der Jäger herbei und warf sie auf die Erde hinunter, da er merkte, daß sie tot waren: da flogen sie auf und davon, wohin sie wünschten."
Als Prabhāvatī diese Erzählung gehört hatte, legte sie sich schlafen.

So lautet in der Śukasaptati die sechsundsechzigste Erzählung.

Am anderen Tage machte sich Prabhāvatī auf den Weg und fragte den Papagei. Der antwortete:
„Wenn du jetzt liebeskrank gehen willst, dann tue es, Schüchterne, falls du unterwegs für dich selbst zu reden weißt wie es zuträglich ist, gleich dem Affen.
Es gibt einen Wald namens Puṣpākara. Dort lebte ein Zwergaffe namens Vanapriya. Der sah einst in dem

Wasser am Rande des Meeresstrandes einen Delphin sich
wälzen und sprach: ‚Freund, bist du etwa des Lebens über=
drüssig, daß du heute an das Land gekommen bist?' —
Als der Delphin dessen Worte gehört hatte, sprach er:

‚Jedermanns Herz hat, o Affe, seine Freude an keinem
andern Platze als an dem, der für ihn bestimmt, und an
keinem anderen Lohne, als der ihm gegeben ward.

Und es heißt:

Die ganz aus Gold gebaute Stadt Laṅkā*) will mir,
o Lakṣmaṇa **), nicht gefallen; die von den Schritten
der Ahnen durchmessene Stadt Ayōdhyā schafft uns
Freuden, wäre sie auch ausgesogen.

Sein Heimatsland, den Umgang mit Freunden, das
Leben, die Hoffnung auf Geld und eine Geliebte, die ab=
gewandt schläft, gibt man nur ungern auf.

So ist nun meine Geburt gesegnet, da ich dich erblickt habe.
Und es heißt:

Das Zusammentreffen mit Guten bringt Segen, da
Gute wie heilige Badeplätze sind; ein heiliger Badeplatz
bringt mit der Zeit Früchte, das Zusammentreffen mit
Guten aber auf der Stelle.

Deshalb ist die Schar der am Lande wohnenden Lebe=
wesen reich, wo freundlich Redende von deinesgleichen
weilen.' — Als der Affe das gehört hatte, entgegnete er:
‚Wohlan, Delphin; du bist von heute an mein Freund,
teurer als das Leben. Du sprichst fürwahr Worte der
Freundschaft. Und es heißt:

Verständige sagen ja, du Gebeugtleibige, daß die Freund=
schaft der Guten nach sieben Schritten geschlossen wird.'

Nach diesen Worten fuhr er fort: ‚Freund, sei heute
unser Gast!' — Nachdem er so gesprochen hatte, gab er
ihm nektargleiche reife Früchte. Von da an reichte er ihm

*) Die Hauptstadt Ceylons.

**) Der Bruder Rāmas, des Helden des großen Epos Rāmāyaṇa.

täglich Musa=Früchte, von denen der Delphin auch seiner Geliebten gab. Diese fragte den Gatten, was es mit den Früchten für eine Bewandtnis hätte; und er erzählte alles, wie es sich verhielt. Da überlegte sie, im Hinblick auf ihre Leibesfrucht: ‚Der Affe, der beständig solche Früchte verzehrt, muß nektargleiches Brustfleisch haben.' — Nachdem sie das überdacht hatte, sagte sie zu ihrem Gatten: ‚Infolge meiner Leibesfrucht habe ich ein Schwangerschaftsgelüst nach dem Genusse des Herzfleisches jenes Affen. Wenn du das befriedigst, werde ich leben; andernfalls werde ich ohne Zweifel sterben müssen.' — Als er das gehört hatte, schwamm er, da seine Frau hartnäckig darauf bestand, an den Strand des Meeres und sagte zu dem Affen: ‚Freund, deines Bruders Geliebte ladet dich ein; du sollst die Gastfreundschaft unseres Hauses kennen lernen.' — Mit diesen Worten machte er ihn sicher, ließ ihn auf seinen Rücken setzen und schwamm hin. Nun sagte der Affe ängstlich zu ihm, als er dahinschwamm: ‚Was soll ich tun, wenn ich dort angelangt bin?' — Da der Delphin das hörte, dachte er: ‚Wie sollte der Affe, den ich entführt habe, von hier aus nach dem Meeresufer gelangen? Darum will ich es erzählen.' — Nachdem er so überlegt hatte, berichtete er, wie es sich verhielt. Wie soll da der Affe bestehen? So lautet die Frage." — Der Papagei: „Der Affe sprach: ‚Ach, Delphin, dann trägst du mich umsonst dorthin; denn ich bin ohne Herz. Mein Herz ist nicht bei mir.' — Der Delphin: ‚Wo hast du es denn gelassen?' — Der Affe: ‚Freund, hast du das nicht gehört?

Stets ist mein Herz auf dem Udumbara=Baume und die Seele auf dem Feigenbaume; ich will es holen und dann wieder an das Wasser kommen.'

Nach diesen Worten kehrte der Dummkopf von Delphin an den Meeresstrand zurück, der Affe sprang von seinem Rücken herab, kletterte auf den Baum und sprach dann zu

dem Delphine: ‚Gehe, gehe! Ich kann nicht von deines=
gleichen gefangen werden, wenn ich hier sitze.

Ein heiliger Weiser hat gesagt, daß eine Vereinigung
von auf dem Festlande lebenden Tieren mit Wassertieren,
die immer im Wasser leben, nicht beständig ist.‘
So von dem Affen getadelt begab sich der Delphin heim.
Und es heißt:

Wer in Fällen, welche List erheischen, Klugheit zeigt,
die nicht vergeht, der gelangt wohlbehalten durch das
Mißgeschick wie der Affe in dem Wasser.“

Als Prabhāvatī diese Erzählung gehört hatte, legte sie
sich schlafen.

So lautet in der Sukasaptati die siebenund= sechzigste Erzählung.

Am folgenden Tage nun sprach Prabhāvatī den Papa=
gei an. — Der Papagei:

„Gehe, Herrin, genieße das Glück, wenn du in der
Zeit der Gefahr eine Freundin hast, ähnlich dem Vitarka,
du Schönfarbige.

Es gibt ein Brahmanendorf namens Vidyāsthāna.
Dort lebte der Brahmane Keśava. Als er einst zum Bade
gegangen war, erblickte er an dem Teiche die reizende
Tochter eines Kaufmanns und wünschte sie zu genießen.
Eines Tages wurde nun der Brahmane, als er aus dem
Bade kam, von ihr angeredet: ‚Hebe mir doch den andern
Krug auf den Kopf!‘ — Da hob er ihr den Krug darauf
und küßte sie dabei auf den Mund. Als er das tat, sah ihn
der Ehemann, der ihn nach dem Palaste des Königs
schleppte: wie soll er da loskommen? So lautet die Frage.“
— Antwort: Der Papagei sprach: „Nun hatte er einen
Freund namens Vitarka; der trat zu ihm heran und sagte:
‚Freund, wenn du in den Palast des Königs gekommen

bist, dann sage weiter nichts als „vacaca"*).' — Als er das nun getan hatte, sagte der Minister: ‚Der hat kein Verbrechen begangen. Das ist so sein Wesen.' — Auf Grund dieser Antwort stand er vor den Leuten infolge der hilfreichen Klugheit des Vitarka gerechtfertigt da. — Wenn du es auch so verstehst, dann gehe."

Als Prabhāvatī diese Erzählung gehört hatte, legte sie sich schlafen.

So lautet in der Śukasaptati die achtundsechzigste Erzählung.

Am andern Tage fragte Prabhāvatī den Papagei. — Der Papagei sprach:

„Vergnüge dich mit dem Buhlen, Großäugige, wenn du ihn verleugnen kannst, wie einst Vējīkā es tat, als der Gatte halb mit dem Bade fertig war.

Es gibt einen Ort mit Namen Kalāsthāna. Dort wohnte ein junger Kaufmann, dessen Frau, Vējīkā mit Namen, war außerordentlich verliebt. Eines Tages, als sie ihrem Manne ein Bad bereitete, sah sie den Buhlen, wie es vorher verabredet war, des Weges kommen. Da gab sie vor, es sei nicht genug Wasser da, ging unter dem Vorwande, welches holen zu wollen, aus dem Hause und blieb lange Zeit mit dem Buhlen zusammen. Was soll sie da für eine Antwort geben, nachdem sie den Gatten im Bade hat sitzen lassen und sich so vergnügt hat? So lautet die Frage." — Antwort: Der Papagei: „Da überlegte sie, nachdem der Buhle sie genossen hatte, wie sie den Gatten täuschen könnte und stürzte sich dann in den Brunnen. Darauf entstand ein gewaltiger Lärm: ‚Ein unglückliches Weib ist in den Brunnen gefallen!' — So ging das Gerede. Als ihr Mann dies Wort hörte, dachte er darum: ‚Sicherlich wird es meine

*) Ahmt den Klang eines Kusses nach.

Frau sein, die in den Brunnen gefallen ist.' — Er kam also eilig herbei und sah nach, zog sie aus dem Brunnen heraus, führte sie heim und erwies ihr Ehren."

Als Prabhāvatī diese Erzählung gehört hatte, legte sie sich schlafen.

So lautet in der Śukasaptati die neunundsechzigste Erzählung.

So viele Geschichten waren erzählt worden, als ihr Gatte Madana aus der Fremde heimkehrte; und als er angekommen war, war sie gegen ihn eben noch so liebreich. Da sang der Papagei ganz leise:

„Eitel ist die Zuneigung zu den Frauen, ganz eitel ist auch schlechte Behandlung: ich bin immer lieb gegen sie; aber diese ist gegen mich immer garstig."

Aber Madana hörte nicht. Da lachte der Papagei und sprach: „Wer einen guten Ausspruch anhört und befolgt, der ist hier wie dort im Besitze des Glückes." — Als Madana das wiederholt hersagen hörte, fragte er danach. Da erzählte sie selbst, voller Angst. Und es heißt:

Überall sind die Reinen selbstbewußt und gehoben von der Kraft der guten Tat; überall sind die Bösen in Furcht, zitternd aus Furcht vor der schlimmen Tat.

‚Ehrwürdiger, du bist zu preisen, daß in deinem Hause von dem Paare, welches Trivikrama gebracht hatte, der einzige Papagei allen Menschen treffliche Lehren gibt und hier, besonders für mich, die Stelle von Verwandten und Eltern vertreten hat.' — Je mehr sie ihn rühmte, desto mehr schämte sich der Papagei. Und es heißt:

Wenn der Reiher einen Fisch tötet, dann erhebt er lautes Geschrei; der Löwe, der brünstige Elefanten tötet, schlägt (nur) seine Klauen ein.

Darauf sagte Madana, als er ihre Worte gehört hatte: „Wieso hat dir der Papagei beigestanden? Wodurch ist er

so reich an Vorzügen?" — Sie sprach: „Herr, man findet
keinen, der ein wahres Wort spricht und anhört. Und es heißt:
Leicht sind, o Fürst, die Männer zu finden, die stets An=
genehmes sagen; wer aber etwas Unangenehmes, das
jedoch heilsam wäre, spräche oder gern hörte, der ist
schwer zu finden.

Wenn es heißt, Herr, die Frau ist leichtfertig, lieb=
los, ohne Tugend, voll böser Gedanken und von schwa=
chem Verstande, so ist es Wahrheit.

Dem Gatten und den Kindern abgeneigt achtet sie keine
Wohltat, indem sie nach begangener Tat sehr hartherzig ist,
auch wenn sie vorher von Liebe voll und weich war.
Und es heißt:

Die Weiber tun zuerst freundlich, aber nur so lange,
als sie sehen, daß der Mann ihnen noch nicht anhängt;
sehen sie den Mann mit der Liebe Banden gefesselt, dann
ziehen sie ihn wie einen Fisch, der den Köder verschluckt
hat, hinauf an die Luft.

Der Charakter der Weiber ist beweglich wie eine
Meereswoge; ihre Zuneigung währt wie die Röte eines
Wolkenstreifens in der Abenddämmerung nur einen
Augenblick; haben sie ihren Zweck erreicht, dann lassen
sie den Mann, da er ihnen nicht mehr von Nutzen ist,
wie ausgepreßten Lack fahren.

Was tun nicht alles diese Schönäugigen, wenn sie
in das weiche Herz der Männer sich geschlichen haben!
Sie betören, berauschen, verspotten, drohen, entzücken
und bringen in Verzweiflung.

Herr, als du in die Fremde gezogen warst, ertrug ich die
Trennung von dir eine Zeitlang. Später aber kam ich mit
schlechten Freundinnen zusammen; und als ich zu einem
fremden Manne zum Liebesgenusse gehen wollte und die
Predigerskrähe mich daran hindern wollte, versuchte ich sie
zu töten. Dieser Papagei jedoch hat mich durch listige Rede

siebzig Tage aufgehalten. So habe ich mit der Tat keine Sünde begangen, bloß in Gedanken. Von heute an bist du mein Herr über Leben und Tod." — Als Madana das gehört hatte, fragte er den Papagei. Dieser sprach:

„Ein Verständiger soll, wenn er den Grund einer Sache nicht kennt, ja, auch wenn er ihn kennt, nicht unbedacht reden; unergründlich ist das Walten des Schicksals.

Vom Schicksal verhängt erlangt man den Besitz von Lieben, Leben, Geld und Getreide; alle gute Rede der Leute und allen Tadel böser Menschen.

Herr, wenn es sich auch nicht schickt, es auszusprechen, so höre trotzdem:

Edle, mit Geduld Versehene, o Herr, rechnen es Toren, Schnapssäufern, Weibern, Kranken, Liebeswunden, Müden und ebenso Zornigen;

Trunkenen, Verrückten, Furchtsamen und besonders Hungerkranken nicht an, daß sie früher erwiesene Wohltaten nicht vergelten.

Und es heißt in Bhāratam:

Zehn achten das Gesetz nicht, o Dhṛtarāṣṭra, diese sollst du kennen lernen: der Trunkene, der Fahrlässige, der Wahnsinnige, der Ermüdete, der Erzürnte, der Hungrige; der Eilende, der Habsüchtige, der Erschrockene und der Verliebte, diese zehn.

Ihr werde ihr Fehltritt vergeben. Eigentlich trifft sie hierbei keine Schuld; es ist durch den Umgang mit schlechten Freundinnen gekommen.

Und es heißt:

Durch Anschluß an Schlechte verändern sich Gute. Bhīṣma zog auf Rinderraub aus, weil er sich dem Duryōdhana angeschlossen hatte.

Von einem Vidyādhara 53 ward einst hinterlistigerweise die Tochter des Königs genossen: aber ihr Gatte hielt sie für schuldlos, wiewohl sie tüchtig gebraucht worden war."

Diese Geschichte erzählte nun der Papagei dem Madana: „Es gibt auf dem Erdboden ein Gebirge mit Namen Malaya. Auf dessen Gipfel stand eine Gandharvenstadt 54 namens Manōhara. Dort lebte ein Gandharve namens Madana, dessen Gattin hieß Ratnāvalī. Ihre Tochter hieß Madanamañjarī. Götter wie Halbgötter fielen, als sie ihre reiche Schönheit erblickten, mit dem Gesicht nach unten in Ohnmacht. Aber es fand sich kein ebenbürtiger Freier, dem sie gegeben werden konnte. Nun kam eines Tages Nārada: auch er wurde ohnmächtig und fühlte Liebe, als er ihre Schönheit erblickt hatte. Als der Heilige die Besinnung wiedererlangt hatte, verfluchte er sie. Und es heißt:

Wenn die Zarte, Liebliche, in der Wollust gar Reizende, Ausgelassene, stets Glück Spendende und Trunkene — wenn die Schöne in dem Herzen ruht, wo bleibt dann der Sieg über die Welt und ihre Genüsse?

‚Da ich bei dem Anblick ihrer Schönheit in das Liebesfieber verfallen bin, soll sie dafür an ihrer Moral Schaden erleiden.' Da verbeugte sich der König und sprach: „Herr, sei milde und übe Gnade!" — Nārada entgegnete: ‚Wenn sie auch an ihrem Rufe Schaden nimmt, so wird sie doch keine Schuld auf sich laden und von dem Gatten nicht getrennt werden. In der Stadt Vipulā auf dem Mēru-Gebirge*) wohnt ein Gandharve namens Kanakaprabha: der soll deiner Tochter Freier sein.' — Nach diesen Worten entfernte sich Nārada. Darauf wurde sie von diesem Gandharven nach dem Worte des Heiligen gefreit. Eines Tages verließ er sie und begab sich nach dem Berge Kailāsa*). Da sie nun über die Trennung betrübt auf der Steinbank sich wälzte, ohne Kleider usw., ward sie von einem Vidyādhara, der ihre außerordentliche Schönheit erblickt hatte, um Gewährung des Liebesgenusses gebeten. Aber sie wollte von ihm nichts wissen. Darauf nahm er die Gandharven-

*) Namen märchenhafter Berge im Norden Indiens.

gestalt ihres Gatten an und genoß jene. Als nun im Laufe
der Zeit ihr Gatte nach Hause zurückkehrte, sah er, daß sie
über das Glück genossener Liebeslust selig war. Da meinte
er, sie sei verbrecherisch, weil sie mit einem andern gebuhlt
habe, beschloß, sie gewiß zu töten, und begab sich darum
mit ihr in den Tempel der Caṇḍikā. Während er sich nun
anschickte, sie vor derselben zu töten, schrie sie laut: ‚Herrin,
du hast mir einen Wunsch gewährt, daß ich einen Sohn,
den Allherrscher der Gandharven, bekommen würde: war=
um soll ich nun untergehen, ohne das Antlitz des Sohnes
gesehen zu haben?' — Als sie so vor ihr wehklagte, sprach
die Göttin für sie: ‚He, Gandharvenheld, sie trifft keinerlei
Schuld. Sie ist nämlich von einem Vidyādhara, der deine
Gestalt angenommen hatte, hinterlistig genossen worden.
Da sie also nichts ahnte, trifft sie auch keine Schuld. Außer=
dem liegt hier der Fluch eines Heiligen vor; daher ist dies
geschehen.' — Nun wurde die Geschichte des Fluches er=
zählt: ‚Darum ist diese nach dem Worte des Heiligen
schuldlos, und du magst sie wieder aufnehmen.' — Als er
dies Wort der Gāurī vernommen hatte, ging er getrost mit
ihr an seinen Ort und war auch so vergnügt. — Wenn
mein Wort also etwas gilt, dann magst du, o Kaufmann,
dieser nicht Schlechten gegenüber Gnade üben." — Auf
dies Wort des Papageis hin nahm Madana sie freund=
lich auf. Haridatta aber, der über die Rückkehr des
Sohnes erfreut war, veranstaltete ein großes Fest. Bei
diesem Feste fiel ein göttlicher Kranz 55 herab: da waren
der Papagei, die Predigerskrähe und Trivikrama, als sie
diesen erblickt hatten, von ihrem Fluche befreit und fuhren
gen Himmel; Madana aber lebte glücklich mit seiner ge=
liebten Prabhāvatī zusammen.

Ende der berühmten Śukasaptati.

Im Namen Gottes,
des Barmherzigen, des Erbarmungsreichen!

Nachdem wir dem Schöpfer Himmels und der Erden jegliche Art von Lob und Preis dargebracht haben, beginnen wir, die Beschaffenheit und die wahre Absicht dieser Blätter darzulegen, welche die folgende ist. Da die Erzählungen, Märchen und Sagen von Hasret Nechschebi — die Barmherzigkeit Gottes walte über ihm! — in dem Toutinameh oder dem Buche des Papageien, in einer schweren und kunstreichen Schreibart abgefaßt sind, so hat Mohamed Kaderi — Gott wolle seinen Zustand verbessern! — zum Behuf der Deutlichkeit und der Erklärung, und um sie allen Klassen von Menschen verständlich zu machen, dieselben in gewohnte und leichte Sprache umgeschrieben, so daß sie die Schreibart der Briefe und die gewöhnliche Art zu reden, die sich für Personen von hohem Range schickt, enthalten. Folgendes ist eine von den obenerwähnten Erzählungen.

Erste Erzählung.
Von Meimuns Geburt, und wie Chobschefte sich verliebte.

Einer von den Fürsten der vergangenen Zeiten, dessen Name Ahmed Sultan war, besaß viele Reichtümer und Güter nebst einem zahlreichen Heere, so daß hunderttausend Pferde, fünfzehnhundert Joch Elefanten und neunhundert Koppel Frachtkamele vor seinem Tor bereit standen. Aber er hatte keine Kinder, weder Sohn noch Tochter. Er besuchte daher fortwährend die Diener Gottes, um ihre Vermittlung für sich zu gewinnen, und Tag und Nacht, Morgen und Abend brachte er selbst Gebete um einen Sohn dar. Nachdem einige Zeit auf diese Weise verflossen war, bescherte der Schöpfer Himmels und der Erden dem vorbenannten Könige einen Sohn von schöner Gestalt; sein Antlitz war leuchtend wie die Sonne, und seine Stirn dem Monde gleichend. In der Wonne, welche dieses Ereignis verursachte, ging dem Ahmed Sultan das Herz auf wie eine frisch knospende Rose; er schenkte viele tausend Rupien und Huns 2 an Derwische und Fakire; drei Monate nacheinander wurden die Omaras, Wesire, Weisen, Gelehrten und Doktoren der Stadt bewirtet, und er verschenkte kostbare Gewänder. Als der vorerwähnte Sohn zu dem Alter von sieben Jahren gelangte, wurde er unter die Aufsicht eines Lehrers gestellt, der in jeder Art von Kenntnissen vollkommen bewandert war.

In kurzer Zeit las er das Alphabet, nebst dem Amednameh oder den Konjugationen der Zeitwörter, und allmählich das Inschai Herkeren, den Gulistan, das Dschami el kewanin, das Inschai Abul fasl, das Inschai Jusefi, nebst den Rukaati Dschami, und erlangte eine vollständige Geschicklichkeit in den arabischen und persischen Wissenschaften. Er erlernte auch die Art und Weise, wie man im königlichen Rate sich setzet und aufsteht, ebensowohl wie die Regeln für die Unterredung und das Benehmen bei einem fürstlichen Gastmahl, und ward den Augen des Königs und aller Edlen des Hofes wohlgefällig.

Sein Vater nannte ihn Meimun oder Glückselig, und vermählte ihn mit einer Gattin, deren Leib schön wie der silberne Mond und deren Antlitz erquickend war wie die Sonne. Der Name dieses Fräuleins war Chodscheste oder Heilbringend. Zwischen Meimun und Chodscheste herrschte eine solche außerordentliche Vertraulichkeit, Freundschaft und Zärtlichkeit, daß sie täglich, vom Abend bis zum Morgen, unzertrennlich waren: sie schliefen an einer Stelle und saßen immer beieinander. Eines Tages begab sich Meimun in einem Palankin auf den Marktplatz, um diesen in Augenschein zu nehmen, und sah dort jemanden mit einem Papageibauer in der Hand stehen. Meimun sprach zum Papageihändler: „Sage mir, wie ist der Preis dieses Vogels?" Der Papageihändler antwortete: „Der Preis desselben ist die Summe von tausend Huns." Meimun erwiderte: „Derjenige, der eine so große Summe Geldes für eine Handvoll Federn und den Bissen einer Katze geben könnte, müßte ein unwissender Dummkopf sein." Hierauf war der Papageihändler nicht imstande eine Antwort zu geben. In diesem Augenblick dachte der Papagei bei sich selbst also: „Wenn dieser reiche Mann mich nicht kauft, so wird seine Weigerung Schaden und Unglück verursachen; denn nur durch den Umgang mit großen und einsichtsvollen Geistern kann der Verstand ausgebildet werden." Dann erwiderte der Papagei folgendes: „O reizender Jüngling! ausgestattet mit Reichtümern und im Besitz jeglicher Vollkommenheit, obwohl ich in deinen Augen nichts weiter als eine Handvoll Federn zu sein scheine, so kann ich mich doch durch die Kraft der Weisheit und der Kenntnisse bis über den Himmel emporschwingen, und die Beredsamen sind von Bewunderung betroffen und sind erstaunt, wenn sie meinen süßen Gesprächen zuhören. Die geringste Kunst, die ich besitze, ist die, daß ich jede Handlung der vergangenen oder zukünftigen Zeit jetzt weiß; die Angelegenheiten des morgenden Tages sind mir bekannt. Jetzt zum Beispiel werden die Karawanen von Kabul nach dieser Stadt kommen und allen Spikenard zu kaufen, der darin ist. Kaufe du allen Spikenard hier im Orte ein, häufe ihn auf und verkaufe ihn wieder nach der Ankunft dieser reisenden Kaufleute, so wirst du aus diesem Handel einen beträchtlichen Vorteil ziehen."

Nachdem Meimun die Worte des Papageien gehört, verstanden und gutgeheißen, gab er dem Eigentümer tausend Huns, den Preis des Vogels; und nachdem er ihn gekauft hatte, nahm er ihn mit nach seinem Hause. Er ließ allen Spikenard in der Stadt herbeiholen und fragte die Verkäufer um den Preis desselben. Die Spikenardenhändler sagten: „Der Preis des Ganzen ist zehntausend Huns." In derselben Stunde bezahlte er die vorbesagte Summe aus seinem eigenen Schatz und kaufte den Spikenard, den er in einem seiner Paläste aufspeicherte. Den dritten Tag kamen, so wie der Papagei vorhergesagt hatte, die Leute mit der Karawane von Kabul an und hielten starke Nachfrage unter den Kauf- und Handelsleuten, konnten aber nirgends Spikenard ausfindig machen, weil Meimun den ganzen Vorrat von diesem Artikel in der Stadt aufgekauft hatte. Die Leute von der Karawane erschienen in Meimuns Gegenwart, und nachdem sie den Spikenard für die Summe von fünfzigtausend Huns gekauft hatten, reisten sie nach ihrer Stadt ab. Zuletzt war Meimun sehr erfreut und entzückt über das Gespräch des Papageien und kaufte noch einen andern Vogel, genannt Scharuk 4 oder Mina, in der Hoffnung, daß, wenn er diesen in Gesellschaft zu dem Papageien setzte, dadurch aus dem Herzen des letzteren das unangenehme Gefühl der Einsamkeit weichen werde, dem Spruch der Weisen zufolge: „Art fliegt mit Art, Taube mit Taube, Falke mit Falken."

Meimun ließ also den Scharuk bei dem Papageien wohnen, damit diese Vögel durch ihre gegenseitige Gesellschaft sich einander Vergnügen machen könnten. Eines Tages sagte Meimun zu Chodscheste: „Ich bin jetzt im Begriff eine Reise nach einem gewissen Lande zu unternehmen, und werde auch eine Seereise machen, um verschiedene Häfen zu besuchen. So oft du ein Geschäft auszurichten hast oder irgendeine wichtige Angelegenheit vorkommt, so bringe deine Absichten nicht ohne den Rat und die Einwilligung des Papageien und des Scharuk zur Ausführung, noch lasse ohne die Erlaubnis und Zustimmung dieser beiden in irgendeiner Sache das Wort in Tat übergehen." — Nachdem er diese Worte gesprochen, trat er seine Reise an. Chodscheste äußerte großen Kummer über Meimuns Abreise, und als sie von dem Besitzer ihres Herzens getrennt war, schlief sie weder bei Nacht, noch aß sie am Tage. Um kurz zu sein, der Papagei vertrieb die Bekümmernisse ihres Herzens durch das Erzählen angenehmer Geschichten.

Nach Verlauf von sechs Monaten, als Chodscheste sich eines Tages gebadet und ihr Antlitz geschmückt hatte, stand sie auf dem Dache und sah durch ein Fenster hinunter in die Straße, als ein Prinz aus einem andern Lande, der nach dieser Stadt gereist war, die glühenden Wangen der Chodscheste erblickte und zum Rasen verliebt wurde; und ebenso war auch Chodscheste bezaubert vom Anblick des Prinzen. In derselben Stunde schickte der Prinz eine Bot=

schafterin zu Chodscheste und ließ dieser melden, daß, im Fall sie sich nur bemühen wolle, sein Haus in einer Nacht auf vier Stunden zu besuchen, er in Erwiderung für diese Herablassung ihr ein Geschenk mit einem Ringe machen wolle, der auf ein Lak 5 Huns geschätzt würde. Anfangs jedoch willigte sie nicht in seinen Vorschlag ein; aber zuletzt gewannen die Anreizungen der Botschafterin die Oberhand, und sie ließ ihm wieder zur Antwort sagen, daß, da der Tag unsere Handlungen enthülle, die Nacht aber einen Schleier über sie werfe, sie dem Prinzen nach Mitternacht aufwarten wolle. Früh am Abend, nachdem sie sich in ihr schönstes und bestes Gewand gekleidet hatte, begab sie sich zum Scharuk, setzte sich auf einen Sessel und dachte also in ihrem Geiste: „Da ich ein Frauenzimmer bin, und der Scharuk auch ein Weibchen ist, so wird er bei der gegenwärtigen Gelegenheit gewiß auf meine Worte hören und mir Erlaubnis geben, den Prinzen zu besuchen." — In dieser Überzeugung stellte sie dem Scharuk alle einzelnen Umstände ihrer Lage vor. Der Scharuk erteilte ihr Ermahnung und sagte: „Eine solche Handlung mußt du nicht begehen; sie wird unter deinem Stamm für höchst abscheulich und beschimpfend gehalten." — Da aber die Liebe nun die Herrschaft über Chodscheste gewonnen hatte, so versetzte die Weigerung des Scharuk sie in Wut. Sie riß den Vogel aus dem Bauer, packte ihn fest bei beiden Beinen und schlug ihn mit solcher Gewalt gegen den Boden, daß die Seele aus dem Körper entfloh und er verschied. Hierauf kam sie voller Zorn und Unwillen zum Papageien, dem sie alle ihre Wünsche nebst den Umständen in betreff des Scharuk vorstellte.

Der Papagei war mit Verstand begabt und dachte bei sich selbst: „Wenn ich meine Zustimmung verweigere und Einwendungen mache wie der Scharuk, so werde ich auch gemordet werden." Nachdem er diesen Gedanken erwogen hatte, redete er Chodscheste in dem sanftesten Ton von der Welt also an: „Der Scharuk war ein Weibchen, unter denen es vielen an Weisheit gebricht; aus welcher Ursache diejenigen, die selbst weise sind, keiner einzigen ihres Geschlechts ihre Geheimnisse entdecken müssen. Sei jetzt nicht unruhig oder verstört in deinem Gemüt; denn solange meine Seele in meinem Körper wohnt, will ich in deiner jetzigen Angelegenheit meine Bemühungen anwenden und deinen Neigungen entgegenkommen. Gott behüte, daß es wirklich so kommen sollte! aber wenn dieses dein Geheimnis bekanntwerden und dein Mann davon hören sollte, so will ich zwischen dir und ihm Frieden und Ruhe stiften, wie der Papagei des Feruch Beg." — Chodscheste fragte: „Wie ist die Geschichte vom Papagei des Feruch Beg? Erzähle sie ausführlich, du wirst mich verpflichten."

Der Papagei erwiderte: „In einem gewissen Lande war ein Kaufmann, namens Feruch Beg, in dessen Hause ein gescheiter Papagei war. Als dieser Kaufmann eine Veranlassung hatte zu reisen, gab er dem Papageien alle seine Habe und Gut und auch seine Frau in Verwahrung. Danach trat er seine Reise an, um in verschiedenen Ländern zu handeln, und blieb einige Zeit abwesend, während er seine Handelsangelegenheiten betrieb. Kurz nach seiner Abreise wurde seine Frau mit einem jungen Moghul bekannt und verliebte sich in ihn. Jeden Abend ließ sie diesen jungen Moghul in ihr Haus ein; sie setzten sich nebeneinander auf ein Ruhebett und blieben zusammen in einem und demselben Zimmer bis an den Morgen. Der Papagei sah diese Vorfälle, wobei er alle ihre Unterredungen abhorchte; indes war er so verschwiegen, als ob er nichts gesehen noch gehört hätte.

Nach Verlauf von anderthalb Jahren kam der Kaufmann wieder nach Hause und fragte den Papageien nach allen, seine Haushaltung betreffenden Umständen. Der

Papagei gab dem Kaufmann von allen Angelegenheiten seines Hauses Bericht, erzählte aber gar keine Umstände in Rücksicht der Frau, weil es eine Trennung zwischen Mann und Weib verursacht haben würde. Nach Verlauf von vierzehn Tagen war der Kaufmann höchst erstaunt, alle die Umstände in betreff seiner Frau und des jungen Moghuls aus dem Munde eines Fremden zu hören, dem gemäß, was die Weisen gesagt haben: daß Moschus und Liebe nicht verborgen werden können. Kurz, der Kaufmann war wütend gegen seine Frau, schalt sie aus und bestrafte sie.

Die Frau warf daher auf den Papageien den Verdacht, daß er ihr ganzes Betragen ihrem Mann entdeckt habe; und da sie dergestalt den Papageien für ihren Feind hielt, so nahm sie um Mitternacht die Gelegenheit wahr, dem Vogel seine Federn auszurupfen, und indem sie ihn aus der Tür schleuderte, rief sie den männlichen und weiblichen Sklaven ihres Gesindes zu, eine Katze hätte den Papageien geholt. Die Frau schloß in ihrem Sinn, der Papagei sei tot; allein, obgleich er von dem Fall sehr übel zugerichtet war, so blieb doch ein wenig Leben in ihm, und nach Verlauf einer Stunde kam der Körper des Papageien wieder etwas zu Kräften und zu dem Vermögen, sich zu bewegen. Nicht weit davon war ein Begräbnisplatz, wohin der Papagei sich begab und einige Tage in der Höhlung einer Grabstätte zubrachte. Er fastete alle Tage und kam bei Nacht aus der Gruft; und da sich Reisende auf diesem Begräbnisplatz auszuruhen und daselbst ihr Essen zu verzehren pflegten, so pickte der Papagei während der Nacht ihre zurückgelassenen Reste auf, nahm alsdann einen Trunk Wasser und kehrte des Morgens in seine Gruft zurück. Nach einiger Zeit, als dem Papageien alle seine Federn wieder zu wachsen angefangen, war er imstande, schon eine kleine Strecke wieder zu fliegen, nur so eben von einer Grabstätte zur andern, und dann huckte er, und er aß solche Samenkörner, wie er sie nur habhaft werden konnte.

Früh am Morgen nach jenem Abend, an welchem der Papagei wegging, stand der Kaufmann aus dem Bett auf und kam zu dem Vogelbauer, und als er sah, daß der Papagei nicht darin war, schrie er laut auf, warf seinen Turban auf die Erde und war in seinem Innern heftig bewegt. Er war so erbost auf seine Frau, daß er sich mit ihr von Tisch und Bett scheiden ließ, und da er ihren Beteuerungen keinen Glauben beimaß, so jagte er sie aus seinem Hause. Die Frau dachte bei sich selbst: ‚Da ich von meinem Mann verstoßen bin, so werden alle Leute in der Stadt schlecht von mir sprechen; es ist daher für mich der beste Rat, mich nach dem Kirchhof zu begeben, der an das Haus grenzt, und aus Mangel an Nahrung und Schlaf umzukommen.' Genug, sie ging nach dem Kirchhof und fastete einen Tag. In der Nacht rief der Papagei aus seiner Gruft: ‚O Frau! schere alles Haar von deinem Haupt und Körper mit einem Schermesser ab und bleibe vierzig Tage auf dem Kirchhof ohne Nahrung, dann will ich dir alle Sünden vergeben, die du in deinem ganzen Lebenslauf begangen hast, und will zwischen dir und deinem Mann Frieden stiften.' Die Frau war bestürzt, als sie diese Stimme hörte, und dachte bei sich selbst: ‚Gewiß ist auf dem Kirchhof das Grab irgendeines frommen, gerechten und ehrlichen Mannes, der mich von meinen Sünden freisprechen und zwischen mir und meinem Mann Frieden und Eintracht wiederherstellen will.' In dieser Meinung schor sie sich hierauf alles Haar von ihrem Haupt und Körper ab und blieb noch einige Zeit länger auf dem Kirchhof.

Eines Tages kam der Papagei aus der vorhin beschriebenen Grabstätte hervor und sagte: ‚O Frau! ohne daß ich irgendein Fehl begangen habe, rupftest du mir die Federn aus und nahmst mich schrecklich mit. Es ist gut, daß du ausgeführt hast, was meine Sterne geboten hatten. Indes habe ich von deinem Salz gegessen und aus dieser Rücksicht will ich gut und freundschaftlich an dir handeln, denn ich bin der gekaufte Papagei deines Herrn, und du bist meine Gebieterin. Ich sprach die Worte, welche aus der Höhle in der Grabstätte bis zu dir drangen, nämlich, daß ich dich mit deinem Mann vereinigen will. Sei von meiner Treue versichert und daß ich nicht ein Verleumder bin, als ob ich deine Vergehungen deinem Mann erzählt hätte; sondern im Gegenteil, ich habe meinen Diensteifer für dein Brot und dein Salz bewahrt. Sieh nur, eben jetzt bin ich im Begriff, zu deinem Mann zu gehen, und will ihn mit dir wiederaussöhnen.' — Nachdem der Papagei diese Worte gesprochen hatte, ging er nach dem Hause seines Herrn, und als er vor ihm stand, machte er eine Verbeugung und erflehte für ihn den Segen eines langen Lebens und Vermehrung der Reichtümer. Der Hausherr fragte: ‚Wer bist du, und woher kommst du?' Als er sich hierauf des Vogels erinnerte, sagte er: ‚Wo bist du diese Zeit über gewesen und in wessen Hause hast du gewohnt? Erzähle mir jeden Punkt deiner Geschichte.'

Der Vogel antwortete: ‚Ich bin Euer alter Papagei, den eine Katze aus dem Bauer holte und in ihren Bauch einsperrte.' Der Hausherr fragte: ‚Wie kamst du wieder ins Leben?' Der Papagei versetzte: ‚Ihr jagtet Eure unschuldige Frau aus dem Hause, die sich hernach auf den Gottesacker flüchtete, und nachdem sie vierzig Tage in großem Kummer und in Betrübnis gefastet hatte, gab mir der Allmächtige, welcher hochgelobet und gepriesen sei, aus Erbarmen über ihren Zustand, das Leben wieder und sagte: „O Sittich, gehe zu dem Gatten dieser Frau und stifte Frieden zwischen ihnen; sei du sogar ein Zeuge in dieser Streitsache."' Der Herr des Vogels fühlte die Gewalt dieser Erzählung. Das Ende der Geschichte ist dieses: er ging aus seinem Hause, und nachdem er ein Pferd bestiegen hatte, kam er zu seiner Frau und sagte: ‚Ach, meine Liebe! ich habe dich verfolgt, ohne daß du irgendein Fehl begangen hast; aber jetzt verzeihe mein Vergehen.‘ Dann brachte er seine Frau nach Hause, und von der Zeit an lebten sie zusammen in vollkommener Harmonie und gutem Vernehmen, in dem vollen Genuß der Liebe und Wonne."

Also beendigte Meimuns Papagei die Erzählung von dem Papageien des Kaufmanns und sagte zu Chobscheste: „Steh schnell auf und geh zum Prinzen, damit dein Versprechen nicht gebrochen und verletzt werde. Wenn, was Gott verhüte! dein Gemahl davon Nachricht bekommt, so bin ich bereit, Frieden und Freundschaft zu stiften, wie der Papagei des Kaufmanns." Chobscheste, erfreut über diese Worte, war bereit zum Prinzen zu gehen; weil aber in diesem Augenblick die Morgendämmerung sich zu zeigen anfing, verschob sie ihren Hingang. Da Chobscheste die ganze Nacht wach geblieben war, um die Geschichte zu hören, so entfernte sie sich jetzt und legte sich auf ihr Bett zur Ruhe.

Zweite Erzählung.
Treue einer Schildwache gegen den König von Taberistan.

Als der Tag sich völlig zur Erde neigte und die Nacht herannahte, erhob sich Chobscheste von dem stattlichen Lager, und nachdem sie sich verschiedene Arten von Speisen und allerlei Früchte hatten bringen lassen, aß sie davon. Sie erheiterte und schmückte ihr Antlitz, welches dem schimmernden Monde glich, und als sie einen Anzug von reichem Brokat angelegt hatte, kam sie zum Papageien wegen der Erlaubnis, den Prinzen zu besuchen.

Der Papagei sagte zu ihr: „Sei vergnügt, ohne zu grübeln oder zu sinnen, denn ich will eifrig und tätig in deiner Sache sein und das Mittel werden, wodurch du in die Gesellschaft des Prinzen eingeführt wirst; aber du, Chobscheste, mußt auch so viel Freundschaft, Wohlwollen, Feuer und Zärtlichkeit für ihn in deinem Herzen bewahren, wie nur der Anhänglichkeit und Treue gleichkommen mag, die eine Schildwache in Diensten des Königs von Taberistan gegen diesen Monarchen in ihrem Herzen hegte, und wofür ihr zur Belohnung Wohlergehen zuteil wurde."

Chobscheste fragte: „Von welcher Art und nach welcher Beschaffenheit ist die Geschichte vom König von Taberistan? Erzähle sie ausführlich."

Der Papagei sagte: „Männer der vergangenen Zeiten, die Weisen des Altertums, haben folgendergestalt erzählt: — Einstmals bereitete der König von Taberistan ein solches Bankett und fröhliches Gelag, daß es dem Paradies gleichkam. Bei diesem Fest waren die ausgesuchtesten und delikatesten Schüsseln, die leckersten Getränke und alle Arten von Braten aufgetischt; dabei waren die sämtlichen Prinzen, der Adel, die Weisen und die Doktoren aus der Hauptstadt gegenwärtig; die aßen von den Speisen und unter andern von den Braten, und sie tranken von den Getränken.

Auf einmal trat dort ein Mann herein, der ein Fremder war. Die Großen des Hofes fragten, wer er wäre und woher er käme? Er antwortete: ‚Ich bin ein Fechter und ein Löwenfänger. Ich treibe die Kunst des Bogenschießens, worin ich ein solcher Meister bin, daß ich mit meinem Pfeil durch einen harten Stein schießen kann, und außerdem verstehe ich noch viele andere preiswürdige Künste und Geheimnisse. Ich trat zuerst in den Dienst des Emir von Chodschend, er wußte aber meine Geschicklichkeit nicht zu schätzen; da ich deshalb seinen Dienst verlassen habe, so komme ich nun hierher zum König von Taberistan.' Als der König von Taberistan seine Rede angehört hatte, befahl er seinen Hofleuten, diesen Mann in der Eigenschaft als Wächter oder Schildwache zu beköstigen; worauf sie, in Gemäßheit der Befehle des Königs, ihn sogleich in Dienst nahmen; und dieser Wächter hielt jede Nacht Wache, indem er auf einem Beine stand und seine Augen auf den königlichen Palast richtete.

Einstmals in der Nacht ging der König noch auf dem Dache des Palastes bis nach Mitternacht lustwandeln, und wie er nach allen Seiten umhergesehen, warf er seine Blicke hinunter, wo er einen Mann auf einem Beine stehen sah; der König fragte ihn um seinen Namen und warum er auf diese Weise um Mitternacht dastände? Er antwortete: ‚Ich bin die Schildwache, der Wächter und Hüter, und bewache den Palast des Königs; ich habe einige Tage lang auf einem Bein gestanden, in ernster Erwartung der gesegneten Gegenwart Seiner Majestät. In dieser Nacht ist mir durch Hilfe und Beistand des Geschicks und der Sterne das Glück zuteil geworden, Seiner Majestät Huld und Gnade in aller Vollkommenheit zu erblicken, und ich bin bei dieser Veranlassung höchlich erfreut.'

Während dieser Unterredung hörte der König eine Stimme aus der Wildnis, von der Wüste her tönen, welche sagte: ‚Ich gehe von hinnen, wer ist es, der mich bewegen wird, wieder zurückzukehren?' Als der König diese Stimme und einen solchen Schall vernahm, ward er bestürzt und fragte den Wächter, ob er es auch wohl bemerkt hätte? Der Wächter versetzte:

‚Ich habe dies Geräusch schon mehrere Nächte gehört, aber meine Pflicht erheischt von mir ruhiges Verhalten auf meinem Posten, und aus dieser Ursache habe ich nicht weiter nachgeforscht; aber jetzt will ich, wenn Eure Majestät mir Befehl erteilen, in aller möglichen Eile in Erfahrung bringen, was dieser Lärm bedeutet, und der gnadenreichen Gegenwart des Dieners des Höchsten davon Bericht erstatten.' Der König versetzte: ‚Geh! und wenn du die Bedeutung dieses Vorfalls erfahren hast, so bringe die Kunde davon zu uns.'

Der Wächter entfernte sich sogleich, und der König, nachdem er seinen ganzen Körper und sein Gesicht in eine schwarze Decke gehüllt hatte, folgte in einer kurzen Entfernung nach. Hierauf erblickte er, wie er auf der Heerstraße stand, ein schönes Weib, welches ausrief: ‚Ich gehe von hinnen! wer ist es, der mich bewegen wird, wieder zurückzukehren?' Der Wächter redete sie an, indem er sagte: ‚Wer bist du, o Weib, die du so ausnehmende Schönheit und eine so reizende Gestalt besitzest! und warum stoßest du diese Worte aus?' Die Frau erwiderte: ‚Ich bin das Ebenbild und das Symbol von dem Leben des Königs von Taberistan, und da die Lebenszeit des gedachten Königs zu ihrem Ende sich neigt, so bin ich nun im Begriff, da=

vonzugehen.' Der Wächter sagte: ‚O du Symbol von dem Leben des Königs! durch welche Mittel kannst du bewogen werden, wieder zurückzukehren?' Die Gestalt versetzte: ‚Wenn du, o Wächter! das Leben deines Sohnes gegen das Leben des Königs zum Tausch geben willst, dann will ich gewiß zurückkehren, damit der König noch einige Zeit länger auf Erden lebe und nicht schleunig sterbe.' Der König und der Wächter empfanden Wohlgefallen und Entzücken, als sie diese Worte von der Gestalt vernahmen. Der Wächter erwiderte: ‚Mein eigenes Leben mit dem Leben meines Sohnes will ich geloben, darbieten und hingeben, um Seiner Majestät Tage zu verlängern. O Symbol, warte und verweile nur eine Stunde, bis ich nach meinem Hause gehen und meinen Sohn herbeibringen kann, um ihn in deiner Gegenwart zu opfern.'

Kurz, der Wächter ging nach Hause und erzählte seinem Sohne alle Umstände. Da der Sohn redlichen Gemütes war, so legte er folgende Erklärung ab: ‚Seine Majestät ist gerecht und billig, voll Liebe gegen seine Untertanen und gütig gegen Fremde; das Dasein eines solchen Monarchen befördert und sichert die Wohlfahrt des Königreichs und das Glück seines Volkes. Ich habe von meinem Lehrer — auf welchem die Barmherzigkeit Gottes ruhen möge! — folgende Lehre gelernt, und diese lehrte er alle Kinder der Schule: Daß, wenn die Staatsminister, um den Untergang eines gerechten Königs abzuwenden, jemanden von seinen Untertanen hinrichten, es nicht als eine Sünde oder Übertretung angesehen werden dürfe; weil, wenn ein guter Monarch vom Tode errettet wird und in Sicherheit lebt, er Tausende in Ruhe erhält, die unter seiner Herrschaft stehen: Gott verhüte, daß dieser gerechte König sterben sollte, damit nicht ein Tyrann sein Nachfolger werde, durch seine Grausamkeit und Unterdrückung Tausende vom Menschengeschlecht zugrunde gehen könnten, und das ganze Königs=

reich zu einer Wüste werden möchte! Es ist daher zweckmäßig und dienlich, daß Ihr mich schnell ergreift und mich tötet.'

Nach diesem Entschluß führte der Wächter seinen Sohn zu dem erwähnten Symbol, band ihm Hände und Füße, nahm ein scharfes Messer in die Hand und beugte sich nieder, um seinem Sohn die Kehle abzuschneiden. Bei diesem Vorgang hielt das Symbol die Hand des Wächters zurück und sagte: ‚Opfere nicht deinen Sohn! Der Allmächtige, welcher gepriesen sei, dem deine Absicht und deine redliche Gesinnung genügen, ist gnädig und hat mir befohlen, noch sechzig Jahre länger zu bleiben.'

Als der Wächter diese frohe Botschaft vernahm, war er voller Freude und Entzücken. Der König, der aus der Entfernung diese ganze Verhandlung und das Betragen des Vaters und seines Sohnes angesehen, war höchlich zufrieden, und da er vor dem Wächter eine Strecke voraus hatte, so begab er sich schnell wieder auf das Dach des Palastes und wandelte umher auf dieselbe Weise wie zuvor. — Eine halbe Stunde nachher erschien der Wächter in der gnadenspendenden Gegenwart des Königs, und als er die üblichen Zeremonien der Ehrerbietung und Verbeugung verrichtet hatte, sprach er folgende Begrüßung aus: ‚Das Leben und das Glück, der Glanz und die Herrlichkeit des Beherrschers der Welt mögen lange dauern!'

Der König befahl ihm, zu erzählen und ihm die Bedeutung des Lärmes zu erklären. Der Wächter legte beide Hände kreuzweise auf die Brust als ein Zeichen der Ehrfurcht und redete die gnadenreiche Gegenwart des Königs folgendermaßen an: — ‚Eine Frau von schöner Gestalt und hübschem Anstande fand die böse Behandlung ihres Gatten unerträglich, verließ sein Haus und saß da auf der Erde, indem sie dieses Jammergeschrei erhob. Ich näherte mich ihr und dadurch, daß ich in sanften und versöhnlichen, von Redlichkeit beseelten Ausdrücken redete, habe ich Frieten und gutes Vernehmen zwischen ihr und dem Gatten wiederhergestellt; und nun hat die Frau versprochen, gelobt und sich verbürgt, in einem Zeitraum von sechzig Jahren niemals wieder sein Haus zu verlassen.'

Da der König sein gutes Betragen und seine Weisheit gesehen, erkannt und mit Beifall aufgenommen hatte, gab er sich zu erkennen, und sagte: ‚Um die Zeit, als du von hier weggingst, folgte ich dir nach und habe alles gesehen und gehört, was zwischen dir, der Frau und deinem Sohn vorgefallen ist, indem ich Zeuge war von deiner und deines Sohnes Anhänglichkeit, Zuneigung und Ergebenheit. Folgendes ist mein Entschluß: seither bist du arm und dürftig gewesen, so daß dein Gemüt beunruhigt und verstört war; aber in Zukunft sollst du, so Gott, der Allerhöchste, will, fröhlich und wohlgemut sein, denn mit dem göttlichen Beistand will ich dich reich machen und dich zu hoher Würde erheben.'

Hierauf entfernte sich der König und legte sich auf einem Lager zur Ruhe. Als die helle Morgendämmerung anbrach, ließ der König sich auf seinem Throne nieder und befahl dem Staatsminister, die Gegenwart aller Omaras, Wesire, Weisen und Statthalter der Provinzen aus dem ganzen Reich zu verordnen; und vor allen im Staatsrat gegenwärtigen Personen ernannte er den Wächter zu seinem Stellvertreter und übergab seiner Fürsorge alle Schlösser und Schlüssel seines Schatzes und seiner übrigen Güter."

Um die Zeit, als der Papagei die Geschichte des Königs von Taberistan zu Ende gebracht hatte, war die helle Morgendämmerung eingetreten, und die Sonne war aufgegangen und schien heiter; aus dieser Ursache wurde Chobschestes Weggehen verschoben; und da sie die ganze Nacht ohne Schlaf zugebracht hatte, indem sie die Geschichte anhörte, so entfernte sie sich und legte sich auf einem samtnen Lager zur Ruhe.

Dritte Erzählung.

Der Goldschmied und der Zimmermann; und der Diebstahl und die Verheimlichung der goldenen Bildsäulen.

Als die Sonne untergegangen und der Mond heraufgestiegen war, ging Chodscheste, nachdem sie sich mit Gold und Juwelen angetan hatte, zum Papageien und sagte: „Gib mir Erlaubnis, mich diesen Abend zu meinem Liebsten zu verfügen." Der Sittich antwortete: „Ich gab dir den ersten Abend Erlaubnis, warum säumst du bis jetzt? Doch ist es nicht ratsam, daß du so hingehst und mit diesem Schmuck bekleidet vor dem Mann erscheinst, damit ihn nicht etwa nach diesem gelüste und er seine Neigung zu dir aufgebe; geradeso wie der Goldschmied, der nach dem Golde des Zimmermanns ein Gelüst trug und eine Freundschaft dahingab, die viele Jahre bestanden hatte."

Chodscheste fragte: „Was begab sich denn eigentlich mit dem Goldschmied und dem Zimmermann? Erzähle es genau." Der Papagei sprach:

„In einer gewissen Stadt hatte zwischen einem Goldschmied und einem Zimmermann eine solche Freundschaft geherrscht, daß ein jeder, der sie sah, in dem Glauben stand, sie wären Brüder. Einstmals unternahmen sie zusammen eine Reise, und bei ihrer Ankunft in einer gewissen Stadt waren sie in großer Verlegenheit wegen der Mittel, ihre Kosten zu bestreiten. Sie sagten zueinander: ‚Da in der Stadt ein Götzentempel ist, worin sich viele goldene

Bildsäulen befinden, so ist es ratsam, daß wir uns für Brahminen 6 ausgeben, und wenn wir in den Dienst des Tempels treten, unsere Andacht verrichten, bis wir eine passende Gelegenheit finden können, einige von den Bildsäulen zu stehlen.' Als nun beide darauf in den Tempel gegangen waren, fingen sie an, den Gottesdienst zu verrichten.

Die anderen Brahminen, welche diese Art, ihren Gottesdienst zu halten, erblickten, schämten sich so sehr, daß täglich ein oder zwei Brahminen den Tempel verließen und nicht wiederkamen; und wenn jemand sie fragte, warum sie dies getan hätten, so pflegten sie zu sagen: ‚Weil wir Männer nicht imstande sind, die Zeremonien auf diese Art zu verrichten, wie diese beiden Personen sie durchmachen; worüber wir uns beschämt fühlen!' Nach einigen Tagen war der Tempel von den Brahminen gänzlich verlassen, und niemand blieb darin, als der Goldschmied und der Zimmermann. In einer Nacht nahmen der Goldschmied und der Zimmermann alle Bildsäulen weg und reisten nach ihrer Stadt ab.

Als sie in der Nähe ihrer Stadt ankamen, vergruben sie die Bildsäulen unter einem Baum und jeder ging darauf nach seiner Wohnung. In einer Nacht ging der Goldschmied allein aus und nahm alle Bildsäulen mit nach seinem Hause. Am Morgen rief er gegen den Zimmermann aus und sagte: ‚Du Dieb! du hast unsere lange Freundschaft vergessen und mir meinen Teil gestohlen; dies Geld wirst du in wenigen Tagen durchbringen.' Anfangs war der Zimmermann bestürzt und sagte bei sich selbst: ‚Was spricht er da?' Dann antwortete er: ‚O Goldschmied! was du getan hast, ahne ich; aber, beim Himmel! wirf keine Anklage auf mich!' Der Zimmermann war schlau und da er sah, daß Streit und Hader nichts half, so schwieg er still.

Einige Zeit nachher machte der Zimmermann eine Figur von Holz, die dem Goldschmied ähnlich war, und nachdem er ihr dessen Kleider angezogen, verschaffte er sich von einem gewissen Ort zwei junge Bären, deren Futter er in den Saum und die Ärmel des Gewands dieser Figur steckte. So oft die jungen Bären hungrig waren, fraßen sie ihr Futter aus dem Saume und den Ärmeln des Gewands der Bildsäule. Sobald die jungen Bären eine große Zuneigung für die Figur gefaßt hatten, veranstaltete der Zimmermann ein Fest für den Goldschmied, die Weiber aus dessen Familie und die Frauen aus der Nachbarschaft. Die Frau des Goldschmieds kam nebst ihren beiden Söhnen nach dem Hause des Zimmermanns. Nachdem der Zimmermann die Knaben versteckt hatte, brachte er die beiden jungen Tiere herein und dann fing er an zu heulen und zu rufen, die Söhne des Goldschmieds wären in junge Bären verwandelt.

Als der Goldschmied die Bestürzung vernahm, kam er zur Stelle und sagte zu dem Zimmermann: ‚Du behauptest eine Unwahrheit, denn noch niemals ist ein Mensch in einen Bären verwandelt worden.' Am Ende wurde der Streit vor den Befehlshaber und Kasi des Orts gebracht und ihnen vorgelegt. Der Kasi fragte den Zimmermann, wie die Sache sich verhielte. Der Zimmermann erwiderte: ‚Die Söhne des Goldschmieds spielten zusammen, als sie plötzlich zu Boden stürzten und in junge Bären verwandelt wurden.' Der Kasi sagte: ‚Wie kann ich Eurer Versicherung Glauben beimessen?' Der Zimmermann versetzte: ‚Ich habe in Büchern gelesen, daß ein ganzer Volksstamm umgewandelt worden, daß ihre Gestalten sich veränderten, während ihre Vernunft fortdauerte: also, wenn diese jungen Bären Personen kennen und ihre Freunde unterscheiden können, so wird meine Behauptung gegründet sein. Nun will ich mitten in dem Hofplatz unter allen Leuten diese jungen Bären loslassen, wenn sie dann den Goldschmied wiedererkennen, so sind sie seine Kinder.'

Nachdem der Kasi den Vorschlag des Zimmermanns gehört und eingegangen, wurden die jungen Bären losgelassen, und sowie sie den Goldschmied, das genaue Abbild der hölzernen Figur, erblickten, liefen sie ungeachtet der zahlreichen Versammlung zu ihm hin, rieben ihre Köpfe gegen seine Füße und fingen an zu spielen und herumzuspringen. Als der Kasi alle diese Umstände erwog, sagte er zum Goldschmied: ‚Nun glaube ich, daß diese jungen Tiere Eure Kinder sind — nehmt sie mit Euch nach Hause; — warum hadert Ihr so ungerechter Weise und voll Bosheit mit dem Zimmermann?‘ Der Goldschmied war ganz bestürzt, beugte sein Haupt bis zu den Füßen des Zimmermanns und bat ihn wegen seiner unartigen Aufführung um Verzeihung, indem er sagte: ‚Wenn du diese List ersonnen hast, um deinen Anteil an dem Golde wiederzubekommen, so nimm das Gold nur gleich auf der Stelle hin und gib mir meine Kinder wieder.‘ Der Zimmermann sagte: ‚Du hast schlecht gehandelt, und Unredlichkeit ist eine schwere Sünde; solltest du Reue fühlen, so wäre es nicht zu verwundern, wenn deine Kinder ihre ursprüngliche Gestalt wieder annähmen.‘ Der Goldschmied gab dem Zimmermann seinen Anteil an dem besprochenen Golde heraus, worauf der Zimmermann dagegen die Kinder wieder hervorholte und sie dem Goldschmied übergab.“

Nachdem der Papagei die Geschichte von dem Goldschmied und dem Zimmermann beendigt hatte, sagte er zu Chodscheste: „Nimm ja nicht diese Juwelen mit dir, auf daß dein Geliebter nicht lüstern danach werde und aufhöre, dir Freundschaft und Liebe zu bezeigen." Chodscheste wollte den Schmuck von ihrem Körper abnehmen und ihn beiseite legen und zu ihrem Liebsten gehen, als die Morgenröte erschien und das Weggehen verschoben wurde.

Vierte Erzählung.
Der Edelmann und die Soldatenfrau, deren Tugend jener auf die Probe stellte.

Als die Sonne untergegangen und der Mond heraufgestiegen war, kam Chodscheste zum Papageien und sagte: „Du achtest gar nicht auf meine Angst, weißt du nicht, daß ich vor Liebe verschmachte? Gib mir Erlaubnis, noch heute abend zu meinem Geliebten zu gehen." Der Sittich erwiderte: „Meine eigene Brust ist entflammt und zerrissen über deinen Kummer. Denn da du jeden Abend meine Erzählungen hören willst, anstatt zu deinem Liebhaber zu gehen, so fürchte ich, dein Gemahl wird eintreffen, und bei deinem Liebsten wird dir Beschämung zuteil werden, auf dieselbe Weise, wie die Frau des Soldaten den Edelmann in Verwirrung setzte."

Chodscheste wünschte die Geschichte zu hören.

Der Sittich sagte: „In einer gewissen Stadt wohnte ein Kriegsmann, der eine sehr schöne Frau hatte, die er immer ängstlich bewachte. Da der Mann sehr dürftig wurde, so fragte ihn die Frau, warum er sein Geschäft und Gewerbe verlassen habe? Er antwortete: ‚Ich habe kein Zutrauen zu dir und deshalb gehe ich nirgend wohin, um Beschäftigung und Arbeit zu suchen.‘ Die Frau sagte: ‚Das ist eine verkehrte Idee, denn niemand kann eine tugendhafte Frau verführen; und wenn eine Frau lasterhaft ist, so ist kein Ehemann instande, sie zu hüten. Hast du niemals die Geschichte von dem Dschogi 7 gehört, der seine Frau auf dem Rücken trug und in der Wüste umherwanderte, ungeachtet dessen sie doch der Untreue mit hundert Männern schuldig war?' Der Soldat fragte: ‚Was ist das für eine Geschichte?'

Die Frau fing also an zu erzählen: ‚Einstmals sah ein Mann einen Elefanten in der Wüste mit einer Sänfte auf dem Rücken. Hierüber erschrocken, kletterte der Mann auf einen Baum. Zufällig kam der Elefant unter denselben Baum, schüttelte die Sänfte von seinem Rücken und ging weiter, um zu grasen. Auf einmal entdeckte der Mann ein hübsches Frauenzimmer in der Sänfte, stieg vom Baum herunter und war darüber aus, sich in ihre Gunst zu setzen; da sie ihn auch gern leiden mochte, so fing sie an, solche Worte mit ihm zu reden, wie es ihrem Zweck gemäß war. Kurz, sie erfüllten ihre gegenseitigen Wünsche; danach zog die Frau einen Bindfaden aus ihrer Tasche, der voller Knoten war, und fügte noch einen Knoten mehr hinzu. Der Mann fragte nach, was für ein Faden dieses sei, wie es käme, daß er so viele Knoten habe, und aus welcher Ursache sie zu dieser Anzahl noch einen neuen Knoten hinzufüge?' Die Frau entgegnete: „Mein Mann, der ein Zauberer ist, hat sich in einen Elefanten verwandelt und schwärmt mit mir auf dem Rücken in der Wüste umher; und doch trotzdem, daß er mich so scharf bewacht, hatte ich bis jetzt schon mit hundert Männern vergnügte Stunden verlebt, deren Andenken ich mir dadurch aufbewahrt habe, daß ich Knoten in diesen Bindfaden schlug; und heute ist durch deine Gefälligkeit die Zahl der Knoten bis auf hundertundeins angewachsen!"'

Kurz, als die Soldatenfrau die Geschichte beendigt hatte, fragte ihr Mann, was sie ihm denn nun weiter zu sagen habe? Die Frau erwiderte: ‚Es ist für dich höchst wünschenswert, zu reisen und in Dienste zu gehen. Ich will dir einen frischen lebendigen Blumenstrauß geben; solange der Strauß in diesem Zustande bleibt, kannst du versichert sein, daß ich keine böse Handlung begangen habe; wenn der Blumenstrauß verwelken sollte, so wirst du daran wissen, daß ich mir einen Fehltritt habe zuschulden kommen lassen.' Der Soldat gab diesen Worten Gehör und beschloß, eine Reise zu unternehmen. Bei seiner Abreise beschenkte ihn die Frau mit einem Blumenstrauß.

Als er in einer gewissen Stadt ankam, ließ er sich bei einem Edelmann dieses Ortes in Dienst stellen. Der Soldat trug den Blumenstrauß immer bei sich. Als die Winterzeit herankam, sagte der Edelmann zu seinen Bedienten: ‚Um diese Jahreszeit ist in keinem Garten eine frische Blume zu sehen, und auch Personen von Stande können sich dergleichen nicht verschaffen; es ist zu verwundern, woher dieser Fremde, der Soldat, täglich einen frischen Blumenstrauß bekommt.' Sie sagten, daß sie auch über diesen Vorfall erstaunt wären. Der Edelmann fragte hierauf den Soldaten: ‚Was für eine Art von Blumenstrauß ist das?' Er antwortete: ‚Meine Frau gab mir diesen Strauß als ein Sinnbild ihrer Keuschheit, wobei sie sagte: So lange wie dieser Strauß lebendig und frisch bleibt, sieh es als eine Wahrheit an, daß meine Tugend unbefleckt ist.' Der Edelmann lachte und sagte, seine Frau müßte eine Zauberin oder eine Hexe sein.

Mit wenig Worten, der Edelmann hatte zwei Köche, die durch ihre List und Geschicklichkeit merkwürdig waren. Zu einem von diesen sagte er: ‚Begib dich nach dem Lande des Soldaten, suche dort durch Künste und Betrug in ein vertrauliches Verhältnis mit seiner Frau zu kommen, und kehre mit einer genauen Nachricht von ihr schnell wieder zurück; dann werden wir sehen, ob dieser Strauß frisch und munter bleiben wird oder nicht.' Den Befehlen des Edelmanns gemäß ging der Koch nach der Stadt des Soldaten und schickte eine Unterhändlerin zu dessen Frau, die sich auch zu derselben hinbegab und voll Trug und Arglist die Botschaft überbrachte. Die Frau gab der Unterhändlerin keine bestimmte Zusage, sondern sprach: ‚Schickt den Mann zu mir, damit ich sehen kann, ob er mir ansteht oder nicht.' Die Unterhändlerin führte den Koch bei der Frau des Soldaten ein, die ihm ins Ohr sagte: ‚Geht für diesen Augenblick weg und sagt zu Eurer Begleiterin: „Diese Frau gefällt mir nicht, und ich mag mich nicht in einen Liebeshandel mit ihr einlassen." Dann kommt allein nach meinem Hause, ohne der Unterhändlerin etwas davon zu sagen; denn diese Art Leute können kein Geheimnis bewahren.' Der Koch willigte in ihren Plan ein und ging danach zu Werke. Die Frau hatte in ihrem Hause einen trockenen Brunnen, über welchen sie eine Bettstelle setzte, die aus mürben Stricken zusammengefügt war, und darüber breitete sie eine Decke. Als der Koch wiederkam, sagte sie ihm, er möchte sich auf dieses Bett setzen; und als er sich darauf gesetzt hatte, fiel er hindurch und fing laut an zu schreien. Die Soldatenfrau sprach: ‚Sage mir ehrlich, wer du bist und woher du kommst?' Der verunglückte Koch gestand alle Umstände in betreff des Soldaten und des Edelmanns.

Da nun der Koch nicht imstande war, sich aus dem Abgrunde emporzuarbeiten, so blieb er fortwährend in dieser unglückseligen Lage. Nachdem einige Zeit auf solche Weise verflossen war und der erste Koch nicht wieder zurückkehrte, so gab der Edelmann dem andern Koch eine große Summe Geldes, nebst einem Überfluß an Waren, und schickte ihn zu der Soldatenfrau in der Eigenschaft eines Kaufmannes. Er befolgte dasselbe Verfahren wie der andere und wurde in der nämlichen Grube gefangen. Der Edelmann, darob verwundert, daß keiner von den beiden Köchen zurückkam, merkte wohl, daß irgendein Unheil oder Mißgeschick ihnen zugestoßen sein müsse, und hielt es daher für das beste, selbst hinzugehen.

Eines Tages reiste der Edelmann, unter dem Vorwande, auf die Jagd zu gehen, in Begleitung des Soldaten ab. Als sie in der Stadt des Soldaten ankamen, ging dieser nach seinem Hause und schenkte seiner Frau den frischen Blumenstrauß. Die Frau sagte ihrem Manne alles, was vorgefallen war. Den nächsten Tag führte der Soldat den Edelmann nach seiner Wohnung und bereitete ein gastfreundliches Fest. Er zog die beiden Köche aus dem Brunnen und sagte ihnen: ,Es sind Gäste in mein Haus gekommen; zieht ihr beide Mädchenkleider an, setzt ihnen die Speisen vor und wartet bei Tische auf; alsdann will ich euch in Freiheit setzen.' Die beiden Köche zogen weibliche Kleidung an und präsentierten dem Edelmann die Speisen. Da sie in dem Brunnen so viel ausgestanden hatten, und auch wegen der schlechten Kost, war ihnen beiden das Haar vom Kopfe und der Bart ausgefallen, und ihre Gesichtsfarbe war ungemein verändert. Der Edelmann sagte zum Soldaten: ,Was für Verbrechen haben sich diese Mädchen zuschulden kommen lassen, daß ihnen das Haar vom Kopfe geschoren ist?' Der Soldat antwortete: ,Sie haben einen großen Fehltritt begangen, fragt sie nur.' Als er sie aufmerksamer untersuchte, erkannte er sie. Nachdem sie ihrerseits auch den Edelmann wieder entdeckt hatten, fingen sie bitterlich an zu weinen, fielen ihm zu Füßen und legten von der Keuschheit und Unschuld der Frau Zeugnis ab. Die Frau rief hinter einer Gardine hervor: ,Ja, lieber Herr, ich bin die Frau, die Ihr im Verdacht hattet, daß sie eine Hexe wäre, und zu welcher Ihr Männer schicktet, um mich auf die Probe zu stellen, als Ihr über meinen Mann lachtet. Nun habt Ihr meine Sinnesart kennen gelernt.' Der Edelmann war tief beschämt und bat um Verzeihung wegen seiner Übeltaten.''

Nachdem der Sittich diese Geschichte von der Frau des Soldaten zu Ende gebracht, sagte er zu Chobscheste: „Meine Prinzeß, geh schnell zu deinem Liebhaber, damit dein Mann nicht etwa kommt und du von deinem Freunde dir Beschämung zuziehest, auf dieselbe Weise wie der Edelmann durch die Soldatenfrau beschämt wurde." Chobscheste wollte gehen und schickte sich dazu an; aber um dieselbe Zeit krähte der Hahn, und da sich der Tag zeigte, wurde ihr Gang verschoben.

Fünfte Erzählung.

Der Goldschmied, der Zimmermann, der Schneider und der Einsiedler, die sich um die hölzerne Frau zankten.

Als die Sonne in den Westen hinabstieg und der Mond sich aus dem Osten erhob, ging Chobscheste zum Sittich, um sich Erlaubnis zu erbitten, und sagte: „Gib mir Bewilligung, diesen Abend zu meinem Geliebten zu gehen." Der Sittich antwortete: „Meine Prinzeß, ich habe dir jeden Abend Urlaub gegeben; warum zauderst du? Ich besorge, dein Gemahl wird unvermutet ankommen, und die Sache ein Ende nehmen, wie es einst vier Personen erging."

Chobscheste fragte: „Was war es denn, das jenen vier Personen widerfuhr?" Der Papagei sprach:

„Als einstmals ein Goldschmied, ein Zimmermann, ein Schneider und ein Einsiedler zusammen auf der Reise waren, machten sie eines Abends in der Wüste halt und sagten untereinander: ‚Wir wollen diese Nacht hier in der Wüste bleiben und Wache halten, indem wir vier Personen jeder eine Wache übernehmen;' einstimmig kamen sie über diese Worte überein. Die erste Wache stand der Zimmermann auf dem Posten, und um den Schlaf zu verscheuchen, nahm er ein Beil und machte eine Figur von Holz. Bei der zweiten Wache, als die Reihe an den Goldschmied kam, und dieser sah, daß die hölzerne Figur nicht mit Gold und Juwelen angetan war, sagte er in seinem Herzen: ‚Der Zimmermann hat durch das Schnitzen dieser hölzer=

nen Figur seine Kunst gezeigt; ich muß auch meine Geschicklichkeit dartun und einen Schmuck für die Ohren, den Hals, die Arme und Füße verfertigen und ihn der Figur anlegen, um ihre Zierlichkeit zu erhöhen.' Als er auf diese Weise die Juwelen zurechtgemacht hatte, legte er sie dem Püppchen an. Bei der dritten Wache, wie die Reihe an den Schneider kam, wachte er auf. Er sah ein Weib mit einem außerordentlich schönen Gesicht und von hübscher Gestalt, angetan mit köstlichen Juwelen, aber nackend: — auf der Stelle fertigte er niedliche Kleider, wie sie sich für eine Braut schicken, legte sie ihr an und erhöhte dadurch ihre Zierlichkeit. Die vierte Wache traf den Einsiedler, der, wie er sich auf den Posten stellte, diese einnehmende Gestalt erblickte. Der Einsiedler verrichtete seine Abwaschung und das Gebet; danach sprach er die flehentliche Bitte aus: ‚O Gott! gib dieser Gestalt Leben!' Sogleich erhielt die Figur Leben, so daß sie wie ein menschliches Wesen redete.

Als die Nacht vorüber war und die Sonne aufging, waren alle diese vier Leute bis zur Verzweiflung in die Figur verliebt. Der Zimmermann sagte: ‚Ich bin Herr von diesem Frauenzimmer, weil ich sie mit meinen eigenen Händen gezimmert habe: ich will sie hinnehmen.' Der Goldschmied sagte: ‚Die Braut gebührt mir, weil ich sie mit Juwelen geschmückt habe.' Der Schneider behauptete: ‚Diese Frau ist mein Eigentum, denn als sie nackt war, machte ich Kleider und zog sie ihr an.' Der Einsiedler sagte: ‚Dies war eine Figur von Holz, und da sie auf mein Gebet Leben erhielt, so will ich sie haben.'

Kurz, dieser Streit hatte lange Zeit gedauert, als zufällig jemand nach diesem Ort kam, den sie baten, unter ihnen Recht ergehen zu lassen. Als dieser Mann das Gesicht des Weibes sah, rief er aus: ‚Das ist meine rechtmäßige Ehegattin, die ihr aus meinem Hause entführt und von mir getrennt habt.' Wie er sich so gebärdet hatte, ergriff er sie und führte sie mit sich vor den Burgvogt. Als der Burgvogt das Angesicht der Frau sah, rief er aus: ‚Das ist meines Bruders Frau, die er mit sich auf eine Reise nahm; ihr habt meinen Bruder totgeschlagen und die Frau mit Gewalt genommen.' Der Burgvogt ergriff sie darauf alle und führte sie vor den Kasi. Als der Kasi die Frau ansah, befragte er dieselben und sagte: ‚Wer seid ihr? Seit langer Zeit habe ich diesem Weibe nachgespürt: sie ist meine leibeigene Magd, die sich mit einer großen Menge von meinem Gelde versteckte; nun, wo ist mein Geld und meine Sachen? Gebt mir Antwort.'

Als dieser Zank und Hader lange fortgedauert hatte und viele Leute zusammengelaufen waren, um den Auftritt mitanzusehen, so sagte ein alter Mann, der gegenwärtig war: ‚Dieser Streit wird durch keinen Menschen beigelegt werden, aber in einer gewissen Stadt ist ein großer alter Baum, genannt: der Baum der Entscheidung; jeder Streit, den nicht Menschen zu schlichten vermögen, wird vor diesen Baum gebracht, aus welchem eine Stimme ertönt, die erklärt, auf wessen Seite das Recht ist, und wessen Ansprüche falsch sind.' Um die Geschichte abzukürzen, diese sieben Männer gingen unter den Baum und nahmen auch das Weib mit sich, und jeder trug die Umstände seiner besonderen Lage vor. In diesem Augenblick klaffte der Stamm des Baumes auseinander, und die Frau lief in den Spalt hinein, worauf der Spalt sich wieder schloß und sie verschwand. Eine Stimme erscholl aus dem Baum und sprach: ‚Jedes Wesen kehrt zu seinem Urstoff zurück.' Da waren die sieben Freier des Weibes von Scham überwältigt."

Als der Papagei diese Erzählung beendigt hatte, sagte er zu Chodscheste: „Fräulein, ich bin besorgt, daß dein Gemahl unerwartet kommt und dich, wie der Baum, mit sich vereinigt, und daß du bei deinem Liebhaber dir Beschämung zuziehest: stehe auf und geh zu deinem Liebsten und Freunde." Chodschefte war willens, zu ihm zu gehen, als eben der Hahn krähte und die Zeichen des Morgens erschienen, worauf ihr Besuch ausgesetzt wurde.

Sechste Erzählung.

Der König von Kinodsch 8 und seine Tochter, in welche sich ein Derwisch verliebte.

Als die Sonne unter den Westen hinabsank und der Mond aus dem Osten emporstieg, ging Chodscheste, völlig angekleidet und geschmückt, zum Sittich, um sich Erlaubnis zu erbitten, und sagte: „Ich schäme mich, jeden Abend vor dir zu erscheinen, und daß du um meinetwillen so viele Unruhe hast, du schläfst nicht, noch genießest du der Ruhe, wie soll ich dir für deine Gefälligkeiten danken? wie kann meine Zunge es vollführen und aussprechen?" Der Sittich antwortete: „Ich bin dein Sklave, obgleich ganz und gar nicht fähig, irgendeine deiner Angelegenheiten auf eine Weise auszurichten, wie es einem Diener geziemt; indes will ich dich schleunig zu deinem Liebhaber senden und mich für deine Sache bemühen, wie der Kaiser von Indien, dessen Geschichte du vielleicht gehört hast." Chodscheste fragte: „Von welchem Inhalt ist die Geschichte?"

Der Papagei sagte: „Der König von Kinodsch hatte eine Tochter, deren Antlitz wie der Mond strahlte und deren ganze Gestalt äußerst reizend war. Es trug sich zu, daß ein Derwisch sich in sie verliebte und über die Leidenschaft wahnsinnig und verwirrt wurde. So oft er helle Augenblicke hatte, pflegte er bei sich selbst zu sagen: ‚Welche Torheit ist das! wie kann ein Bettler mit einem Monarchen verwandt sein.' Nach einigen Tagen sandte der Derwisch eine Botschaft an den König: ‚Gebt mir Eure Tochter, denn ich habe sie sehr lieb; erwägt nicht meine Armut und Eure Königswürde.' Als der König diese Worte von dem Derwisch vernahm, wurde er heftig ergrimmt und gab Befehl, ihn bestrafen zu lassen. Der Wesir sagte: ‚Er ist ein Derwisch, und Eure Majestät machen niemals Derwische unglücklich; ich will auf andere Mittel sinnen, um ihn aus der Stadt zu schicken.' Nachher ließ der Wesir den Derwisch holen und sagte zu ihm: ‚Wenn du eine Elefantenladung Gold bringen willst, so will ich dir des Königs Tochter liefern.'

Als der Derwisch überlegte, wie er sich das Gold verschaffen sollte, sagte jemand zu ihm: ‚Wenn du so viel Gold verlangst, wie ein Elefant tragen kann, so gehe zum Kaiser, stelle deine Lage vor und bitte ihn, worauf er dir gewiß diese Menge Gold darreichen wird.' Der Derwisch ging zum Kaiser und trug seine Sache vor. Der Kaiser reichte dem Derwisch sogleich eine Elefantenladung Gold, die er dem König überbrachte. Der König sagte zum Wesir: ‚Euer Plan ist nicht gelungen, denn der Derwisch hat die Elefantenladung Gold gebracht.' Der Wesir sagte: ‚Der Kaiser muß sie gegeben haben; in unsern Tagen ist niemand anders fähig, eine solche Handlung der Freigebigkeit zu begehen; jetzt muß ein anderer Plan angelegt werden.' Der Wesir sagte zum Derwisch: ‚Du wirst des Königs Tochter nicht gegen eine Elefantenladung Gold zum Tausch erhalten; aber wenn du den Kopf des Kaisers bringst, dann sollst du sie gewiß bekommen.'

Der Derwisch ging wieder zum Kaiser und erzählte die Umstände seiner Sache. Der Kaiser sagte: ‚Beschwichtige dein Gemüt und sei nicht unruhig wegen meines Kopfes; viele Jahre schon habe ich meinen Kopf in meiner Hand gehalten, bereit, ihn jedem zu geben, der ihn verlangen sollte. Binde mir einen Strick um den Hals und führe mich vor den König und sage: Ich habe den Kopf gebracht, den Ihr verlangtet, mitsamt seinem Körper; wenn er einwilligt, so trenne meinen Kopf von meinem Körper, und sollte er noch weiter etwas verlangen, so will ich es auch herbeischaffen.' Dies tat der Derwisch; nachdem er dem Kaiser einen Strick um den Hals gebunden, führte er ihn vor den König. Als der König den Edelsinn des Kaisers sah, fiel er ihm zu Füßen und sagte: ‚Kein Mensch in dieser Welt übertrifft Euch an Größe der Seele und an Männlichkeit, und niemals wird es jemanden geben, der willig ist, einem Bettler, einem Derwisch zu Gefallen seinen Kopf zu geloben.' Der König ließ seine Tochter holen, übergab sie dem Kaiser und sagte: ‚Dies ist Eure Magd, verfügt über sie, für wen Ihr wollt.'"

Als der Papagei die Geschichte von dem Indischen Kaiser zum Schluß gebracht hatte, sagte er zu Chodscheste: „Wenn mein Kopf dir irgend von Nutzen sein kann, meine Gebieterin, so will ich ihn ohne Zögerung oder Reue hergeben. Es ist zu raten, daß du schleunigst zu deinem Freunde gehst." Als Chodscheste aufstand und zu ihrem Geliebten gehen wollte, krähte der Hahn, und da es Morgen war, wurde ihr Weggehen aufgeschoben.

Siebente Erzählung.
Der Vogelsteller, der Papagei und seine Jungen.

Als die Sonne im Westen hinabsank und der Mond aus dem Osten hervorkam, erhob sich Chobscheste, mit einem Herzen voller Angst und ihre Augen angefüllt mit Tränen, und ging zum Papageien wegen der Erlaubnis. Als sie den Papageien in Gedanken vertieft fand, sagte sie: „Warum bist du so nachdenklich?" Der Sittich erwiderte: „Um deinetwillen, denn ich weiß nicht, von welcher Art von Liebhabern der deinige ist — ob er dir treu sein wird oder nicht, und ob er es wie der Papagei des Königs Kamru machen wird."

Chobscheste fragte: „Wie verhält es sich mit der Geschichte von dem Papageien des Königs Kamru?"

Der Papagei fing an, die Geschichte zu erzählen:

„Einstmals warf ein Vogelsteller ein Garn über das Nest eines Papageien und nahm darin den Papageien mit seinen Jungen gefangen. Der Papagei sagte zu seinen Nestküchlein: ‚Das Beste für euch ist, daß ihr euch tot stellt, worauf der Vogelsteller, wenn er euch in diesem Zustand sieht, euch aus dem Nest schleudern wird; und wenn er bloß mich wegträgt, wird es von keinen Folgen sein, denn wenn ich mein Leben behalte, so kann ich auf Mittel sinnen, zu euch zu gelangen.' Die Jungen machten es so, wie ihnen befohlen war. Der Vogelsteller, der sie für tot hielt, schleuderte sie alle aus dem Nest; sie nahmen sogleich die Flucht und setzten sich auf den Ast eines Baumes.

Der Vogelfänger fuhr auf und stand im Begriff, den Papageien auf dem Boden zu zerschmettern. Der Papagei sagte zu dem Vogelsteller: ‚Beruhige dein Gemüt, ich will dir einen solchen Preis für mich verschaffen, daß du für den Rest deines Lebens nichts weiter nötig haben sollst; denn ich bin ein Arzt und in dieser Kunst vollkommen bewandert.‘ Der Vogelsteller war erfreut, als er diese Worte hörte, und sagte zum Papageien: ‚Raja Kamru, welcher König in meinem Lande ist, hat lange an einer schmerzhaften Krankheit daniedergelegen; wirst du imstande sein, ihn davon zu befreien?‘ Der Papagei sagte zum Vogelfänger: ‚Nun, was ist das denn so Großes? Ich bin ein solcher Arzt, daß ich wohl zehntausend Patienten kurieren kann; führe mich vor den König, mach' ihn mit meiner Geschicklichkeit bekannt und dann verkaufe mich zu einem hohen Preise.‘ Der Vogelsteller setzte ihn in einen Bauer, brachte ihn dem Raja Kamru und sagte: ‚Ich bringe hier einen Papageien, der es mit der Arzeneikunst weit gebracht hat.‘ Der König sagte: ‚Ich brauche selbst notwendig einen geschickten Doktor; nennt mir den Preis dieses Vogels.‘ ‚Zehntausend Dinare,‘ versetzte der Vogelsteller. Raja Kamru kaufte sogleich den Papageien, indem er dem Vogelsteller zehntausend Dinare bezahlte. Den folgenden Tag fing der Papagei an, dem König Arzenei einzugeben. Sein Übel war halb geheilt, als der Papagei zu ihm sagte: ‚Da meine Arzenei die Hälfte Eurer Beschwerden vertrieben hat, so bezeigt mir Aufmerksamkeit und Güte, und nehmt mich aus dem Käfig, damit ich eine Arzenei auskundschafte, durch die ich Euch ganz aus dem Käfig der Sorge befreien könne.‘ Da der König diese Worte für aufrichtig hielt, so nahm er ihn aus dem Bauer. Der Papagei flog sogleich fort und kehrte nie wieder zum König zurück."

Nachdem der Sittich diese Erzählung beendigt hatte, redete er Chodscheſte an und ſagte: „Ich fürchte, meine Dame, daß dein Liebhaber verräteriſch an dir handeln wird, wie der Papagei des Raja Kamru, und das iſt die Urſache meiner Nachdenklichkeit. Eile jetzt zu deinem Freunde, aber ſetze kein Vertrauen in ihn, bis du ihn auf die Probe geſtellt haſt." Hierauf wünſchte Chodſcheſte zu ihrem Buhlen zu gehen; der morgendliche Hahn krähte, und da die Dämmerung anbrach, wurde ihr Gang verſchoben.

Achte Erzählung.
Der Kaufmann und seine Frau, die ihn überliſtete.

Als die Sonne im Weſten hinabſank und der Mond bei dem Einbruch der Nacht aus dem Oſten heraufſtieg, erhob ſich Chodſcheſte mit traurigem und gequältem Herzen und ging zum Papagei, um Erlaubnis zu erhalten. Als der Papagei Chodſcheſte nachdenklich fand, fragte er, warum ſie in Gedanken vertieft ſei? Chodſcheſte antwortete: „Weil ich jeden Abend zu dir komme und dir meinen Kummer entdecke: wann wird denn die Zeit da ſein, wo ich zu meinem Liebhaber kommen werde? Wenn du mir dieſen Abend Erlaubnis gibſt, ſo werde ich gehen; ſonſt will ich Geduld üben und zu Hauſe ſitzen." Der Papagei antwortete: „Du horchſt jeden Abend auf meine Geſchichten und bleibſt hier bis an den Morgen. Ich wünſche, daß du heute abend ſchnell hingehſt. Sollte es ſich ereignen, daß dein Gemahl ankäme und dich irgendwo träfe, ſo folge dem Beiſpiel der Kaufmannsfrau und ſchilt ihn aus."

Chodſcheſte fragte: „Was und wie iſt die Geſchichte von der Kaufmannsfrau? Sprich."

Der Sittich hub an und ſagte: „In einer gewiſſen Stadt war ein reicher Kaufmann, der eine hübſche Frau hatte. Einſtmals reiſte dieſer Kaufmann nach einem anderen Lande, um zu handeln. Während ſeiner Abweſenheit beſuchte die Frau fremde Geſellſchaften und ſang und tanzte. Nachdem der Kaufmann einige Zeit in der Fremde geweſen, kam er in ſeiner Stadt wieder an, und da es Nacht war, konnte er nicht in sein Haus kommen; er nahm seine Wohnung an einem anderen Orte und nachdem er eine Unterhändlerin hatte kommen lassen, sprach er zu ihr: ‚Bringe mir doch diesen Abend ein hübsches, niedliches Weibchen, mit dem ich mir die Zeit vertreiben kann.' Es fügte sich, daß die Unterhändlerin zu der Frau des Kaufmanns ging und sagte: ‚Ein reicher Mann, welcher von der und der Stadt angekommen ist, wünscht ein Frauenzimmer bei sich zu sehen; steh auf und geh zu ihm.' Die Frau putzte sich mit Juwelen und schönen Stoffen, ging zu ihm und sobald sie ihn erblickt hatte, erkannte sie ihn als ihren Mann. Sogleich fing sie an zu rufen: ‚O ihr Nachbarn, hört meine Beschwerde! Sechs Jahre sind verflossen, seitdem dieser mein Ehegatte in die Fremde ging, um zu handeln; ich habe jeden Tag und jede Nacht seiner Zurückkunft entgegengesehen; vor einigen Tagen ist er von seiner Reise zurückgekehrt und hat an diesem Ort seine Wohnung genommen, ohne an mich zu denken. Nachdem ich diesen Abend hiervon benachrichtigt worden war, bin ich selbst hergekommen; wollt ihr in dieser Sache Recht ergehen lassen, so ist es gut; sonst will ich zum Kasi gehen und mich von meinem Mann scheiden lassen.' — Die Nachbarn strömten zusammen und stifteten Frieden zwischen ihr und dem Kaufmann. Kurz, die Frau kam vermittels des Scheltens zu ihrem Recht gegen ihren Mann, ohne irgendeinen Schimpf zu erleiden."

Als der Sittich diese Erzählung von dem Kaufmann beendigt hatte, sagte er zu Chodscheste: „Nun mache dich auf und nimm den Weg zu deinem Liebhaber und bewirke keinen Aufschub." Chodscheste stand auf, um es zu tun; der Hahn krähte, der Morgen brach an, ihr Besuch wurde aufgeschoben.

Neunte Erzählung.

Des Krämers Frau, die eine Liebschaft mit jemandem hatte und ihren Schwiegervater bestürzt machte.

Als die Sonne niedergegangen war und der Mond, die Fixsterne und die Planeten erschienen, kam Chobschefte schluchzend und weinend zum Papageien und sagte: „Ach, mein vertrauter Freund, der du an meinem Unglück Anteil nimmst! ich trage das innigste Verlangen, meinen Geliebten zu sehen, und bin äußerst betrübt und niedergeschlagen. Wenn es dir ratsam scheint, so gib mir geschwind Erlaubnis, den Besitzer meines Herzens zu besuchen; wo nicht, so muß ich mich gedulden, obgleich ich wohl weiß, daß jeder, der verliebt ist, keine Geduld besitzt." Der Sittich antwortete: „Dir, meine Gebieterin, die du jeden Abend zu mir kommst, um Erlaubnis und Rat zu erhalten, und mit solcher Überlegung handelst, kann kein Leid zustoßen; so wie die Frau des Krämers, die, weil sie bedachtsam gehandelt hatte, kein Ungemach erlitt."

Chobschefte fragte: „Wie und was ist die Geschichte von des Krämers Frau?"

Der Sittich begann und sagte: „Eines Tages, als die Frau eines Krämers auf dem Dach des Hauses saß, erblickte ein junger Mann dieselbe und verliebte sich. Die Frau bemerkte, daß der Jüngling sich in sie verliebt habe; sie rief ihn und sagte: ‚Komm nach Mitternacht zu mir und setze dich unter einen Baum, der in meinem Hofplatz steht.' Nach Mitternacht begab sich der Jüngling nach ihrem Hause; die Frau erhob sich von ihrem Lager und ging zu ihm und setzte sich neben ihm unter den Baum. Es begab sich, daß der Vater des Krämers um die nämliche Zeit eines Geschäfts wegen aufstand und aus dem Hause gehen wollte, unerwartet sah er die Frau seines Sohnes bei einem fremden Mann; er nahm unvermerkt der Frau die Ringe von den Füßen, behielt sie bei sich und sagte zu sich selbst: ‚Am Morgen will ich sie züchtigen.'

Die Frau schickte den Jüngling fort, ging zu ihrem Mann, weckte ihn und sagte: ‚Im Hause ist es sehr heiß; komm, laß uns unter dem Baum schlafen.' Kurz, die Frau lagerte sich mit ihrem Mann auf demselben Fleck, wo sie und der junge Mann zusammen gewesen waren. Als der Mann fest schlief, weckte sie ihn wieder und sagte: ‚Dein Vater kam soeben hierher, nahm mir die Ringe von den Knöcheln und trug sie weg. Dieser alte Mann, den ich als meinen Vater ansehe, wie konnte er sich doch mir nähern, als ich neben meinem Mann schlief, die Ringe von meinen Knöcheln nehmen und sie wegtragen!' Am Morgen war der Mann auf seinen Vater böse, der ihm den Umstand entdeckte, wie er sie in der Nacht bei einem fremden Mann gesehen hätte. Der Sohn sprach barsch gegen den Vater und sagte: ‚In der Nacht, als meine Frau und ich wegen der Hitze unter dem Baum schliefen, kamt Ihr her, nahmt meiner Frau die Ringe von den Beinen und trugt sie weg; um dieselbe Zeit weckte mich meine Frau und zeigte mir den Umstand an.' Demnach war der Vater sehr beschämt, und dadurch, daß die Frau einen solchen Pfiff ersonnen hatte, kam sie ungestraft davon."

Als der Sittich diese Geschichte von des Krämers Frau beendigt hatte, sagte er zu Chodschefte: „Nun steh auf und gehe zu dem, welcher dir dein Herz geraubt hat." Hierauf wollte sie gehen, als der Hahn krähte und ihr Weggehen ausgesetzt wurde.

Zehnte Erzählung.
Des Kaufmanns Tochter und der Schakal.

Als die Sonne untergegangen war und die Nacht herbeikam, ging Chodscheste, deren Herz von Liebe entflammt war, zum Sittich, um sich Erlaubnis zu erbitten, und sagte: „Ich habe großes Vertrauen zu deiner Weisheit und deshalb warte ich dir jeden Abend auf; wenn du mir jetzt nicht guten Rat geben und mir Beistand verleihen willst, wann willst du es dann tun." Der Papagei sagte: „Um deinetwillen, Chodscheste, ist mein Herz so betrübt, und aus dieser Ursache werde ich unglücklich sein, solange ich lebe. Jeden Abend sagte ich dir, du sollst zu deinem Liebhaber gehen; aber du zauderst und horchst auf meine Erzählungen. Wenn dein Geheimnis etwa bekannt werden sollte, so will ich dich eine List lehren, wodurch du alle Unruhe und Beschimpfung vermeiden wirst; geradeso wie der Schakal einst die Tochter des Kaufmanns eine List lehrte und ihr guten Rat gab."

Chodscheste fragte: „Wie ist die Geschichte von des Kaufmanns Tochter und dem Schakal? erzähle sie ausführlich."

Der Papagei hub an: „In einer Stadt war ein Emir, der einen Sohn hatte, einen häßlichen Menschen und von schlechter Gemütsart und so ziemlich dumm. Als der Sohn zur Mannbarkeit gelangte, verheiratete ihn sein Vater mit der Tochter eines Kaufmanns, einem hübschen

Frauenzimmer, die es in der Kunst der Musik weit gebracht hatte. Während sie eines Abends auf dem Dache ihres Hauses saß, sang ein junger Mann ein Lied zur Seite neben der Mauer. Als die Frau seine Stimme hörte, verliebte sie sich in ihn; sie stieg von der Höhe herab, näherte sich dem jungen Mann und sagte: ‚Ich habe einen dummen, häßlichen Ehegemahl, kannst du mich mit dir nehmen?' Der Jüngling willigte ein, und sogleich gingen sie zusammen davon und legten sich unter einen Baum am Ufer eines Teiches. Als die Frau einschlief, stahl ihr der Mann ihre Juwelen und lief weg. Wie die Frau aufwachte, sah sie weder die Juwelen an ihrem Körper, noch den Jüngling zu ihrer Seite; sie hatte keinen Zweifel, daß er ihr einen Streich gespielt habe und davongegangen sei.

Als die Sonne aus dem Osten hervorkam, stand sie nachdenkend am Ufer des Teichs. In diesem Augenblick kam ein Schakal mit einem Knochen im Maul herbei; als er nun an dem Ufer des Teiches einen Fisch sah, ließ er den Knochen aus seinem Maul fallen und lief dem Fisch nach. Der Fisch ging ins Wasser, worauf der Schakal wiederum seinen Knochen suchte, um ihn wieder zu packen, ihn aber nicht finden konnte, da ein Hund ihn weggeholt hatte. Als die Frau diesen Auftritt sah, lachte sie. Der Schakal sagte: ‚Was für eine Frau bist du, und warum stehst du hier allein?' Sie erzählte dem Schakal ihr ganzes Verhältnis. Der Schakal sagte: ‚Lieber solltest du dieses tun: stelle dich unklug, geh nach Hause und spiele die Rolle einer wahnsinnigen Frau, lache und singe, dann wird jeder, der dich sieht, dir verzeihen.' So machte es die Frau, und vermittels dieses Kunstgriffs konnte niemand ihr etwas Schuld geben."

Nachdem der Papagei dieses Märchen beendigt hatte, sagte er zu Chodscheste: „Nun ist ein guter Zeitpunkt da, steh auf und geh zu deinem Herzliebsten, sei nicht im min=

deſten beſorgt, denn wenn ſich dir irgendeine Schwierig=
keit darbieten ſollte, ſo will ich dich eine Liſt lehren." Chod=
ſcheſte wollte gehen; um dieſe Zeit krähte der Hahn,
und da der Morgen graute, wurde ihr Weggehen auf=
geſchoben.

Elfte Erzählung.

Der Löwe und der Brahmin, der über seiner Lüsternheit sein Leben verlor.

Als die Sonne untergegangen und der Mond aufgegangen war, ging Chodscheste zum Papageien, um der Erlaubnis willen, und sagte: „Ich merke wohl, du bekümmerst dich nicht um meine Unruhe, und deshalb sendest du mich nicht fort, sondern kommst mit Geschichten an." Der Papagei sagte: „Ich wünsche zu Gott, Chodscheste, daß du eilig zu deinem Liebhaber gehst! Du selbst bewirkst den Aufschub, meine Schuld ist es nicht. Geh diesen Abend geschwind hin; aber du mußt bald wiederkommen und ja nicht nach etwas lüstern sein, was dort ist; denn ein ungeregeltes Verlangen ist sündlich, und wer habsüchtig ist, wird dasselbe Schicksal haben wie der Brahmin."

Chodscheste sprach: „Sage mir, was ist das für eine Geschichte?"

Der Papagei hub an: „In einer gewissen Stadt war ein reicher Brahmin, der, als er zufällig arm und hilflos wurde, auf die Reise ging. Eines Tages kam er in eine Wüste und sah einen Löwen sich am Ufer eines Teiches wälzen, indem ein Fuchs und ein Hirsch vor ihm standen. Der Brahmin ward bestürzt und stand furchtsam still. Auf einmal fielen die Blicke des Fuchses und des Hirsches auf den Brahminen; beide sagten zueinander: ‚Wenn der Löwe ihn sieht, so wird er diesen armen, hilflosen Mann umbringen; es ist rätlich, daß wir auf einen Kunstgriff sin=

nen, damit der Löwe nicht allein sein Leben schone, sondern ihm auch eine Schenkung bewillige.' Der Hirsch und der Fuchs fingen an, den Löwen zu segnen und zu preisen: ‚Eure Freigebigkeit ist so rühmlich bekannt, daß heute ein Brahmin gekommen ist und auf eine Gabe hoffend dasteht.' Der Löwe sah den Brahminen an, sagte ihm, er solle näher kommen, und bezeigte ihm viel Güte. Er sah das Gold und die Juwelen von Menschen umherliegen, die einige Zeit vorher umgebracht waren; diese schenkte er dem Brahminen und gab ihm sodann Erlaubnis, wegzugehen.

Der Brahmin kam in seinem Hause an. Einige Tage nachher dürstete den Brahminen nach Gold und er ging wieder zu diesem Löwen. An dem Tage machten ein Wolf und einige Hunde bei dem Löwen soeben ihre Aufwartung; als diese den Brahminen erblickten, sagten sie: ‚Dieser Mann ist außerordentlich vermessen, uneingeladen vor Euch zu erscheinen.' Der Löwe war ergrimmt, sprang auf und riß den Brahminen in Stücken."

Nachdem der Sittich die Geschichte beschlossen hatte, sagte er zu Chobscheste: „Wäre der Brahmin nicht lüstern gewesen, so hätte er sein Leben nicht verloren; wer habsüchtig ist, fällt in Unglück. Eine Nachtwache ist noch übrig, geh geschwind, triff mit deinem Liebhaber zusammen und komm wieder." Chobscheste stand auf, in der Absicht, um hinzugehen; in diesem Augenblick krähte der Hahn, und da die Morgendämmerung erschien, wurde ihr Weggehn aufgeschoben.

Zwölfte Erzählung.

Der alte Löwe und die Katze, die aus dem Dienste gelassen wurde, da sie die Mäuse getötet hatte.

Als die Sonne herabgesunken war und der Mond erschien, begab sich Chodscheste zum Papageien wegen Urlaub, und als sie ihn in Gedanken vertieft sah, fragte sie: „Warum bist du gedankenvoll?" Er antwortete: „Ich trage keine Sorge um mich selbst, sondern deine Traurigkeit hat mich in Kummer versetzt. Die ganze Nacht hörst du meine Erzählungen an; ich fürchte, dein Gemahl wird unerwartet ankommen und du wirst es bereuen, nicht hingegangen zu sein, wie die Katze, die nach dem Tode der Mäuse Reue fühlte." Chodscheste fragte: „Wie kam das? Es ist sehr sonderbar, daß die Katze Ursache gehabt haben sollte, es zu bereuen, Mäuse umgebracht zu haben, da doch eine Maus der Bissen einer Katze ist."

Der Papagei hub an und sagte: „In einer Wüste wohnte ein Löwe, der sehr alt und abgelebt war, so daß vor Alter seine Zähne verulmten und Löcher darin entstanden; so oft er aß, blieben Fetzen von Fleisch zwischen den Zähnen stecken, und da nun Mäuse in dieser Wüste waren, so nagten die Mäuse, wenn der Löwe schlafen ging, die Fetzen Fleisch aus seinen Zähnen, wodurch seine Ruhe gestört wurde. Der Löwe fragte andere Tiere, die seine Hofleute waren, um Rat, auf welche Art die Mäuse wegzujagen wären. Ein Fuchs sagte: ‚Es ist eine Katze da, die Euer Untertan ist; befehlt ihr, jede Nacht hier Wache zu halten.‘ Der Löwe genehmigte den Rat des Fuchses und ließ die Katze zu sich kommen; und als sie kam, ernannte er sie zu dem Amt eines Burgvogtes. Die Katze verrichtete nun den Dienst der Wache. Als die Mäuse die Katze sahen, machten sie sich davon. Der Löwe schlief nach Wunsch, da sich nichts ereignete, was seine Ruhe störte. Der Löwe erzeigte der Katze große Gefälligkeit und erhöhte ihren Rang. Die Katze setzte die Mäuse in Schrecken, tötete aber niemals eine derselben, da sie bei sich selbst dachte: ‚Wenn ich die Mäuse ausrotte, so wird der Löwe, da er alsdann nichts weiter für mich zu tun hat, mich meines Amts entsetzen.‘ Eines Tages brachte sie ihr junges Kätzlein zum Löwen und sagte: ‚Ich möchte heute in Geschäften irgendwo hingehen: wenn Ihr es erlauben wollt, so geh' ich weg und setze mein Kätzchen an meine Stelle, und komme morgen wieder, um Euch aufzuwarten.‘ Der Löwe gab seine Einwilligung. Nachdem die Katze ihr Kätzchen dort zurückgelassen hatte, ging sie selbst nach einem andern Ort. — Das Kätzlein brachte alle Mäuse um, die es sah, und in einem Tage und einer Nacht waren sie alle ausgerottet. Den folgenden Tag kam die Katze an und sah die Mäuse tot daliegen. Sie gab ihrem Kätzchen einen Verweis: ‚Was hast du da getan? Warum hast du die Mäuse umgebracht?‘ Das Kätzchen sagte: ‚Warum sprachst du nicht erst mit mir, als du weggingst, und verbotest mir nicht, die Mäuse umzubringen.‘ Kurz, beide bereuten es. Nach einigen Tagen entließ der Löwe die Katze und entsetzte sie des Amts eines Burgvogtes.“

Als der Papagei die Geschichte von den Mäusen, der Katze und dem Löwen beendigt hatte, sagte er zu Chobscheste: „Du scheinst mir sehr langsam zu sein, denn jeden Abend schiebst du es auf; weshalb ich fürchte, daß dein

Gemahl ankommt und du Reue fühlst wie die Katze."
Chodscheste erhob sich und wollte zu ihrem Liebhaber gehn; in dem Augenblick drang der Schall des morgendlichen Hahnes zu ihrem Ohr, und da der Morgen anbrach, wurde ihr Hingehen aufgeschoben.

Dreizehnte Erzählung.
Von Schapur, dem Befehlshaber der Frösche, und von der Schlange.

Als die Sonne untergegangen und der Mond heraufgekommen war, legte Chodschefte verschiedene Arten von Juwelen an, und als sie zum Sittich kam, um sich Erlaubnis zu erbitten, sagte sie: „Ich halte dich für sehr verständig und höre jeden Abend deinen Rat; dennoch aber erwächst mir kein Vorteil aus deiner Belehrung, und ich gelange nicht zu meinem Ziele." Der Papagei antwortete: „Obgleich in dieser Angelegenheit ein großer Aufschub stattgefunden hat, so sei dennoch versichert, ich werde das Mittel sein, dich zu deinem Liebhaber zu bringen. O Chodschefte! diejenigen heißen verständig, die auf jedes Geschäft achtgeben, und wer über den Ausgang nicht nachdenkt, wird es bereuen, gleichwie Schapur, was er getan, bereuen mußte."

Chodschefte fragte: „Wer ist Schapur, und von welcher Art ist seine Geschichte?"

Der Papagei sagte: „In dem Lande Arabien war eine tiefe Quelle, worin sich eine Menge Frösche befanden, deren einer, namens Schapur, ihr Anführer war. Schapur übte eine große Tyrannei und Unterdrückung aus, und als die Frösche dadurch bis zum äußersten Elend herabgesunken waren, beratschlagten sie zusammen und sagten: ‚Wir sind unter Schapurs Regierung mit dem bloßen Leben davongekommen; wir müssen einen andern aus unsrer Mitte erwählen, der über uns herrschen soll.' Sie ernannten darauf einen andern Frosch zum Anführer und verbannten Schapur von jenem Ort. Da nun Schapur hilflos geworden, so ging er zur Höhle einer Schlange und sprach mit leiser Stimme. Die Schlange steckte ihren Kopf aus dem Loch, und als sie den Frosch sah, lachte sie herzlich und sagte: ‚Du, der du eine Speise für die Schlangen bist, warum kommst du zu uns, um dein Leben wegzuwerfen?' Er antwortete: ‚Ich bin zu dir gekommen, um meines eigenen Heiles und Besten willen.' Spricht die Schlange: ‚Rede, was du zu sagen hast.' Der Frosch stellte der Schlange die Umstände seiner Sache vor und sagte: ‚Ich bitte um deinen Beistand.' Die Schlange war sehr erfreut, erwies dem Frosch viele Höflichkeit und sagte: ‚Zeige mir die Quelle, damit ich dich an diesen Fröschen rächen kann.' Kurz, die Schlange und der Frosch gingen zusammen davon und kamen bei der Quelle an, in welcher die Frösche waren, und begaben sich in die Quelle. Im Verlauf einiger Tage verzehrte die Schlange alle Frösche und machte ein Ende mit ihnen.

Eines Tages sagte sie zu Schapur: ‚Es ist nicht ein Frosch mehr in der Quelle übrig. Ich bin jetzt sehr hungrig; besorge mir geschwind zu essen und überlaß mich nicht dem Hunger.' Schapur gab der Schlange zur Antwort: ‚Nachdem du mir deine Güte dadurch erzeigt hast, daß du mich an den Fröschen rächtest, so kehre jetzt zu deiner eigenen Wohnung zurück.' Die Schlange sagte: ‚Ich will dich nicht in der Einsamkeit lassen.' Schapur war überaus bestürzt und bereute es, von der Schlange Hilfe begehrt zu haben. Endlich sagte er zur Schlange: ‚Ganz nahe bei diesem Ort ist eine andere Quelle, wo Frösche die Menge sind; wenn du befiehlst, so will ich sie durch Kunstgriffe und List hierher bringen.' Die Schlange gab ihm Erlaubnis, hinzugehen. Als Schapur vermittels dieses Einfalls aus der Quelle entwischt war, lief er und versteckte sich in einem großen Teich. Die Schlange blieb einige Tage voller Erwartung, worauf sie die Quelle verließ und ihrem eigenen Weg nachging."

Nachdem der Papagei diese Erzählung beendigt hatte, sagte er zu Chodschefte: „Geh nun, säume nicht." Chodschefte wollte gehen; die Tiere des Morgens machten in diesem Augenblick ein Geräusch, und da der Tag anzubrechen begann, wurde ihr Weggehen aufgeschoben.

Vierzehnte Erzählung.
Der Löwe, dem ein Sijahgusch 9 seine Wohnung wegnahm.

Als die Sonne im Westen hinabgesunken war und der Mond hell schien, ging Chodscheste weinend zum Papagei und sagte: „Ich komme jeden Abend um der Erlaubnis willen zu dir, und nicht in der Absicht, um die Geschichten zu hören, die du mir vorträgst." Der Papagei antwortete: „Kein Schaden kann durch meine Ermahnung dir zustoßen, sondern du wirst Vorteil daraus ziehen.

Geh diesen Abend, um deinen Liebhaber zu treffen, und wenn einer von deinen Feinden dahin kommen sollte, so will ich eine Kriegslist in Gang bringen, wie es der Sijahgusch machte." Chodscheste fragte: „Wie ist die Geschichte vom Sijahgusch?"

Der Papagei sagte: „In einer Wüste wohnte ein Löwe, der einen Affen als seinen Liebling bei sich hatte. Es fügte sich, daß der Löwe nach einem gewissen Ort auf die Reise ging; vor seiner Abreise übergab er dem Affen seine Wohnung zur Verwahrung. Während der Abwesenheit des Löwen nahm ein Sijahgusch Besitz von seinem Wohnplatz, weil es eine gute Stelle war, und wählte sich ihn zu seiner Behausung.

Der Affe sagte zum Sijahgusch: ‚Dies ist die Residenz des Löwen, wie kannst du dir anmaßen, ohne seine Erlaubnis hier dein Obdach zu nehmen?' Der Sijahgusch erwiderte: ‚Diesen Platz habe ich als Erbteil von meinem Vater bekommen; was weißt du davon?' Der Affe schwieg still. Der weibliche Sijahgusch sagte zum Männchen: ‚Es ist nicht ratsam, hier zu bleiben, denn einem Löwen sich widersetzen heißt mit seinem eigenen Blute scherzen.' Das Männchen erwiderte: ‚Ei nun, Frau, wenn der Löwe kommt, so will ich ihn durch eine Kriegslist von hier vertreiben.' Kurz, nach einigen Tagen traf die Nachricht ein, der Löwe käme. Der Affe ging aus, um dem Löwen entgegenzugehen, und erzählte ihm alle Umstände wegen des Sijahgusch und sagte: ‚Ich machte Vorstellungen, worauf er antwortete: Der Platz ist ein Teil meines Erbguts.' Der Löwe sagte: ‚O Affe, es kann kein Sijahgusch sein; wie könnte ein solches Tier sich meinen Platz zueignen? Es scheint wohl, daß es eine wilde Bestie sei, die stärker ist als ich.' Der Affe antwortete: ‚Er ist nicht stärker als du.' Der Löwe sagte: ‚Wie du sprichst! Es gibt viele Tiere, die mich an Stärke übertreffen.' Der Löwe war erschrocken, machte sich auf den Weg nach seinem Hause und kam bei dieser Stelle an.

Vor der Ankunft des Löwen gab der Sijahgusch seinem Weibchen folgende Weisung: ‚Wenn der Löwe in die Nähe der Wohnung kommt, so mache deine Jungen schreien, und wenn ich fragen sollte: Warum schreien die kleinen Wichter? so mußt du sagen: Sie wollen heute frisches Löwenfleisch haben, und wollen das von gestern abend nicht fressen.' — Kurz, der Löwe näherte sich der Wohnung, und die Jungen fingen an zu schreien. Der Sijahgusch fragte: ‚Warum schreien die kleinen Wichter?' Die Alte antwortete: ‚Weil sie hungrig sind.' Der Sijahgusch fuhr fort: ‚Was! ist nichts mehr übrig von dem Vorrat an Löwen- und Menschenfleisch, das ihnen gestern gegeben wurde?' Das Weibchen sagte: ‚Sie wollen kein Fleisch von gestern fressen, sie wollen frisches haben.' Der Sijahgusch sagte zu der jungen Brut: ‚Beruhigt euch und habt ein wenig Geduld; ich habe gehört, daß der hiesige Löwe heute angekommen sei, und wenn diese Nachricht wahr ist, dann sollt ihr, so Gott will, frisch Fleisch die Menge zu verzehren haben.' Der Löwe ward bestürzt, als er diese Worte von dem Sijahgusch hörte, da er nicht wußte, daß es ein Sijahgusch sei. Er entfloh darauf von dieser Stelle und fragte den Affen: ‚Habe ich's dir nicht gesagt, daß ein gewaltiges Tier in meiner Wohnung ist?' Der Affe sagte: ‚Sei nicht erschrocken, denn dieses Tier ist sehr schwach und winzig, und es spricht diese Worte, um zu betrügen.' Der Löwe näherte sich noch einmal seinem Wohnplatz, und das Sijahguschweibchen ließ wiederum ihre Jungen schreien. Der Sijahgusch rief dem Weibchen zu: ‚Beruhige die Jungen; heute werde ich Löwenfleisch finden, denn der Affe, der mein Freund ist, hat mir versprochen und mir zugeschworen, den Löwen durch List und Trug heute hierher zu bringen; warte ein wenig und bringe die kleinen Wichter zum Stillschweigen — leide es nicht, daß sie Lärm machen; wenn er meine Stimme entdecken sollte, so wird er nicht hierher kommen.' Als der Löwe diese Worte vernahm, packte er sogleich den Affen, und nachdem er ihn in Stücke gerissen, ergriff er die Flucht und kam nie wieder nach diesem Ort zurück."

Als der Sittich die Erzählung von dem Sijahgusch beschlossen hatte, sagte er zu Chobscheste: „Steh auf und geh zu deinem Liebhaber." Chobscheste wollte gehn; um dieselbe Zeit erhuben die Morgenvögel ihre Stimme, und da der Tag sich zeigte, wurde ihr Weggehen ausgesetzt.

Fünfzehnte Erzählung.
Der Weber Serir, dem das Glück nicht wohl wollte.

Als die Sonne untergegangen war und die Nacht herankam, ging Chodscheste nach der ersten Nachtwache, nachdem sie schöne Kleider angezogen hatte, zum Papageien und sagte: „Ach mein Freund! lange schon habe ich dich erprobt und viele Worte von dir gehört; aber deine Freundschaft hat mir auf keine Weise Vorteil gewährt." Der Papagei antwortete: „Ei, meine Gebieterin! warum bist du so böse auf mich? Ich suche jeden Abend deine Wünsche zu fördern! was kann ich dafür? dein Glück ist nicht günstig, sondern wie das Glück Serirs, das ihm nicht wohl wollte."

Chodscheste fragte: „Wie ist die Geschichte von Serir?"

Der Sittich begann: „In einer gewissen Stadt war ein Mann namens Serir, der fortwährend seidne Stoffe webte, ohne sich einen Augenblick Erholung zu erlauben; dennoch verdiente er nichts. Serir hatte einen Freund, der grobe Tücher webte. Eines Tages ging er zu seinem Freund, dessen Haus er mit Gold und mit Habe und Gütern angefüllt sah, so wie sie in den Wohnungen der Reichen sind. Serir sagte zu sich selbst: ‚Wie kommt es, daß ich, der ich die Stoffe für die Reichen und Kleider für die Prinzen webe, nicht das Salz auf meinem Brot habe? und woher hat dieser geringere Arbeiter so viel Reichtum erworben?' Als Serir wieder nach Hause kam, sagte er zu seiner Frau: ‚In dieser Stadt kennt niemand den Wert meiner Fähigkeiten, und man weiß meine Profession nicht zu schätzen. Ich muß nach einer anderen Stadt gehen, wo meine Geschicklichkeit gewürdigt, und ich selbst mehr geachtet sein werde.' Seine Frau sagte: ‚Was dir beschieden ist, das wird dir auch an diesem Ort zuteil werden: du wirst nie einen größeren Unterhalt erwerben, als was das Schicksal dir zugemessen hat.' Jedoch Serir hörte nicht darauf, sondern ging auf die Reise, und nachdem er in einer andern Stadt angekommen war, wohnte er dort einige Zeit und ging seiner Beschäftigung nach.

Als er eine große Summe Geldes in seinem Beutel angehäuft hatte, reiste er nach Hause, und da er sich an einem Platz ausruhte, blieb er bis Mitternacht wach; als er hierauf einschlief, zog ihm ein Dieb den Beutel mit Gold heraus und lief damit weg. Serir wachte auf, lief dem Dieb nach, konnte ihn aber nicht fangen. Hilflos kehrte er nach dieser Stadt zurück und ging daselbst noch wiederum einige Jahre länger seinem Geschäft nach; und als er sich eine fernere Summe Geldes erworben hatte, schlug er noch einmal den Weg nach Hause ein. Des Nachts war er in einem Ort eingekehrt, als ungeachtet aller seiner Vorsichtsmaßregeln ein Dieb sein Geld wegnahm. Der arme Mann sagte bei sich selbst: ‚Es ist nicht mein Schicksal, reich zu sein, und daher hat der Dieb mein Eigentum weggenommen.' Darauf kehrte er mit leeren Händen nach Hause zurück und machte seine Frau mit dem bekannt, was ihn betroffen hatte. Sie sagte: „Hab ich's dir nicht gleich gesagt, daß du nirgend weiter etwas erwerben könntest, als was deine Bestimmung sei? Meine Worte nicht achtend, gingst du auf die Reise; nun sage, was für Vorteil hast du erlangt?' Serir schämte sich vor sich selbst."

Nachdem der Papagei die Geschichte von Serir beendigt

hatte, sagte er zu Chodscheste: „Auf, und gehe zu deinem Liebhaber, erlaube dir keinen Auffchub." Als Chodscheste willens war, dahin zu gehen, lüftete der Hahn die Flügel und ließ seine Stimme ertönen; der Morgen brach an, und Chodschestes Weggehen wurde aufgeschoben.

Sechzehnte Erzählung.
Vier reiche Leute, die arm wurden.

Als die Sonne in die Tiefe des Westens hinabstieg und der Mond aus dem Osten hervorkam, ging Chobscheste mit schmerzenvoller Brust und weinenden Augen zum Sittich und sagte: „Ach, du Grünkleid! die Leiden der Liebe überwältigen mich; jeden Abend läßt du mich durch deine Ermahnung und Gespräche meine Zeit verlieren; ich bin verliebt, was nutzen mir Ermahnungen?" Der Papagei erwiderte: „Mein Fräulein! was ist das für eine Sprache? In Wahrheit, Freundesworte müssen beachtet werden; und diejenigen, die sich weigern, auf die Stimme der Freunde zu hören, werden es bereuen, wie es eine gewisse Person tut."

Chobscheste fragte: „Wie trug sich diese Geschichte zu?"

Der Papagei sprach: „Es waren einmal in der Stadt Balkh vier Freunde, alle vier wohlhabend und begütert, welche treu zusammenhielten. Es ereignete sich, daß sie alle arm wurden; und alle vier begaben sich zu einem Philosophen und erzählten ihm die Umstände ihres Mißgeschicks. Der Philosoph hatte Mitleid mit ihnen und gab jedem eine wundertätige Kugel und sagte: ‚Es lege ein jeder von euch diese Kugel auf seinen Kopf; dann begebt euch auf den Weg, und wo die Kugeln von euren Köpfen herabfallen, da grabt nach, und was dort als etwas euch Beschiedenes aus dem Boden kommen wird, das nehmt hin.' Die vier Freunde gingen, den Befehlen des Philosophen gemäß, zusammen von dannen; als sie fünf Guruh gegangen waren, fiel einem von ihnen die Kugel vom

Kopf; er grub auf dem Fleck nach und fand Kupfer. Er sagte zu seinen drei Freunden: ‚Ich ziehe dieses Kupfer dem Golde vor; wenn ihr es wünscht, so bleibt hier.' Sie nahmen sein Anerbieten nicht an, sondern gingen auf ihrem Wege fort. Als sie wenig weitergegangen waren, fiel dem zweiten Mann seine Kugel vom Kopfe, auf welcher Stelle eine Silbermine entdeckt wurde. Er sagte: ‚Wenn ihr wollt, so bleibt hier, dieses Silber ist euer Eigentum.' Sie waren es nicht zufrieden. Als sie vorwärts gegangen waren, fiel einem andern Mann die Kugel von seinem Kopf, und als er dort grub, fand er eine Goldmine; er sagte zum vierten Freunde: ‚Kein Metall ist dem Golde vorzuziehen, ich wünsche, daß du und ich uns hier niederlassen.' Jener antwortete: ‚Weiterhin wird eine Mine von kostbaren Steinen kommen, warum sollte ich hier anhalten?' Er ging ein Guruh weiter, als ihm seine Kugel vom Kopf fiel, und wie er den Boden aufgrub, sah er eine Eisenmine. Reuevoll sagte er: ‚Warum verließ ich die Goldmine und verwarf den Rat meines Freundes?' Kurz, er kehrte von da zurück, fand aber weder seinen Freund, noch die Goldmine. Er sagte bei sich selbst: ‚Niemand kann mehr finden, als was ihm beschieden ist.' Er ging wiederum nach der Eisenmine, aber trotz all seines Suchens konnte er nicht wieder zu ihr gelangen. Hilflos ging er fort, um den Philosophen zu suchen, der nicht zu finden war. Da ward der Arme von der heftigsten Reue gequält."

Als der Papagei diese Rede beendigt hatte, sagte er zu Chodscheste: „Wer nicht auf den Rat seiner Freunde hören will, wird leiden wie dieser unglückliche Mann. Nun stehe auf und geh zu deinem Liebhaber, denn dies ist eine glückliche Stunde." Chodscheste wollte sogleich gehen; aber der morgendliche Hahn krähte, und da der Tag graute, wurde ihr Weggehen verschoben.

Siebenzehnte Erzählung.
Wie der Schakal zum König gemacht und dann getötet wurde.

Als die Sonne im Westen hinabstieg und der Mond im Osten sich erhob, ging Chodscheste zum Papageien, um sich Erlaubnis zu erbitten. Wie sie den Papageien nachdenklich sitzen sah, sprach sie: „O Kluger! Warum bist du in Gedanken vertieft?" Der Papagei entgegnete: „Du bist von einer großen Familie, ich weiß nicht, ob dein Liebhaber auch von edlem Stamm ist oder von geringem. Wenn seine Familie der deinigen im Range gleichkommt, so kann es nichts Schlimmes sein, wenn du Freundschaft mit ihm schließest, ja es ist sogar wünschenswert; sonst aber sollte es vermieden werden."

Chodscheste antwortete: „Ach! du Vertrauter meines Geheimnisses, du sprichst wahr; wie kann ich seine Umstände kennen lernen?" Der Papagei antwortete: „Die Tugend und Laster eines Menschen entdeckt man durch sein Gespräch; hast du nicht die Geschichte von dem Schakal gehört?" Chodscheste wünschte, sie zu hören.

Der Papagei sprach: „Ein Schakal hatte sich zur Gewohnheit gemacht, nach einer Stadt zu gehen, wo er seine Schnauze in Gefäße hineinsteckte, die verschiedenen Leuten gehörten. Eines Abends ging er, seiner Gewohnheit gemäß, nach dem Hause eines Indigomachers, und als er seinen Kopf in einen Kübel mit Indigo gesteckt hatte, geschah es, daß er der Länge nach hineinfiel und nur mit großer Mühe wieder herauskam; sein ganzer Körper wurde blau gefärbt. Als er in die Wüste ging, meinten alle Tiere, wie sie eine solche wunderbare Figur sahen, es sei irgendein gewaltiges Tier. Die Horde von Schakalen machte ihn zu ihrem Anführer und gehorchte seinen Befehlen. Damit niemand ihn an seiner Stimme erkennen sollte, ließ der Schakal andere schwache Tiere neben sich stellen. So bildeten die Schakale während der Hofkur den ersten Rang, die Füchse den zweiten, die Hirsche und die Affen den dritten; Wölfe machten den vierten Rang aus, Löwen den fünften und Elefanten den sechsten Rang. So oft die Schakale bellten, erhob der Anführer zugleich mit ihnen auch einen Lärm, und niemand machte ihn ausfindig.

Allein nach einigen Tagen, als dieser Anführer sich allmählich vor den andern Schakalen zu schämen anfing, entfernte er sie eine Strecke und stellte die Löwen und Elefanten neben sich; des Nachts fingen die Schakale an zu heulen, worauf der Anführer in ihren Lärm miteinstimmte. Die wilden Tiere, die neben ihm standen, entdeckten, wer er sei; sie schämten sich vor sich selbst, fielen über den Anführer her und rissen ihm den Bauch auf."

Nachdem der Papagei die Geschichte beendigt hatte, sagte er zu Chodscheste: „Meine Gebieterin, die Laster und Tugenden eines Menschen können durch sein Gespräch entdeckt werden. Geh nun zu deinem Liebhaber und sprich mit ihm; so werden seine Tugenden und Laster sich zeigen." Chodscheste wollte gehen; gleich darauf krähte der Hahn, und da der Morgen anbrach, wurde ihr Besuch verschoben.

Achtzehnte Erzählung.

Von dem vertrauten Umgang Beschirs mit einer Frau namens Tschunder.

Als die Sonne im Westen hinabsank und der Mond im Osten erschien, kam Chobscheste mit bekümmertem Herzen zum Sittich und sagte: „Ich komme jeden Abend zu dir, um Erlaubnis einzuholen, und nicht um Ermahnungen zu hören." Der Papagei antwortete: „Beruhige dich, Chobscheste, denn jetzt will ich dich rasch mit deinem Freunde vereinigen, ebenso wie der Araber, der anfangs Unglück erlitt, und dem zuletzt Vergnügen zuteil wurde." Chobscheste fragte: „Was ist der Inhalt dieser Geschichte?"

Der Papagei hub an: „In einer Stadt war ein Jüngling, genannt Beschir, der einen vertrauten Umgang mit einer Frau namens Tschunder angefangen hatte. Nach einigen Tagen wurde ihr Geheimnis bekannt. Tschunder wurde durch ihren Mann nach einem andern Ort gebracht und Beschir beklagte diese Trennung Tag und Nacht. Eines Tages sagte er zu einem Araber, mit dem er lange vertraut gewesen war: ‚Ich möchte Tschunder wohl besuchen, aber komm du mit mir;' der Araber willigte ein. Kurz, sie machten sich beide zusammen auf den Weg. Als sie bei Tschunders Wohnung ankamen, ruhten sie unter einem Baume aus; Beschir sandte den Araber hin, der nach ihrem Hause ging und Grüße von seinem Freunde überbrachte. Tschunder sagte: ‚Zu Nacht will ich unter diesem Baume sein.' In der Nacht ging Tschunder nach dieser

Stelle, wo Beschir sie an seinen Busen drückte, und die Liebenden nun vereinigt waren. Beschir fragte, ob sie die ganze Nacht dableiben wolle? Sie antwortete: Nein, wenn anders nicht der Araber einen Auftrag übernähme, in welchem Falle sie imstande sein würde, zu bleiben. Der Araber fragte, was er tun solle; Tschunder sagte: ‚Zieh mein Kleid an, geh in mein Haus und setze dich in den Hofplatz; wenn mein Mann mit einem Becher Milch kommt und dir zu trinken gibt, so nimm den Becher nicht und enthülle auch nicht dein Antlitz; hierauf wird er die Milch neben dir hinsetzen und weggehen; nachher trinke sie.'

Der Araber willigte ein und ging in ihr Haus. Als Tschunders Mann mit dem Becher Milch kam, konnte alles, was er sagte, den Araber nicht bewegen, entweder zu trinken, oder seinen Mund aufzutun, oder auch nur, ihm den Becher aus der Hand zu nehmen. Der Mann geriet in Wut, fing an mit der Peitsche zu hauen und sagte: ‚Obgleich ich dir so viele Nachsicht bezeige, willst du doch nicht deine Lippen öffnen und auf meine Worte keine Antwort geben?' Kurz, er peitschte den Araber dergestalt, daß sein Rücken blau wurde. Als Tschunders Mann wegging, weinte und lachte der Araber zugleich.

In diesem Augenblick kam Tschunders Mutter und sagte: ‚Ich ermahne dich beständig, warum willst du deinen Mann dir nicht zum Freunde machen? Wenn du dich nach Beschir sehnst, so wirst du das Antlitz deines Mannes nicht wiedersehen.' Die Mutter ging weg und sagte zu Tschunders Schwester: ‚Geh und setze dich bei ihr und frage sie, warum sie sich nicht mit ihrem Manne vertragen will?' Tschunders Schwester ging auf den Araber zu, welcher bei dem Anblick ihres Gesichts vergaß, was er von dem Prügeln ausgestanden hatte, und wie er seinen Kopf aus dem Leinentuch heraussteckte, sagte er: ‚Ach, liebe Frau! Eure Schwester ist diese Nacht zu Beschir gegangen und hat mich hergeschickt, ihren Platz auszufüllen; seht nur, was für ein Prügeln ich um ihretwillen erduldet habe. Kommt nun her und bringt die Nacht bei mir zu, damit ich mein Geheimnis bewahre; sonst werde ich und deine Schwester beide Schimpf erleiden.' Tschunders Schwester lachte; und darauf blieb sie bei dem Araber. Als die Nacht beinahe verflossen war, begab sich der Araber zu Tschunder, die ihn fragte, wie er die Nacht zugebracht habe? Er erzählte ihr alle Umstände in Hinsicht des Mannes und zeigte ihr seinen Rücken. Tschunder schämte sich gar sehr vor sich selbst, wußte aber nicht, wie angenehm er sich die Nacht über mit ihrer Schwester vergnügt habe."

Nachdem der Papagei die Geschichte beendigt hatte, sagte er zu Chodscheste: „Nun steh auf und geh zu deinem Teuren." Sie wollte gehen; aber der Hahn krähte, und da der Morgen anbrach, wurde ihr Weggehen verschoben.

Neunzehnte Erzählung.
Der Kaufmann und wie jemandem eine Stute getötet wurde.

Als die Sonne in den Westen hinuntergegangen war und der Mond sich im Osten erhoben hatte, legte Chob=scheste ein herrliches Gewand an, ging zum Papageien und sagte: „Obgleich ich von selbst imstande bin, zu meinem Liebhaber zu gehen, so halte ich es ohne deine Einwilligung doch nicht für ratsam, denn ich hege Vertrauen zu deiner Einsicht; sei diesen Abend hurtig und gib mir Erlaubnis." Der Papagei antwortete: „Meine Gebieterin, diejenigen, die weise sind, tun nichts ohne Überlegung; du besitzest einen guten Verstand und wirst daher nie übereilt handeln. Ich bin völlig versichert, daß, wenn es jemandem einfallen soll=te, feindlich gegen dich zu handeln, dein Verhalten von der Art sein wird, daß dir kein Unglück zustoßen kann, ebenso, wie der Kaufmann es klug anfing."

Chobscheste fragte: „Was ist der Inhalt seiner Ge=schichte?"

Der Papagei hub an: „Es war vorzeiten einmal ein kluger Kaufmann, der ein bösartiges Pferd hatte. Eines Tages, während der Kaufmann eine Mahlzeit zu sich nahm, kam jemand auf einer Stute herbei, und als er ab=gestiegen war, wollte er seine Stute neben dem Pferde des Kaufmanns anbinden. Der Kaufmann sagte zu ihm: ‚Bin=det sie nicht neben meinem Pferde an!' Der Mann kehrte sich nicht daran, sondern band seine Stute dicht neben des Kaufmanns Pferd fest, und darauf setzte er sich nieder, um mit dem Kaufmann zu essen, welcher hierauf sagte: ,Was bist du für ein Mensch, daß du dich ungebeten an meinen Tisch setzest?' Der Mann stellte sich taub und gab durchaus keine Antwort. Der Kaufmann glaubte, der Mann sei taub oder stumm, und da er sich also nicht zu helfen wußte, sagte er weiter nichts. Einen Augenblick nachher schlug das Pferd des Kaufmanns die Stute so heftig, daß ihr Bauch aufgerissen wurde und sie starb. Der Eigentümer fing an, mit dem Kaufmann zu zanken, und sagte: ,Euer Pferd hat meine Stute totgeschlagen, wahrhaftig, ich werde schon machen, daß Ihr mir den Wert derselben bezahlt.'

Kurz, er ging weg und brachte seine Beschwerde vor den Kasi, der den Kaufmann vorfordern ließ; dieser erschien vor dem Kasi, betrug sich aber wie ein Stummer und erteilte auf keine der Fragen des Kasis irgendeinen Bescheid. Der Kasi bemerkte: ,Der Kaufmann ist stumm und kann nicht im mindesten getadelt werden.' Der Kläger fragte den Richter: ,Wie wißt Ihr, daß er stumm ist? als ich meine Stute neben seinem Pferde anbinden wollte, sagte er zu mir: Binde sie nicht an! Nun stellt er sich stumm.' Der Kasi bemerkte: ,Wenn er dich warnte, welche Schuld trägt er denn? Geh doch hin! du bist ja ein Sündenkind und ein Pinsel; du hast dich durch deine eigene Zunge überführen lassen.'"

Nachdem der Papagei die Geschichte beendigt hatte, sagte er: "Nun geh zu deinem Geliebten." Sie wollte gehen; um dieselbe Zeit krähte der Hahn, und da die Morgendämmerung anbrach, wurde ihr Besuch ausgesetzt.

Zwanzigste Erzählung.
Die Frau, die durch eine List aus den Klauen des Löwen entkam.

Als die Sonne im Westen hinabsank und der Mond aus dem Osten emportauchte, ging Chobschefte zum Papageien, um sich Erlaubnis zu erbitten, und sagte: „Ach, du Vertrauter meines Geheimnisses! erbarme dich meiner, gib mir geschwind Erlaubnis, und was du etwa noch zu sagen hast, dessen entledige dich schnell." Der Sittich versetzte: „Meine Herrin, ich habe dich zu wiederholten Malen auf die Probe gestellt, aber ich habe dich immer klug befunden; du bedarfst meines Rates nicht, wenn aber doch vielleicht irgendein Zufall dir begegnen sollte, so führe einen klugen Anschlag aus, wie die Frau in der Wüste, die dadurch, daß sie einen Kunstgriff gegen einen Löwen ausübte, nicht das mindeste Ungemach erlitt."

Chobschefte fragte: „Was für eine Art Geschichte ist das?"

Der Papagei fing an und sagte: „In einer gewissen Stadt lebte ein Mann, der ein sehr übel geartetes Weib hatte, eine rechte alte Zänkerin. Eines Tages, als er sie wegen eines Vergehens gezüchtigt hatte, nahm sie mit zwei kleinen Kindern den Weg nach der Wüste. Es traf sich, daß die Frau einen Löwen sah, und da sie erschrak, sagte sie bei sich selbst: ,Ich habe sehr übel daran getan, in die Fremde zu gehen, ohne die Einwilligung meines Mannes zu haben; wenn mir von diesem Löwen kein Unheil widerfährt, so will ich wie=

der nach Hause gehen und ihm gehorsam sein.' Kurz, die Frau machte ihren Plan und sagte zum Löwen: ‚Komm her und höre meine Worte an.' Der Löwe verwunderte sich und sagte: ‚Sprich; was hast du mir zu sagen?' Die Frau erwiderte: ‚In dieser Wüstenei ist ein ungeheurer Löwe, der Schrecken aller Menschen und Tiere; der König schickt drei bis vier Menschen zu seinem täglichen Unterhalt hin; heute ist das Los auf mich und diese beiden Kinder gefallen. Da, nimm meine Kinder und verschlinge sie, und dann entfliehe aus dieser Wüste; alsdann kann auch ich allein und ungehindert davonlaufen.' — ‚Gut,' versetzte der Löwe, ‚nun hast du mir alle deine Umstände erzählt; es würde ohne Nutzen von mir sein, wenn ich entweder dich oder deine Kinder verschlingen wollte, weil ich doch keinen Zufluchtsort habe.' Kurz, der Löwe ging nach einem andern Teil der Wüste, und die Frau nahm den Weg nach ihrer Stadt und war die übrige Zeit ihres Lebens gehorsam gegen ihren Mann."

Als der Papagei die Geschichte beendigt hatte, sagte er zu Chodscheste: „Auf, meine Gebieterin, verschiebe es nicht, geh zu deinem Geliebten." Chodscheste erhob sich und schickte sich an, um hinzugehen. In dem Augenblick krähte der Hahn, und da der Morgen anbrach, wurde ihr Weggehen verschoben.

Einundzwanzigste Erzählung.
Von einem König und seinen Söhnen, und von einem Frosch und einer Schlange.

Als die Sonne im Westen hinabsank und der Mond im Osten erschien, ging Chodscheste zum Papageien, um sich Erlaubnis zu erbitten, und sagte: „O Sittich! wann wird jene Zeit herannahen, wo ich mit meinem Geliebten mich vereinigen werde? Ich möchte wohl gehen, und doch bringe ich es nicht dahin; ich weiß nicht, welcher Art mein Schicksal ist." Der Papagei sagte: „Ach, meine Gebieterin! mein Herz ist diesen Augenblick mein Zeuge dafür, daß du sehr bald zu deinem Freunde gelangen wirst; wenn du aber zu deinem Liebhaber kommst, so erfülle alle Bedingungen, welche die Freundschaft erheischt, und vernachläßige keinen Punkt, ebenso wie Chalis und Muchles dem Sohn des Königs dienten, in genauer Übereinstimmung mit den Pflichten der Freundschaft."

Chodscheste fragte: „Wie ist der Inhalt dieser Geschichte?"

Der Papagei hub an und sagte: „Es war einmal ein mächtiger Herrscher, der zwei Söhne hatte; und als er aus dieser Welt schied, eignete sich der älteste Sohn seine Krone und seinen Thron zu und wollte seinen jüngeren Bruder umbringen. Hilflos ging dieser einsam aus der Stadt und dem Königreich. Eines Tages kam er an das Ufer eines Teiches und sah, daß eine Schlange einen Frosch ergriffen hatte, welcher schrie. Der Prinz rief der Schlange zu, wel=

che darauf ihre Beute fahren ließ: der Frosch hüpfte ins Wasser und die Schlange blieb. Der Prinz schämte sich, daß er der Schlange das Futter aus dem Munde genommen hatte. Kurz, er schnitt ein Stück Fleisch von seinem eigenen Leibe und warf es der Schlange hin, die mit dem Fleisch im Munde zu ihrem Weibchen ging. Als das Weibchen es kostete, sagte es zum Männchen: ‚Woher hast du dies schmackhafte und liebliche Fleisch geholt?' Die Schlange erzählte ihr alle Umstände. Das Weibchen sagte: ‚Du mußt der Person, welche dir eine solche Güte erwiesen hat, deine Dankbarkeit bezeigen.' Nachdem die Schlange sich in die Gestalt eines Menschen verwandelt hatte, wartete sie dem Prinzen auf und sagte: ‚Mein Name ist Chalis (oder Aufrichtig); ich wünsche, in Euren Dienst zu treten.' Der Prinz willigte ein. — Als der Frosch, mit Blut befleckt, aus dem Rachen der Schlange gesprungen war, ging er zu seinem Weibchen und erzählte ihr alle Umstände. Das Weibchen sagte zu ihm: ‚Geh jetzt hin und sei bereit, jener Person einen Dienst zu leisten.' Nachdem der Frosch auch die menschliche Gestalt angenommen hatte, kam er zum Prinzen und sagte: ‚Mein Name ist Muchles (oder Redlich); ich wünsche, Euch zu dienen, wie Eure übrigen Sklaven.' Der Prinz nahm ihn auch in seinen Dienst.

Diese drei Männer reisten von dort ab und kamen nach einer Stadt, worin ein König war, zu welchem der Prinz ging und sagte: ‚Ich bin so tapfer, daß ich allein imstande bin, gegen hundert Männer zu fechten; wenn Ihr mir täglich tausend Rupien zahlen wollet, so will ich in Euren Dienst treten, und was für ein Geschäft Ihr auch zu verrichten mir befehlen werdet, ich will es immer ausführen.' Der König stellte ihn in seinen Diensten an und befahl, ihm täglich tausend Rupien auszusetzen. Der Prinz erhielt jeden Tag tausend Rupien, wovon hundert für seine eigenen Ausgaben hinreichten, zweihundert teilte er unter seine Gefährten, und das übrige verschenkte er als Almosen.

Eines Tages zog der König auf den Fischfang aus; von ungefähr fiel der Ring des Königs in den Fluß, und ungeachtet alles Suchens konnte man seiner nicht wieder habhaft werden. Da sagte er zum Prinzen: ‚Hole meinen Ring aus dem Fluß.' Der Prinz besprach sich mit seinen Gefährten, welche fragten: ‚Von welcher Art ist das Geschäft, welches der König Euch zu verrichten befohlen hat?' Muchles sagte: ‚Beruhigt Euch, ich will dies Geschäft ausführen.' Als Muchles demnach die Gestalt eines Frosches angenommen hatte, stürzte er sich in den Fluß und holte sogleich den Ring heraus. Der Prinz überreichte den Ring dem Könige, welcher seine Güte gegen ihn vermehrte.

Als die Tochter des Königs einige Tage nachher von einer Schlange gebissen war, brachten alle Heilmittel, welche die Ärzte auflegten, keine Wirkung hervor. Der König befahl dem Prinzen, seine Tochter zu heilen. Der Prinz war in Gedanken vertieft und sagte bei sich selbst: ‚Das ist mein Geschäft nicht.' Chalis sagte: ‚Führe mich zu dem Fräulein und bringe sie in ein Gemach, wo sie allein ist; ich will sie heilen.' Er tat es. Chalis hielt seinen Mund auf die Wunde, welche die Schlange gemacht hatte, und zog alles Gift heraus; worauf die Prinzessin sogleich wieder gesund wurde. Der König war hocherfreut und gab seine Tochter dem Prinzen zur Ehe, den er zu seinem Statthalter machte. Chalis und Muchles sagten beide: ‚Wir wünschen jetzt Erlaubnis zu erhalten, abzureisen.' Der Prinz bemerkte: ‚Was für eine Zeit ist jetzt, um Abschied zu nehmen!' Chalis sagte: ‚Ich bin jene Schlange, welcher Ihr Euer eigenes Fleisch gabt.' Muchles sagte: ‚Ich bin der nämliche Frosch, den Ihr aus dem Munde der Schlange befreitet; wir wünschen jetzt, nach unseren Wohnungen zurückzukehren.' Hierauf bewilligte der Prinz beiden ihren Abschied."

Als der Papagei das Märchen beendigt hatte, sagte er zu Chodschefte: „Geh nun, verschiebe es nicht." Chodschefte stand auf, um zu gehen; sogleich krähte der Hahn, und ihr Weggehn wurde verschoben.

Zweiundzwanzigste Erzählung.
Der Kaufmann, dessen Tochter verschwunden war.

Als die Sonne nach Westen ging und der Mond im Osten erschien, begab sich Chodscheste zum Papageien und setzte sich nachdenkend nieder. Der Papagei fragte: „Ach, meine Dame! warum bist du heute abend so in Gedanken?" Chodscheste sagte: „Gestern abend kamen mir folgende Bedenklichkeiten in den Sinn — ob mein Liebhaber weise oder einfältig, gelehrt oder unwissend sei. Wenn er ein Tropf ist, so wird seine Gesellschaft mir so gut wie der Tod sein." Der Papagei sagte: „Meine Gebieterin, geh dieses Mal nach dem Hause deines Liebhabers und erzähle ihm die Geschichte von der Tochter des Kaufmanns, um seinen Verstand auf die Probe zu stellen. Wenn er dir eine richtige Antwort gibt, so kannst du ihn für weise halten."

Chodscheste fragte: „Was hat es für eine Bewandtnis mit der Geschichte?"

Der Papagei begann: „In Kabul war ein begüterter Kaufmann, der eine schöne Tochter, genannt Sührah, hatte. Wohlhabende Leute aus jener Stadt machten ihr den Hof; aber das Mädchen erklärte sich für keinen einzigen derselben, sondern sagte zu ihrem Vater: ‚Ich will einen heiraten, der entweder durchaus klug oder sehr geschickt ist.' Diese Erklärung verbreitete sich durch das ganze Reich. In einer Stadt wohnten drei Jünglinge, von denen jeder eine schätzenswerte Kunst verstand. Diese drei jungen Männer gingen nach Kabul und sagten zu dem Kaufmann:

‚Wenn Eure Tochter einen Mann von Geschicklichkeit begehrt, so kann ein jeder von uns dreien diese Eigenschaft dartun.' Der eine sagte: ‚Meine Kunst ist diese: so oft etwas verloren ist, so weiß ich, wo es ist; und ich habe auch im voraus Kunde von zukünftigen Ereignissen.' Der zweite sagte: ‚Ich kann ein solches Pferd aus Holz machen, daß jeder, der es besteigt, in der Luft schwebt, wie der Thron des Salomo.' Die dritte Person sagte: ‚Ich bin ein Bogenschütz und kann jeden Gegenstand, worauf ich mit meinem Pfeil ziele, durchbohren.'

Der Kaufmann teilte die verschiedenen Behauptungen dieser drei Jünglinge seiner Tochter mit. Die Tochter sagte: ‚Ich will die Sache in meinem Sinn überlegen und Euch morgen sagen, welchen von ihnen ich vorziehen werde.' In der Nacht verschwand die Tochter aus dem Hause. Am Morgen war alles Suchen fruchtlos; man konnte nicht entdecken, wohin sie gegangen sei. Der Kaufmann ging zu dem jungen Mann, der alle Umstände in Rücksicht jeder verlorenen Sache wußte, und sagte: ‚Zeige mir an, wo meine Tochter ist!' Nach Überlegung von einer Stunde erwiderte der Mann: ‚Eine Fee hat Eure Tochter auf den Gipfel eines Berges entführt, der für Menschen unzugänglich ist.' Hierauf wendete sich der Kaufmann an den zweiten Jüngling und sagte: ‚Macht Ihr ein hölzernes Pferd und gebt es dem jungen Schützen, daß er sich darauf setze und den Berg besteige und, nachdem er die Fee mit seinem Pfeil getötet, das Mädchen zurückbringe.' Er machte ein hölzernes Pferd, der junge Schütz setzte sich darauf, schwang sich zu dem Gipfel empor und führte, nachdem er die Fee mit seinem Geschoß durchbohrt hatte, die Jungfrau wieder heim. Jeder von den dreien forderte sie nun als sein Recht, und es begann ein Streit."

Als der Papagei bis zu diesem Teile der Erzählung gelangt war, sagte er zu Chodscheste: „Trage diese Geschichte deinem Geliebten vor und frage ihn, welchem von den drei Jünglingen das junge Frauenzimmer hätte gegeben werden müssen. Wenn er dir eine richtige Antwort erteilt, so sei in Rücksicht seines Verstandes zufrieden." Chodscheste erwiderte: „O Papagei, sag' du mir zuvor, wem das Mädchen mit Recht zukomme?" Der Papagei antwortete: „Demjenigen, der die Fee erlegte und des Kaufmanns Tochter zurückbrachte, denn die andern zeigten bloß ihre Geschicklichkeit, während sich dieser an den Ort der Gefahr begab und unbekümmert um sein eigenes Leben sich großen Widerwärtigkeiten aussetzte."

Nachdem der Papagei die Geschichte beendigt hatte, sagte er zu Chodscheste: „Sei hurtig und geh zu deinem Liebhaber." Sie stand auf und wollte gehen; der Hahn krähte, der Morgen kam, und ihr Besuch ward verschoben.

Dreiundzwanzigste Erzählung.

Von einem Brahminen, der sich in die Tochter des Königs von Babylon verliebte.

Als die Sonne im Westen hinabsank und der Mond im Osten erschien, ging Chodscheste zum Sittich, um sich Erlaubnis zu erbitten, und sagte: „O du weiser Vogel, dessen Ratschläge klug sind, und o Freund, der du Treue übest! Wenn du es für ratsam hältst, so schiebe es heute nicht auf, mir Erlaubnis zu geben; sonst sprich offen, damit ich geduldig sein und die Eingezogenheit wählen könne." Der Papagei antwortete: „Jeden Abend gebe ich dir die Erlaubnis, aber ich weiß gar nicht, was für ein Schicksal dich begleitet, und warum es dir niemals wohl will. Es liegt dir ob, heute schnell hinzugehen und eine Zusammenkunft mit deinem Geliebten zu halten. Indes gib meinem Rat Gehör, damit du auf eine solche Weise handeln mögest, daß dir kein Unglück widerfahre, sondern Vorteil erwachse, ebenso wie dem Brahminen, der sich in die Tochter des Königs von Babylon verliebt hatte und nicht allein in den Besitz seiner Geliebten kam, sondern auch Gold und Gut erhielt, ohne irgend Unglück zu erleiden."

Chodscheste fragte: „Was ist der Inhalt seiner Geschichte?"

Der Papagei hub an: „Als einstmals ein Brahmin, der sowohl hübsch als bescheiden war, es für gut befunden hatte, seine Stadt und sein Vaterland zu verlassen, ging er nach der Stadt Babylon. Eines Tages, als dieser Brahmin in einem Garten spazierenging, kam die Tochter des Königs von Babylon auch nach derselben Stelle, um sich im Freien zu ergehen und die Blumen zu beschauen. Plötzlich fiel der Blick des Brahminen auf die Jungfrau, während auch der Blick der Jungfrau auf den Brahminen fiel; und sie wurden beide ineinander verliebt. Als jene wieder nach Hause zurückkehrte, kam sie von Sinnen, und als der Brahmin wieder nach seiner Wohnung zurückkehrte, wurde er krank. Danach begab sich der Brahmin zu einem Zauberer und trat in seinen Dienst.

Nach einiger Zeit wußte der Zauberer kaum mehr, wie er seine große Aufmerksamkeit und treuen Dienste vergelten sollte. Eines Tages sagte er zu ihm: ‚Bitte mich um etwas, das du dir wünschst, und ich will es dir geben; zeige und erkläre, was es ist, das du verlangst.' Der Brahmin entdeckte seine Lage dem Zauberer, welcher sagte: ‚Ich dachte, du würdest um eine Goldmine gebeten haben — was ist es denn so großes, Mann und Weib zusammenzuführen?' Der Zauberer formte sogleich eine magische Kugel, gab sie dem Brahminen und sagte: ‚Wenn ein Mann diese Kugel in seinen Mund nimmt, so wird jeder, welcher ihn sieht, ihn für ein Weib halten; und wenn ein Frauenzimmer sich ihrer auf dieselbe Weise bedient, so erscheint sie allen Zuschauern als Mann.'

Den folgenden Tag nahm der Zauberer die Gestalt eines Brahminen an, und da der Brahmin, wie er die Kugel in den Mund steckte, in eine Frau verwandelt wurde, ging der Zauberer zum König von Babylon und sagte: ‚Ich bin ein Brahmin und habe einen Sohn, der plötzlich wahnwitzig geworden und in die Fremde gewandert ist — dies ist seine Frau; wenn Ihr sie auf einige Tage in Euren Palast aufnehmen wollt, so will ich gehen und ihn aufsuchen.' Der König bewilligte das Gesuch des Brahminen,

und überdies gab er ihm noch etwas für seine Kosten und
sendete die Frau zu seiner Tochter. Durch diesen Kunstgriff
führte der Zauberer den Brahminen bei des Königs Tochter
ein, und er selbst bekam ein gut Stück Geld in die Hand. Die
Prinzessin erwies der Frau, dem vormaligen Brahminen,
große Zärtlichkeit. Aber eines Tages sagte der Brahmin zur
Prinzessin: ‚Von Tage zu Tage wird die Farbe deines
Angesichts blässer und verändert sich, und du scheinest sehr
erschöpft zu sein.‘ Das junge Fräulein wollte ihr Geheim=
nis vor dem Brahminen verhehlen, aber er setzte ihr in die=
ser Sache zu und sagte: ‚Ich mutmaße, du bist in jeman=
den verliebt — es wird weit besser sein, mich zu deiner
Vertrauten zu machen, und dann werde ich sicherlich ein
Mittel gegen die Krankheit anwenden.‘

Die Prinzessin erzählte dem Brahminen alle einzelnen Um=
stände ihrer Lage. Er sagte: ‚Wenn du jetzt diesen Brahmi=
nen sähest, glaubst du wohl, daß du dich seiner noch er=
innern könntest?‘ Sie erwiderte: ‚Ja, ich würde ihn ge=
wiß wiedererkennen.‘ Sogleich nahm der Brahmin die
Kugel aus seinem Munde, und sie erkannte ihn, und sie
umarmten sich.

Nach einigen Tagen ging das junge Fräulein also mit
dem Brahminen zu Rate: ‚Es ist höchst ratsam, daß wir
von hier reisen und in einem anderen Lande unser Obdach
aufschlagen, wo wir, unsrem Wunsche gemäß, den Nei=
gungen unseres Herzens Folge leisten können.‘ Als sie
nun über diesen Punkt zusammen einig geworden waren,
nahm die Tochter des Königs von Babylon aus dem Schatz
ihres Vaters eine große Menge Gold und Juwelen, die
hinlänglich waren, ihnen Unterhalt zu geben, solange sie
leben würden, und bei Nacht verließ sie, in Begleitung des
Brahminen, das Haus. In einem Tage und einer Nacht
gelangten sie über die Grenzen der Besitzungen ihres Va=
ters und nahmen ihre Wohnung in einem anderen Gebiet,

wo sie, frei von allen Fesseln anderer Personen, sich dem Genuß ihrer zärtlichen Neigungen mit unendlichem Vergnügen und Entzücken überließen. Der König war über diesen Vorfall sehr bestürzt, aber trotz seiner eifrigsten Nachforschungen konnte er seine Tochter nicht ausfindig machen, weil sie über die Grenzen seines Gebietes entwichen war."

Nachdem der Papagei die Erzählung beendigt hatte, sagte er zu Chodscheste: „Nun steh auf und geh zu deinem Liebhaber." Sie wollte es eben tun, als gleich darauf der Hahn krähte, und da nun die Morgendämmerung anbrach, wurde ihr Weggehn verschoben.

Vierundzwanzigste Erzählung.
Wie der Sohn des Königs von Babylon sich in ein junges Frauenzimmer verliebte.

Als die Sonne im Westen hinabstieg und der Mond sich im Osten erhob, ging Chodscheste zum Papageien, um sich Erlaubnis zu erbitten, und sagte: „Um welche Zeit ich auch immerhin zu meinem Geliebten gehen mag, so möchte ich doch gern noch vorher seinen Verstand auf die Probe stellen. Wenn ich entdecke, daß er klug ist, so will ich meine Freundschaft zu ihm befestigen, sonst will ich Geduld üben. Denn die Weisen haben gesagt, daß man der Freundschaft dreier Wesen nicht trauen dürfe: erstlich der Freundschaft der Weiber; zweitens der Freundschaft und Zuneigung der Kinder; drittens der Vertraulichkeit der Dummköpfe." Der Papagei versetzte: „Meine Herrin, alles, was du sagst, ist richtig; heute abend mußt du deinem Liebhaber eine Geschichte erzählen und eine Antwort von ihm verlangen; wenn er sie richtig erteilt, so magst du ihn für klug halten, gibt er aber eine unrichtige Antwort, so sei versichert, es fehlt ihm an Verstand."

Chodscheste fragte: „Welche Geschichte ist es denn, über die ich ihn befragen soll?"

Der Papagei fing an: „Als einstmals der Sohn des Königs von Babylon von ungefähr in einen Götzentempel ging, erblickte er dort ein junges Frauenzimmer, dessen glänzendes Antlitz dem vierzehntägigen Monde glich, sowie ihre kohlschwarzen Locken der dunkelsten Nacht; ihr Wuchs war schlank wie eine Zypresse, und ihr Gang war zierlich wie der des Fasans. Er wurde sogleich von ihren Reizen getroffen, und indem er zu den Füßen des obersten Götzen in dem Tempel sein Haupt niederlegte, sprach er mit klagender und schwacher Stimme folgendes aus: ‚Wenn diese Jungfrau sich mit mir vermählen sollte, so will ich mein Haupt von meinem Körper trennen und es dir opfern.' Kurz, der Sohn des Königs sandte eine Botschaft an den Vater des Mädchens und begehrte sie zur Ehe. Ihr Vater gab seine Einwilligung und vermählte die Tochter nach den Gebräuchen und Zeremonien der Leute seines Standes mit dem Prinzen. Also wurden die beiden Liebenden miteinander vereinigt.

Nach einigen Tagen lud der Vater seine Tochter und seinen Schwiegersohn nach seinem Hause ein. Der Sohn des Königs begab sich mit seiner Frau nach des Schwiegervaters Hause, und ein Brahmin, welcher der vertraute Gefährte des Königssohnes gewesen war, begleitete sie auch. Als der Prinz sich dem Tempel näherte, wo er seine Gattin zum ersten Male gesehen, erinnerte er sich des Gelübdes, welches er dem Götzen dieser Stätte getan hatte. Er ging allein in den Tempel, um sein Gelübde zu erfüllen, schnitt sich den Kopf ab und legte ihn zu den Füßen der Bildsäule nieder. Nachher, als der Brahmin auch in den Tempel ging, sah er den Prinzen tot daliegen und erschrak: er dachte, wenn ich allein bleibe, so werden die Leute glauben, daß ich sein Mörder gewesen bin. Nachdem viele solche Gedanken ihm durch den Sinn gegangen waren, sagte er: ‚Das Beste wird für mich sein, mir meinen Kopf abzuschneiden und ihn auch zu den Füßen des Götzen hinzulegen.' Der Brahmin schnitt sich hierauf den Kopf ab und sank zu den Füßen der Bildsäule nieder. Eine Minute nachher kam auch die Frau in den Tempel und war bestürzt, als sie beide Personen ermordet sah, und rief aus: ‚Welcher Unfall hat sich hier ereignet?' Sie beschloß, ihren eigenen Kopf von ihrem Körper zu trennen, um sich mit ihrem Mann verbrennen zu lassen. In diesem Augenblick erscholl eine Stimme aus dem Tempel: ‚O Frau! setze die Häupter der Getöteten wieder auf ihre verschiedenen Leiber, so werden sie wieder lebendig werden.' Die Frau war so von Freude hingerissen, als sie diese Worte vernahm, daß sie in der Eile den Kopf ihres Mannes auf den Rumpf des Brahminen setzte und den Kopf des Brahminen zwischen die Schultern ihres Mannes stellte, und sogleich waren beide wieder lebendig und standen vor der Frau da. Nun begann ein Streit zwischen dem Körper des Prinzen und dem Kopf des Brahminen; der Kopf sprach: ‚Dies ist meine Frau.' Der Leib des Prinzen sprach: ‚Meine Gattin ist diese.'"

Als der Papagei die Geschichte bis hierher erzählt hatte, sagte er zu Chodscheste: „Wenn du seinen Verstand prüfen willst, frage ihn, wer von beiden ein Recht zu der Frau hatte, des Gemahls Kopf oder des Gemahls Rumpf?" — Chodscheste sprach: „O Papagei, erst sage du mir, wem die Frau gebührte." Der Papagei erwiderte: „Der recht= mäßige Eigentümer dieser Frau ist der Kopf des Gemahls, weil der Kopf der Sitz des Geistes und der Beherrscher des ganzen Leibes ist." Als Chodscheste das Ende der Ge= schichte gehört hatte, stand sie auf, um zu ihrem Geliebten zu gehen; gleich darauf krähte der Hahn, und da die Mor= gendämmerung anbrach, wurde ihr Weggehen aufgeschoben.

Fünfundzwanzigste Erzählung.

Von einer Frau, die ausgegangen war, um Zucker zu kaufen, und sich in eine Liebschaft mit einem Gewürzkrämer einließ.

Als die Sonne untergegangen und der Mond erschien, begab sich Chobscheste zum Papagei und sagte: „Ich bin besorgt und daher in meinem Gemüt sehr verlegen, daß, wenn ich zu meinem Geliebten komme, er wegen des Aufschubs böse über mich sein wird. Ich weiß nicht, was für eine Ausrede ich bei dieser Gelegenheit gebrauchen soll."
Der Papagei sagte: „Meine Gebieterin, es erfordert kein Nachdenken oder Überlegen; denn Weiber sind imstande, viele Ausreden zu ersinnen, und sind ungemein flink bei der Hand, Antworten zu geben. Ich habe viele Weiberentschuldigungen in Erfahrung gebracht und gut befunden. Wenn du ein wenig warten willst, so will ich dir eine kurze Geschichte davon erzählen, wie eine Frau sich einer schönen Ausrede bei ihrem Manne bediente und sich so mit Schlauheit aushalf."

Chobscheste fragte: „Was ist das für eine Art Geschichte?"

Der Papagei sagte: „Einstmals gab ein Mann seiner Frau einige Pfennige, worauf sie nach dem Laden eines Gewürzkrämers am Markte ging, um Zucker zu kaufen. Sobald der Gewürzkrämer die Frau sah, fühlte er eine Zuneigung zu ihr. Die Frau kaufte einen Sir 11 Zucker und knüpfte ihn in einen Zipfel ihres Schleiers. Der Gewürzkrämer fing darauf an, ihr Schmeicheleien zu sagen, und sie wurde gefällig gegen ihn. Kurz, der Krämer führte sie in sein

Haus, und sie ließ ihren Schleier in dem Laden liegen. Der Ladenaufseher des Krämers nahm den Zucker aus ihrem Schleier heraus, legte eine gleiche Menge Sand wieder an die Stelle und knüpfte ihn in den Zipfel des Schleiers. Als die Frau wieder herauskam, nahm sie ihren Schleier und kehrte nach Hause zurück.

Als sie zu ihrem Mann kam, knüpfte er den Schleier auf, und als er sah, daß er Sand enthielt, sagte er zu ihr: ‚Ei Frau, was ist das für ein Spaß, den du mit mir treibst? Ich schicke dich aus, um Zucker zu holen, und du hast mir Sand gebracht.' Die Frau sagte ohne alles Zögern: ‚Sobald ich aus dem Haus kam, lief ein Ochs auf mich zu, worauf ich die Flucht nahm und zu Boden stürzte; die Pfennige fielen mir aus der Hand, und da ich mich schämte, sie vor den Leuten, die gegenwärtig waren, zu suchen, so nahm ich den Sand von der Stelle auf und habe ihn hierher gebracht; die Pfennige müssen in dem Sande liegen.' Der Mann küßte sie von Kopf bis zum Fuß und sagte: ‚Daß die Pfennige verloren gegangen sind, tut nichts; aber warum gabst du dir die Mühe, einen Haufen Sand zu bringen?' Kurz, da die Frau auf diese Weise ohne Zögern antwortete, so war der Mann nicht böse, sondern hatte gar noch Mitleid mit ihr."

Nachdem der Papagei diese Geschichte beendigt hatte, sagte er zu Chodscheste: „Auf, geh zu deinem Liebhaber, und wenn er etwa böse auf dich sein sollte, so wirst du alsdann gewiß auf eine gute Entschuldigung denken." Chodscheste war durch die Worte des Papageien beruhigt. Als sie ihre Schuhe anzog und aufstehen wollte, krähte der Hahn, die Morgendämmerung erschien und ihr Weggehen wurde aufgeschoben.

Sechsundzwanzigste Erzählung.

Die Tochter des Kaufmanns, welche der König ausschlug.

Als die Sonne untergegangen und der Mond emporgestiegen war, ging Chodscheste mit niedergeschlagenen Blikken zum Sittich und sagte: „O du Vertrauter meines Geheimnisses! die Weisen haben gesagt, daß eine Frau ohne Schamhaftigkeit die schlechteste der Frauen ist. Darum will ich nicht zu einem fremden Manne gehen, sondern in meinem Hause bleiben und Geduld üben." Der Papagei antwortete: „Meine Gebieterin, alles, was du sagst, ist recht; aber ich fürchte, daß, wenn du dich zurückhältst, deine Gesundheit abnehmen wird, wie die des Königs."

Chodscheste fragte: „Von welcher Art ist seine Geschichte?"

Der Papagei hub an: „In einer gewissen Stadt war ein Kaufmann, der Geld und Gut die Menge hatte und Pferde und Elefanten hielt. Er hatte eine sehr hübsche Tochter, und der Ruf ihrer Schönheit gelangte bis zu entfernten Ländern und Städten. Kaufleute und Handelnde in jenem Lande wünschten die Tochter des Kaufmanns zu heiraten, aber der Vater wollte ihre Vorschläge nicht annehmen. Als das junge Frauenzimmer mannbar wurde, schrieb der Kaufmann eines Tages einen Brief und schickte ihn an den König, abgefaßt in folgenden Ausdrücken: ‚Ich habe eine Tochter; die Schönheit ihres Angesichts gleicht dem Monde, ihr Gang ist zierlich wie der des Bergfasanes, und ihre Rede ist wie die der tausendstimmigen Nachtigall; vor

Verlangen, ihre Worte zu hören, senken sich die Vögel aus der Luft herab und werden berauscht und sinnlos. Ich schmeichle mir, daß, wenn der König sie anzunehmen geruhet, dieselbe Seiner Majestät würdig sein und das Mittel werden könne, meinen Rang zu erhöhen.' Bei dem Empfang dieses Briefes war der König hoch entzückt und sagte: ‚Wer gutes Glück hat, dem kommt doch alles von selbst entgegen.' Der König hatte vier Wesire, zu allen diesen sagte er: ‚Geht nach dem Hause des Kaufmanns, nehmt seine Tochter in Augenschein, und wenn sie meiner Wahl würdig ist, so bringt sie gleich mit.'

Die Wesire gingen in das Haus des Kaufmanns, und als sie das Gesicht der Tochter erblickten, wurden sie ihrer Sinne beraubt. Sie ratschlagten zusammen und sagten: ‚Wenn der König ein Frauenzimmer mit einem so schönen Angesicht sähe, so würde er seinen Verstand verlieren, und bleibt er Nacht und Tag bei ihr, so wird er den Pflichten der Königswürde keine Aufmerksamkeit widmen, so daß alle öffentlichen Angelegenheiten zugrunde gehen werden.' Hierauf kehrten die vier Wesire zum König zurück und berichteten also: ‚Diese Jungfrau ist nicht ausgezeichnet schön; im königlichen Palast sind viele, die gleiche Ansprüche auf Schönheit haben.' Der König sagte: ‚Wenn es so ist, wie ihr es vorstellt, dann will ich sie nicht heiraten.' Kurz, der König hielt nicht um die Tochter des Kaufmanns an. Der Kaufmann verheiratete aus Verzweiflung seine Tochter an den Burgvogt jener Stadt.

Eines Tages sagte das junge Frauenzimmer bei sich selbst: ‚Es ist doch sonderbar, daß der König mich, die ich so schön bin, ausgeschlagen hat; zu einer oder anderen Zeit will ich mich ihm zeigen.' Kurz, eines Tages, als der König vor der Wohnung des Burgvogts vorbeikam, stand die Frau auf dem Dache des Hauses und zeigte sich dem König, der, sobald er sie nur sah, sich verliebte; und nachdem er die Wesire hatte holen lassen, sagte er zu ihnen: ‚Warum habt ihr mir solche falsche Worte vorgesagt?' Sie antworteten: ‚Wir waren einstimmig der Meinung, daß, wenn Eure Majestät dieses Frauenzimmer erblicken sollten, Sie die Angelegenheit Ihres Königreichs vernachlässigen würden.' Der König genehmigte die Entschuldigung der Wesire, aber die Liebe zu dem Frauenzimmer griff seine Gesundheit an. Die Staatsminister empfahlen dem König, er solle das Frauenzimmer von dem Burgvogt begehren, und wenn er nicht willig auf sie verzichte, sollte sie ihm mit Gewalt genommen werden. Der König sagte: ‚Ich bin der Beherrscher dieses Königreiches; ferne sei es, daß ich solches tue; diese Handlung wäre wider die Gerechtigkeit. Es geziemt Monarchen nicht, mit solcher Tyrannei gegen ihre Untertanen und Diener zu verfahren.' Kurz, nach einigen Tagen wurde der König um dieses Frauenzimmers willen von einer Melancholie befallen, er zehrte ab und starb endlich vor Gram."

Als der Sittich die Geschichte beendigt hatte, sagte er zu Chobschefte: „Es ist nicht ratsam für dich, deine Leidenschaft zu unterdrücken, erhebe dich und suche den Geliebten auf; sonst wirst du, wie der König, an deiner Gesundheit leiden." Chobschefte wollte gehen; gleich darauf krähte der Hahn, und da die Morgendämmerung anbrach, wurde ihr Weggehen aufgeschoben.

Siebenundzwanzigste Erzählung.

Der Töpfer, der in den Dienst eines Königs genommen und zum Befehlshaber seines Heeres gemacht wird.

Als die Sonne in die westliche Himmelsgegend trat, ging Chodscheste, ihre Augen voller Tränen und mit gequältem Herzen, zum Sittich und sagte: „Als ein Araber zu einem reichen Mann ging und sprach: ‚Ich will nach Mekka gehen,‘ antwortete der reiche Mann: ‚Geh.‘ Jener sagte: ‚Ich habe keine Reisezehrung.‘ Der reiche Mann versetzte: ‚Wenn du keine Zehrung hast, so ist es für dich nicht angemessen, dahin zu wandern; denn Gott hat denen, die arm sind, nicht befohlen, nach Mekka zu pilgern.‘ Der Araber entgegnete: ‚Ich komme in der Hoffnung zu Euch, etwas Geld zu erhalten, und nicht, um ein Gutachten von Euch einzuholen.‘ — Ich, o Papagei, gehe jeden Abend zu dir, und du trägst mir Reden und Geschichten vor, während ich doch bloß komme, um mir Erlaubnis zu erbitten, nicht aber, um Rat zu hören und auf Erzählungen zu horchen."

Der Papagei sagte: „Sei nicht ungehalten über meine Worte und Ermahnungen, da die Zurechtweisung eines freundschaftlichen Ratgebers für diese Welt sowohl wie für die zukünftige dienlich ist." Chodscheste versetzte: „O Sittich, ich horche auf jeden Rat, den du mir gibst; da es heute abend dunkel ist, so fürchte ich mich, allein zu gehen, und wünsche, meinen Sklaven mit mir zu nehmen." Der Papagei sagte: „Ein Sklave ist ein geringer Bedienter, der nicht geeignet ist dich zu begleiten; denn die Weisen haben gefagt, daß man auf Perſonen von niedrigem Stande ſich nicht verlaſſen ſolle. Haſt du nicht die Geſchichte von dem Töpfer gehört?" Chodſcheſte fragte: „Was iſt das für eine Geſchichte?"

Der Papagei ſagte: „Als ein Töpfer eines Tages eine Menge Wein getrunken hatte, wurde er berauſcht, und da er über die Töpfe und irdenen Schalen fiel, ſchnitt er ſich ins Geſicht und in den Leib. Die Schrammen in ſeinem Geſicht wurden in kurzer Zeit geheilt, aber die Wunden an ſeinem Körper ließen ſolche Male zurück, daß ſie den Narben von einem Schwert oder einem Pfeil ähnlich waren. Da eine Hungersnot in der Stadt des Töpfers eintrat, ſo wurde er genötigt, nach einem andern Ort zu gehen, um Dienſte zu ſuchen. Als der König dieſes Landes ſolche Narben auf dem Körper des Töpfers ſah, dachte er, dies müſſe wohl ein tapfrer Mann ſein, der ſich ſo hervorgetan habe, daß er ſolche Wunden erhalten; hierauf nahm ihn der König in Dienſt und erhob ihn zu einem hohen Range. Einige Tage nachher ließ ſich der König in einen Krieg ein, machte den Töpfer zum Befehlshaber ſeiner Truppen und wollte ihn zur Bekämpfung ſeiner Feinde abſenden. Der Töpfer erſchrak, wurde krank. und ſagte zum König: ‚Ich bin ein Töpfer und werde nie unſtande ſein, Königsdienſte zu verrichten.‘ Der König lachte recht herzlich, ſchämte ſich aber in ſich ſelbſt und fertigte einen anderen ab zur Führung dieſer Angelegenheit."

Nachdem der Papagei die Erzählung beendigt hatte, ſagte er zu Chodſcheſte: „Nimm keinen Sklaven mit dir, ſondern geh allein, denn von geringen Leuten können keine gute Handlungen kommen." Chodſcheſte wollte ohne Begleitung gehen; gleich darauf krähte der Hahn, und da die Morgendämmerung anbrach, wurde ihr Weggehen verſchoben.

Achtundzwanzigste Erzählung.

Der Löwe und seine Jungen, und wie er einen jungen
Schakal auffütterte.

Als die Sonne in die westliche Himmelsgegend trat, begab sich Chodscheste, in männliche Tracht gekleidet, zum Papagei, um sich Erlaubnis zu erbitten. Der Papagei lachte sehr, als er sah, daß Chodscheste Mannskleider angezogen hatte, und sagte zu ihr: „Da es eine dunkle Nacht ist, so hast du wohl daran getan, Mannskleider anzuziehen und allein zu kommen, anstatt den Sklaven mitzubringen.

Als heute ein Papagei, ein alter Freund von mir, daherflog und mich in dem Bauer sah, näherte er sich mir, und ich hörte eine Erzählung von ihm, die derjenigen ähnlich ist, welche ich dir gestern abend vortrug." Chodscheste fragte: „Wie ist der Inhalt derselben?"

Der Papagei hub an: „Einstmals wohnte ein Löwe in der Wüste mit seinem Weibchen und zwei Jungen. Eines Tages schwärmte er in den Wäldern und in dem Dickicht umher, um Wild zu bekommen; allein da er ungeachtet all seines Suchens und Anstrengens nicht imstande war, irgend etwas zu finden, kehrte er zu seiner Höhle zurück, als er einen jungen Schakal, der erst einige Tage alt war, auf der Erde liegen sah. Er nahm ihn auf, brachte ihn der Löwin und sagte zu ihr: ‚Dies ist alles Wild, das ich heute aufgegriffen habe; ich kann es nicht übers Herz bringen, es zu essen; ich kann wohl einen bis zwei Tage fasten, aber du bist nicht imstande, dies zu tun, darum iß dies auf.'

Die Löwin antwortete: ‚Du bist ein Männchen, dessen Herz hart und ohne Mitleid ist, und doch willst du es nicht essen; wie kann ich es denn verschlingen, die ich ein Weibchen bin mit zwei Jungen und ein zärtliches Herz habe? Nein, wenn du es mir befiehlst, so will ich diesen Waisen ernähren und diesem Mutterlosen wie eine Mutter sein.‘ Der Löwe erwiderte: ‚Es ist gut.‘

Ein oder zwei Monate nachher hatten die jungen Löwen und der junge Schakal alle drei schon an Größe und Stärke zugenommen. Die Löwlein hielten den jungen Schakal für ihren älteren Bruder, und sie spielten demnach wie Brüder zusammen. Eines Tages gingen diese drei Jungen miteinander auf die Jagd und sahen einen Elefanten. Die jungen Löwen rannten auf den Elefanten zu, aber der junge Schakal entfloh vom Platz und versteckte sich unter einem Baum. Als die jungen Löwen ihren älteren Bruder weglaufen sahen, entflohen sie auch. Eine Stunde nachher kamen alle die Jungen zusammen wieder nach Hause und erzählten der Löwin ihr Abenteuer, welche hierauf bemerkte: ‚Er ist das Junge von einem Schakal! wie soll er denn tapfer sein? und was weiß er vom Kriege?‘"

Nachdem der Papagei die Geschichte beendigt hatte, sagte er zu Chodscheste: „Steh jetzt auf und geh zu deinem Geliebten." Chodscheste wollte gehen; sogleich krähte der Hahn, und da die Morgendämmerung anbrach, wurde ihr Weggehen verschoben.

Neunundzwanzigste Erzählung.
Der Edelmann, der eine Schlange in seinem Armel verbarg.

Als die Sonne zum Rande des westlichen Himmels sich neigte und der Mond über dem östlichen Horizont hervortrat, begab sich Chodscheste, deren Augen voller Tränen waren, zum Sittich und sagte: „Mein Herz wird verzehrt durch das Feuer der Liebe; heute abend will ich durchaus zu meinem Liebsten gehen." Als der Papagei sah, daß Chodscheste an diesem Abend ganz besonderes Verlangen trug, zu ihrem Geliebten zu gehen, ward ihm bange, und nachdem er mit sich selbst zu Rate gegangen war, sagte er: „Meine Gebieterin, ich wünsche zu Gott, dich schnell zu deinem Geliebten zu senden, und gebe dir jeden Abend Erlaubnis; aber du bringst selbst Aufschub zuwege und bist nicht imstande, wegzugehen; ich weiß nicht, was dir angekommen ist. Nun auf und geh zu deinem Geliebten, setze kein Vertrauen in einen Feind; sonst wird dir dasselbe widerfahren, was dem Edelmann von der Schlange widerfuhr."

Chodscheste sagte: „Wie verhält sich diese Geschichte?"

Der Papagei hub an: „Als ein Edelmann eines Tages auf der Jagd war, kam eine erschrockene Schlange zu ihm und sagte: ‚Ach, Herr, gebt mir einen Ort, an dem ich mich verbergen kann!' Der Edelmann fragte: ‚Warum bist du erschrocken?' Sie sagte: ‚Ein Feind verfolgt mich mit einem Stock, um mich zu töten.' Der Edelmann hatte Mitleid mit der Schlange und nahm sie in seinem Armel auf, wo sie verborgen lag. Einen Augenblick nachher kam jemand mit einem Stock nach dieser Stelle und sagte: ‚Eine schwarze Schlange ist mir entwischt und ist diesen Weg hingelaufen — hat sie jemand gesehen?' Der Edelmann antwortete: ‚Nein.' Der Mann mit dem Stock in seiner Hand blickte umher, da er aber die Schlange nicht sah, ging er seiner Wege. Der Edelmann sagte zur Schlange: ‚Dein Feind ist weggegangen; geh du auch deiner Wege.' Die Schlange antwortete: ‚Ich will dich beißen und umbringen, dann will ich gehen; weißt du nicht, daß ich dein Feind bin? Du bist ein großer Tor gewesen, daß du mir getraut hast und mich aus Mitleid in deinem Ärmel aufnahmst.' Der Edelmann sagte zur Schlange: ‚Ich habe dir Gutes getan, warum willst du mir Böses erwidern?' Die Schlange versetzte: ‚Die Weisen haben gesagt: es ist nicht recht, einem jeden Gutes zu tun.'

Der Edelmann war in seiner Seele erschrocken und bereute, was er getan hatte, und dachte bei sich selbst: ‚Durch welche Mittel kann ich nun mein Leben von ihren Anschlägen befreien, um sie aus meinem Ärmel zu schaffen?' Er ging rasch zu Werke und sagte zur Schlange: ‚Hier kommt eine andere deines Geschlechts; wir wollen beide ihr diese unsere Sache vortragen, und wenn sie deine Gesinnungen billigt, so behandle mich, wie es dir beliebt.' Hierauf wendete die Schlange ihren Kopf zur Seite, um die andere anzusehen, als der Edelmann die Gelegenheit ergriff, der Schlange einen Stein an den Kopf warf und sie umbrachte."

Als Chodscheste die Geschichte bis zu Ende gehört hatte, sagte sie zum Papageien: „Ich billige deine Ermahnung und habe auf deine Erzählung gehorcht; nun höre auch ein Wort von mir — sei so gut, mir Erlaubnis zu geben." Der Papagei sagte: „Auf und verschiebe es nicht und geh zu deinem Geliebten, denn das ist mein Wunsch." Chod-

scheste stand auf und ging fort. Der Hahn krähte; Chod=
scheste schalt auf den Hahn, und als sie wieder zum Papa=
geien kam, sagte sie: „Nun, da der Tag angebrochen, ist es
nicht die Zeit für mich, daß ich gehe." Kurz, in dieser Nacht
wurde ihr Weggehen auch verschoben.

———

Dreißigste Erzählung.

Der Soldat und der Goldschmied, von denen der letztere aus Liebe zum Gelde sein Leben verlor.

Als die Sonne in die westliche Himmelsgegend hinabsank und es Abend wurde und die Sterne erschienen, aß Chodscheste einige Früchte; sie kämmte ihr Haar, und nachdem sie das Auge mit der Augenschminke geziert hatte, legte sie schöne Kleider an und schmückte das Ohr und den Hals mit Gold und Juwelen. Alsdann ging sie zum Sittich, um sich Erlaubnis zu holen, und sagte: „O du Besitzer meines Geheimnisses, gib mir einen Wink, zu gehen!" Der Sittich sprach: „Behalte eine Vorschrift von mir im Gedächtnis: — Sage niemandem dein Geheimnis; denn sonst wird es verraten werden, geradeso wie das Geheimnis des Goldschmieds bekannt wurde."

Chodscheste fragte: „Wie ist die Geschichte?"

Der Papagei begann: „In einer gewissen Stadt war ein wohlhabender Goldschmied. Ein Soldat hielt ihn für seinen Freund und glaubte, er sei aufrichtig seinem Interesse geneigt. Eines Tages fand der Soldat auf der Landstraße einen Beutel voll Geld, und nachdem er ihn geöffnet hatte, zählte er zweihundertundfünfzig goldene Mohurs. Der Soldat brachte die Mohurs zum Goldschmied, freute sich und sagte: ‚Ich bin doch sehr glücklich, daß ich ohne Anstrengung diese Summe Geldes auf der Heerstraße gefunden habe.' Darauf gab er all das Geld dem Goldschmied in Verwahrung. Einige Tage nachher wollte der Soldat sein

Geld haben. Der Goldschmied sagte: ‚Du sprichst eine Unwahrheit; wann hast du mir dein Geld anvertraut? Ich hielt dich für meinen Freund, da ich nicht wußte, daß du ein solcher Feind seist; du willst durch Betrügerei Geld erlangen. Da der Soldat keinen Ausweg sah, ging er zum Kasi und legte demselben seine Angelegenheit vor. Der Kasi fragte ihn: „Habt Ihr jemanden zum Zeugen?" Er antwortete: ‚Nein.' Der Kasi dachte bei sich selbst: ‚Goldschmiede sind eine treulose Art von Leuten und Diebe, so daß es nicht zu verwundern wäre, wenn er das Geld gestohlen hätte.' Kurz, der Kasi ließ den Goldschmied und seine Frau holen, aber auf alle seine Fragen wollten sie nicht bekennen. Der Kasi sagte zu ihnen: ‚Ich weiß recht gut, daß ihr das Geld weggenommen habt; wenn ihr es nicht wieder herausgebt, so will ich euch in die Hölle schikken.'

Darauf ging der Kasi in das Haus und versteckte zwei Leute in eine Kiste, die er in eines der Zimmer stellte. Nachdem er dies getan hatte, kam er heraus und sagte wieder zum Goldschmied: ‚Wenn Ihr nicht einwilligt, sein Geld wieder herauszugeben, so werde ich Euch morgen hinrichten lassen.' Dann gab er Befehl, daß der Goldschmied und seine Frau in jenem Zimmer zusammen eingesperrt werden sollten. Um Mitternacht sagte die Frau zum Goldschmied: ‚Wenn du dies Geld weggenommen hast, so sage mir, wo hast du es hingelegt?' Der Goldschmied sprach: ‚An dem und dem Ort habe ich es unter die Erde gelegt.' Kurz, als die Nacht vorüber war und die Sonne aufging, ließ der Kasi den Goldschmied und seine Frau holen, und indem er sie Antlitz gegen Antlitz den beiden Leuten gegenüberstellte, die in der Kiste gewesen waren, fragte er die letzteren, was für eine Unterredung der Goldschmied die vorige Nacht mit seiner Frau gehalten habe? Sie erzählten dem Kasi alles, was sie gehört hatten. Der Kasi schickte seine

Diener nach dem Hause des Goldschmieds und beschrieb die Stelle, wo der Beutel hingelegt sei, und als sie die Erde aufgruben, fanden sie ihn und brachten ihn dem Kasi. Er gab dem Soldaten den Beutel wieder und hängte den Goldschmied an den Galgen."

Als der Papagei diese Geschichte beendigt hatte, sagte er zu Chobscheste: „Hätte der Goldschmied das Geheimnis nicht seiner Frau gesagt, so würde es nicht entdeckt worden sein. Nun auf und geh zu deinem Geliebten." Chobscheste stand auf; sogleich krähte der Hahn, und da die Morgendämmerung anbrach, wurde ihr Weggehen verschoben.

Einunddreißigste Erzählung.

Von dem Kaufmann und dem Barbier, welcher die Brahminen schlug.

Als die Sonne an die westliche Himmelsseite trat und der Mond aufging und die Sterne zum Vorschein kamen, legte Chodscheste ein Gewand von goldnem Brokat an, schmückte ihre Ohren und den Hals mit Gold und Juwelen und ging zum Papageien, um sich Erlaubnis zu erbitten, indem sie sagte: „Ich wünsche um Mitternacht zu meinem Geliebten zu gehen; nun erzähle eine kurze Geschichte."

Der Papagei sagte: „In einer gewissen Stadt war ein begüterter Kaufmann, der gar kein Kind hatte. Eines Tages sagte er zu sich selbst: ‚Ich habe eine große Menge von Reichtümern in dieser Welt zusammengehäuft, aber ich habe kein Kind, das mein Vermögen nach meinem Ableben besitzen könnte; es ist für mich ratsam, all mein Eigentum unter die Derwische, die Armen und die Waisen zu verteilen.' Kurz, er verschenkte all sein Eigentum zu Almosen. Dieselbe Nacht sah er in einem Traum eine Person, zu welcher er sagte: ‚Wer bist du?' Die Erscheinung antwortete: ‚Ich bin das Urbild deines Geschicks; dieweil du heute all deine Reichtümer unter die Armen verteilt hast, ohne für dich selbst irgendeinen Teil zurückbehalten zu haben, so will ich dich morgen unter der Gestalt eines Brahminen besuchen; dann gibst du mir mehrere Schläge mit einem Stock auf den Kopf, worauf ich zu Boden stür=

zen und mich in Gold verwandeln will; was für ein Glied du auch verlangst, schneide es ab, und sogleich wird die Stelle desselben durch ein anderes Glied ersetzt werden.' Den folgenden Tag war ein Barbier eben im Begriff, dem Kaufmann den Bart zu scheren, als ein Brahmin herbeikam. Der Kaufmann stand auf und schlug den Brahminen mehrere Male mit einem Stock auf den Kopf, worauf er zu Boden stürzte und in Gold verwandelt wurde. Der Kaufmann gab dem Barbier einige Rupien und sagte: ‚Erzähle niemandem diesen Vorfall.' Der Barbier zog den Schluß, daß, wenn jemand einen Brahminen mit einem Stock schlüge, er in Gold würde verwandelt werden.

Der Barbier ging nach seinem Hause, worauf er mehrere Brahminen einlud und ein Fest gab; sodann nahm er einen schweren Stock und hieb auf die Köpfe der Brahminen dergestalt los, daß ihre Hirnschalen zerbrachen und Blut floß. Die Brahminen fingen an, Angstgeschrei und Wehklage zu erheben, welches einen Haufen von Leuten zusammenbrachte, die den Barbier vor die Obrigkeit schleppten. Der Oberrichter fragte ihn: ‚Warum schlugst du die Brahminen?' Er antwortete: ‚Weil, als ich in dem Hause eines gewissen Kaufmanns war, ein Brahmin hereintrat, dem der Kaufmann mehrere Schläge mit einem Stock auf den Kopf gab, worauf er in Gold verwandelt wurde; und ich deshalb vermutete, daß, wenn jemand einen Brahminen mit einem Stock schlüge, er dadurch würde in Gold verwandelt werden. Lüstern nach diesem Gewinn, schlug ich auch die Brahminen: nicht einer ist in Gold verwandelt, sondern Unheil ist daraus entstanden.' Der Oberrichter ließ den Kaufmann holen und fragte: ‚Was sagt dieser Barbier da?' Der Kaufmann erwiderte: ‚Er war mein Bedienter und vor einigen Tagen kam er von Sinnen.' Der Oberrichter legte der Behauptung des Kaufmanns Glauben bei und jagte den Barbier fort."

Als der Papagei diese Geschichte beendigt hatte, sagte er zu Chobschefte: „Nun auf!" Sie erhob sich und war willens, zu gehen, als der Hahn krähte, und da die Morgendämmerung sich zeigte, wurde ihr Weggehen aufgeschoben.

―――――

Zweiunddreißigste Erzählung.
Der Frosch, die Biene und der Vogel, die den Elefanten umbrachten.

Als die Sonne im Westen hinabgesunken war und der Mondschein schimmerte, ging Chobscheste zum Papageien und bat um Urlaub. Der Papagei sagte: „Sei gutes Muts, meine Gebieterin! sei nicht im mindesten nachdenklich; ich will ganz unfehlbar deiner Angelegenheit mich annehmen und deine Vereinigung mit deinem Geliebten zustande bringen."

Chobscheste antwortete: „Ach, du Grünrock! obgleich du und ich, mit einer Seele, unsere vereinigten Bemühungen anwenden, so bringen sie doch keine Wirkung hervor. Ich weiß nicht, warum meine Sterne so unglücklich sind." Der Papagei versetzte: „Weißt du nicht, Fräulein, daß einstmals ein Frosch, eine Biene und ein Vogel vermittels ihres einstimmigen Willens einen Elefanten, das furchtbarste aller wilden Tiere, überwanden? Wie sollte es denn zugehen, daß unsere vereinigten Anstrengungen unser Vorhaben nicht auszuführen vermöchten?" Chobscheste fragte: „Wie trug sich denn diese Geschichte zu?"

Der Papagei begann: „In einer gewissen Stadt war ein Baum, der einem runden Sonnenschirm glich, und in welchem ein kleiner Saweh 12 seine Eier gelegt hatte. Eines Tages kam ein Elefant dahin und fing an, sich mit seinem Wanst gegen den Stamm des Baumes zu reiben, und durch die Heftigkeit des Stoßes fielen die Eier aus dem

Baum. Der arme Saweh flatterte in großer Bestürzung umher, stieß sich gegen die Äste und weinte; aber was vermag die Mücke gegen den Elefanten auszurichten? Der Saweh sagte zu sich selbst: ‚Ein mächtiger Feind muß durch Kunst und Kriegslist überwunden werden.'

Er hatte einen Freund, einen anderen Vogel, genannt der Langschnabel; zu diesem begab er sich, trug ihm seine Beschwerde vor und sagte: ‚Ein Elefant hat mir ein Leid getan! sinne auf eine List und triff Anstalten, um mich an ihm zu rächen; denn Freunde helfen in der Not.' Der Vogel sagte: ‚Es ist ein schwieriges Unternehmen, mit einem Elefanten Krieg zu führen, und ohne Beistand kann es nicht gelingen. Ich habe eine Freundin, eine Biene, die durch ihre Weisheit ausgezeichnet ist; die will ich um Rat fragen.' Sie gingen demnach miteinander zur Biene und trugen alle Umstände vor. Als sie die Sache vernahm, gab sie ihre Bedenklichkeit zu erkennen und sagte: ‚Ich habe mich schon lange dem Dienst meiner Freunde gewidmet; inzwischen, ich besitze einen Freund, den Befehlshaber eines Froschheeres, dem diese Angelegenheit mitgeteilt werden muß.'

Hierauf gingen der Saweh, die Biene und der Langschnabel alle drei miteinander zum Frosch; sie machten ihn mit den Umständen bekannt und ersuchten ihn um seinen Beistand. Der Frosch gab über das Zerschellen der Eier sein großes Bedauern zu erkennen und sagte: ‚Beruhigt euch, denn durch Kunst kann sogar ein Berg geebnet werden.' Der Frosch setzte hinzu: ‚Da fällt mir eben eine Kriegslist ein, wodurch der Elefant bezwungen werden kann, und die ist folgende: Laß die Biene sich dem Ohr des Elefanten nähern und ihn mit einem beständigen gelinden Summen betäuben; wenn er alsdann wütend wird, so muß der Vogel Langschnabel mit der Spitze seines Schnabels dem Elefanten beide Augen aushacken und ihm so die lichte Welt in Finsternis verkehren. Einige Tage hernach, wenn ihn der Durst quält, so will ich mich vor ihn hinsetzen und anfangen zu quaken; er wird meine Stimme erkennen und zu sich selbst sagen: Hier muß irgendwo Wasser sein, wo sich Frösche aufhalten. Wenn er mir dann folgt, so soll er in einen solchen Ort hinabstürzen, daß er nicht imstande sein wird, wieder herauszukommen; und da niemand sein Gebrüll hören soll, so wird er nach einigen Tagen Hungers sterben.' So machten sie es denn auch und brachten durch die List und Künste den Elefanten ums Leben."

Nachdem der Papagei in der Erzählung bis zu dieser Stelle gekommen war, sagte er zu Chodschefte: „Zwei bis drei schwache Tiere faßten einen Entschluß und vernichteten einen so mächtigen Elefanten. Wie können wir beiden Personen denn mit unseren Entschlüssen das Ziel unseres Wunsches verfehlen? Nun geschwind auf, und geh zu deinem Geliebten." Chodschefte wollte gehen; in dem Augenblick krähte der Hahn, und da die Morgendämmerung anbrach, wurde ihr Weggehen verschoben.

Dreiunddreißigste Erzählung.
Der Kaiser von China verliebt sich im Traum in die Königin von Rum 13.

Als die Sonne untergegangen war, ging Chodscheste gedankenvoll zum Papageien und sagte: „O du, der du mein Gefährte bist! ich habe gehört, daß jemand einen großen Mann fragte: Was ist Liebe? Er antwortete: Liebe ist eine Art von Tod mitten im Leben. Nun ist diese nämliche Liebe, die meine Beschäftigung ausmacht, zu einer solchen Höhe gestiegen, daß ich sie ganz und gar aufzugeben und inskünftige nicht einmal das Wort Liebe mehr zu nennen wünsche." Der Papagei sagte: „O Chodscheste, es ist ein großer Unterschied zwischen Reden und Handeln. Was für eine Verwandtschaft hat die Liebe mit der Geduld? und kann der Liebende ohne Geliebte leben? Wenn das Weib ohne den Mann bleiben könnte, dann würde auch jene Königin ledig geblieben sein; aber obgleich sie jahrelang die Männer gemieden hatte, so nahm sie zuletzt doch einen Ehegatten."

Chodscheste fragte: „Was ist das für eine Geschichte?"

Der Papagei sagte: „Sie wird folgendermaßen erzählt: Es war einmal ein Kaiser von China, der einen weisen Wesir hatte. Eines Tages, als der Kaiser schlief, kam der Wesir zu ihm, um wegen Regierungsangelegenheiten ihn um Rat zu fragen, und weckte ihn auf. Als der Kaiser aus dem Schlaf auffuhr, zog er seinen Degen und verfolgte den Wesir, der aus seiner Gegenwart entfloh und nach einem anderen Hause entkam. Der Kaiser schlug die Hände zusammen, zerriß seine Kleider und stieß ein Geschrei aus. Die Staatsminister sagten: ‚Was ist Euch zugestoßen?' Er antwortete: ‚Diesen Augenblick sah ich im Traum einen Ort, wo ein Frauenzimmer war, die an Schönheit alles übertraf, was ich je gesehen habe. Bald küßte sie mir die Hände, bald legte ich mein Haupt zu ihren Füßen; in dem Augenblick weckte mich der Wesir aus dem Traum.' Kurz, der Kaiser war unaufhörlich mit der Betrachtung dieser Gestalt beschäftigt. Er hatte einen andren Wesir, der ein geschickter Maler war, diesem beschrieb er das Gesicht, und der Wesir entwarf das Gemälde. Er errichtete eine Zelle an der Heerstraße, wo er sich täglich einfand, und jedem, der aus einem fernen Lande herbeikam, zeigte er dies Gemälde und fragte: ‚Habt Ihr von irgendeiner Frau gehört oder gesehen, welche diesem Bilde ähnlich sieht?' Aber niemand antwortete: ja.

Nach einiger Zeit kam ein Reisender in die Zelle, welchem der Wesir das Bildnis zeigte und den er darüber befragte. Der Reisende sagte: ‚Ich kenne dies Gesicht sehr gut, dies ist das Bildnis der Königin von Rum;' hierauf war er verschwenderisch in ihrem Lobe und sagte: ‚Bei aller dieser Schönheit will sie doch nicht heiraten.' Der Wesir fragte: ‚Wißt Ihr nicht die Ursache, warum sie keinen Gatten will?' Er antwortete: ‚Ich weiß die Ursache, und sie ist diese: Einstmals saß die Königin in einem Lusthause, das in einem Garten lag, wo eine Pfauhenne in dem Gipfel eines Baumes ihre Eier gelegt hatte. Plötzlich wurde der Garten vom Blitz getroffen, der alle Bäume verbrannte; als die Flammen sich jenem Baum näherten, war der Pfau nicht imstande, die Hitze des Feuers auszuhalten, und verließ unbarmherzigerweise das Nest; aber die Henne blieb aus Liebe zu den Eiern bei ihnen und wurde verbrannt. Als die Königin diesen Mangel an Gefühl bei dem Männchen sah, rief sie aus: „Die Männer sind sehr treulos! Ich gelobe mir selbst, nie von einem Manne zu reden!" Es sind demnach ganze Jahre hingegangen, ohne daß sie den Namen eines Mannes ausgesprochen hat.'

Als der Wesir diese Worte vernommen, ging er zum Kaiser und sagte: ‚Von dem Tage an, als ich das Gemälde von dem Frauenzimmer entwarf, welches Eure Majestät im Traum gesehen haben, bin ich auf dem Posten an der Landstraße gewesen, und so oft ein Reisender von fern ankam, fragte ich ihn, ob er ein solches Gesicht kenne. Heute kam ein Reisender an, welchem ich das Gemälde zeigte; und er sagte: „Dies ist das Bildnis der Königin von Rum."' Der Kaiser war hoch erfreut über diese Entdeckung und sagte: ‚Noch heute muß jemand nach dem Gebiet von Rum geschickt werden, um die Königin für mich zur Ehe zu begehren.' Der Wesir sagte: ‚Die Königin hat bei sich selbst beschlossen, niemals einen Mann zu nehmen.' Der Kaiser fragte: ‚Was für ein Geheimnis liegt in diesem Entschluß, den die Königin genommen?' Der Wesir erzählte die Geschichte von dem Pfau, so wie er sie von dem Reisenden gehört hatte. Der Kaiser sagte: ‚Was ist zu tun?' Der Wesir antwortete: ‚Wenn ich Befehl erhalte, so will ich selbst hingehen und Euer Gemälde ihr zeigen, und da Ihr Euch im Traum in ihre Erscheinung verliebt habt, so wird sie sich im Wachen in Euer Bildnis verlieben.' Der Kaiser versetzte: ‚Es wird gut sein.'

Der Wesir beurlaubte sich sogleich und reiste nach Rum, wo er sich für einen Maler ausgab. Als die Königin von seiner Geschicklichkeit hörte, befahl sie, ihn vorzuführen, damit er seine Kunst in ihrem Palast ausübe und ihn mit so vielen Bildnissen schmücke, wie er zu zeichnen imstande sei. Der Wesir begab sich nach dem Palast der Königin und malte das Bildnis des Kaisers, nebst den wilden Tieren in dem Parke. Als die Königin diese Malereien sah, war sie von Erstaunen betroffen; sie fragte: ‚Wessen Bild ist das, und was für ein Ort ist hier vorgestellt?' Der Wesir antwortete: ‚Es ist das Bildnis des Kaisers von China; dies ist ein Park, und dies hier sind die Tiere, Hirsche und junge Rehe. Als der Kaiser eines Tages auf dem Altan saß, der zu einem Lusthause gehörte, brachte ein Reh nach dieser Stelle ein Rehkalb. Plötzlich trat der Fluß aus seinen Ufern, als die Rehkuh nicht Mut genug hatte, dem Wasser zu trotzen, und wie gefühllos ihr Junges verließ. Dies ist das Bild des Weibchens, welches davonläuft. Aber der Bock blieb aus großem Mitleid bei dem Rehkalb stehen und ertrank mit demselben. O Königin, seit dem Tage, da der Kaiser eine solche Gefühllosigkeit an der Rehkuh wahrnahm, hat er keines Frauenzimmers wieder gedacht.'

Als die Königin diese Erzählung gehört und bemerkt hatte, daß der Vorfall des Kaisers dem ihrigen ähnlich war, sagte sie zu dem Maler: ‚Die Lage des Kaisers kommt mit der meinigen überein: ich verließ die Gesellschaft der Männer, weil ich die Unbarmherzigkeit des Pfauen gesehen hatte, während er, als er die Gefühllosigkeit der Rehkuh gesehen, beschloß, nicht den Namen eines Frauenzimmers auszusprechen. Wenn eine Verbindung zwischen uns gestiftet werden könnte, wie erfreulich würde es sein!' Kurz, den folgenden Tag schickte die Königin einen Gesandten an den Kaiser von China und gab ihre Einwilligung, ihn zu heiraten."

Als der Papagei so weit gekommen war, bemerkte er gegen Chodscheste: „Meine Gebieterin, du sagst, du willst deinen Freund verlassen; wenn jemandem ein solches Unternehmen gelänge, so würde die Königin von Rum den Kaiser von China nicht geheiratet haben. Mach' dich jetzt auf und geh zu deinem Freund." Chodscheste gedachte es zu tun; gleich darauf krähte der Hahn, und da die Morgendämmerung anbrach, wurde ihr Weggehen verschoben.

Vierunddreißigste Erzählung.
Der Damhirsch und der Esel, die beide zu Gefangenen gemacht werden.

Als die Sonne untergegangen war und der Mond zum Vorschein kam, ging Chodscheste zum Papageien, um sich Erlaubnis zu erbitten, und sagte: „Du, der du der Bewahrer meines Geheimnisses bist, ich habe folgendes gehört — daß Omar ben abb el asis weder des Tags noch des Nachts geschlafen habe. Man fragte ihn: ‚Warum schlaft Ihr zu keiner Zeit?' Er antwortete: ‚Wenn ich bei Nacht schliefe, so würde meine Andacht nicht verrichtet; und wollte ich während der Tageszeit der Ruhe genießen, so würden meine Untertanen darunter leiden; deshalb schlafe ich nicht.' O Sittich! auch ich bin besorgt, daß, wenn ich meinen Freund verpflichte, ich dadurch meinen Gatten verliere, und daß, wenn ich diesem treu bin, mein Geliebter eifersüchtig und unzufrieden sein wird. Ich möchte daher beide verlassen und mich in den Schleier der Keuschheit hüllen."

Der Papagei sagte: „Chodscheste, Enthaltsamkeit ist sehr zu empfehlen, aber jedes Ding hat seine Zeit; gegenwärtig ist sie so unpassend, wie der üble Gesang jenes Esels." Chodscheste fragte: „Was ist das für eine Geschichte?"

Der Papagei sagte: „Man erzählt also: Einst hatte ein Esel mit einem Damhirsch Freundschaft geschlossen, und sie verweilten beieinander auf einer Aue. In einer Nacht um die Zeit des Frühlings trug es sich zu, daß der Esel und der Damhirsch eben zusammen grasten. Auf einmal war der Esel ganz begeistert und sagte zum Damhirsch:

‚Wenn ich in dieser entzückenden Nacht, wo der Garten seine Düfte verbreitet und die Luft rings um uns her Moschus haucht, zu singen anfinge, wie angenehm würde das sein!' Der Damhirsch antwortete: ‚O Esel, was für eine Rede ist doch die, welche du da führst? Sprich du von Packsätteln und Walkmüllern; deine Stimme ist über allen Vergleich rauh; was hat ein Esel mit Singen zu schaffen? Wir sind verstohlenerweise in diesen Garten gekommen, und wenn du gerade jetzt dein Geschrei beginnen wolltest, so wird der Gärtner aufwachen und andere Leute zu Hilfe rufen, und dann werden du und ich eingefangen werden. Dies würde ganz dem ähnlich sein, was sich mit jenen Dieben zutrug, die in das Haus eines reichen Mannes gekommen waren und in einem Winkel ein Gefäß mit Wein fanden; sie nahmen es, setzten es vor sich hin und sagten: „Laßt uns jetzt diesen Trank austrinken, bis es Zeit wird, den Diebstahl zu begehen." Als sie den Wein getrunken hatten, fingen sie an zu lärmen und zu singen; der Herr vom Hause wachte auf, ließ seine Bedienten zusammenkommen, ergriff die Diebe und legte sie in Banden.'

Der Esel erwiderte: ‚Ich bin ein Städter und du bist ein Bauer vom Lande; was weißt du von dem Werte eines Gesanges? Ich will nun einmal singen; was wird es dir denn für Leid tun, mich anzuhören?' Kurzum, der Esel begann sein Lied; das weckte den Gärtner und den Herrn vom Hause auf, welche sie beide festbanden."

Nachdem der Papagei diesen Vortrag beendigt hatte, sagte er zu Chodscheste: „Meine Gebieterin, jeder, der nicht den Umständen gemäß handelt, wird dies Schicksal haben. So achte denn auch du auf die Zeit; erhebe dich und geh geschwind zu deinem Freunde." Chodscheste wollte eben gehen — in dem Augenblick krähte der Hahn, und da die Morgendämmerung anbrach, wurde ihr Weggehen verschoben.

Fünfunddreißigste Erzählung.

Von einem Könige, und wie er sich verliebte. — Und wie Chobscheste durch Meimuns Hand ums Leben gebracht ward.

Als die Sonne im Westen hinabstieg und der Mond im Osten erschien, ging Chobscheste zum Papageien und sagte: „Ich habe dich nun schon manche Nacht besucht und gehe weg, ohne meinen Wunsch zu erreichen; bewahre deinen Diensteifer für mein Salz und streue nicht so viel Salz in meine Wunde, sondern gib mir schnell Erlaubnis." Der Papagei sagte: „Meine Gebieterin, heute abend verfüge dich, auf welche Weise du nur immer kannst, zu deinem Geliebten. Erfährt ein anderer als ich dein Geheimnis, so bediene dich jener Klugheit, durch welche die Tochter des Kaisers von Rum ihre Schuldlosigkeit erwies." Chobscheste fragte: „Wie war das?"

Der Papagei hub an: „Es war einmal ein König, dessen Besitzungen an das Gebiet von Rum grenzten. Eines Tages sagte der Wesir zum König: ‚Der Kaiser von Rum hat eine schöne Tochter: es würde gut sein, wenn er sie Eurer Majestät zur Ehe geben wollte.' Dem König gefiel die Rede des Wesirs, und er schickte sogleich einen Gesandten an den Kaiser von Rum mit kostbaren Geschenken und begehrte seine Tochter zur Ehe. Der Kaiser von Rum war mit dem Vorschlag nicht zufrieden, worauf denn der Gesandte unverrichteter Sache heimkehrte. Der König fiel mit einem großen Heere in das Gebiet von Rum und verheerte das Land. Da der Kaiser von Rum in große Not geriet, so gab er dem König seine Tochter. Die Prinzessin hatte einen Sohn aus einer früheren Ehe; diesen Umstand befahl ihr der Kaiser, ihr Vater, niemals dem König bekannt werden zu lassen. Als sie in den Palast des Königs kam, war sie fortwährend bekümmert über die Trennung von ihrem Sohn. Sie wünschte daher auf irgendeine Weise ihres Kindes vor dem König zu erwähnen.

Es begab sich, daß der König ihr eines Tages ein Kästchen voll Juwelen zum Geschenk machte. Da sprach sie zu ihm: ‚Mein Vater hat einen Sklaven, der sehr viel Kenntnis von Juwelen besitzt; wenn er jetzt hier wäre, so könnte er die guten und die schlechten genau voneinander sondern.' Der König sagte: ‚Wenn ich mir diesen Sklaven von deinem Vater ausbäte, würde er ihn mir wohl überlassen?' Sie antwortete: ‚Nein, weil er ihn als seinen eigenen Sohn aufgezogen hat; wenn Eure Majestät ihn aber zu haben wünschen, so will ich einen Kaufmann mit gewissen Zeichen von mir zu ihm senden und ihm zu Beförderungen Hoffnung machen; vielleicht kommt er dann.' Demzufolge sandte der König einen einsichtsvollen Kaufmann mit einem Vorrat von Waren nach Rum. Des Kaisers Tochter sagte insgeheim zu dem Kaufmann: ‚Der ist kein Sklave, sondern mein eigener Sohn; aber aus besonderen Gründen habe ich dem Könige gesagt, er sei ein Sklave, und Ihr müßt ihn als einen solchen herbringen.' Kurz, der Kaufmann führte ihn, nachdem einige Zeit verflossen war, zum König, der, wie er sein hübsches Gesicht sah und seine Geschicklichkeit bemerkte, höchst erfreut war und dem Kaufmann ein Prachtkleid nebst anderen kostbaren Gaben verehrte. Die Mutter des Jünglings sah ihn aus der Entfernung und ergötzte sich mit Begrüßungen und Botschaften.

Es ereignete sich, daß eines Tages, als der König auf die Jagd ging, die Frau ihren Sohn in den Palast rief, sein Haupt und Angesicht küßte, allen Kummer Gott befohlen sein ließ und frei mit ihm verkehrte. Da aber der Türsteher diese Heimlichkeit wahrnahm, so schöpfte er üblen Verdacht, und als der König zurückkam, sagte er ihm auf dessen Befragen alles, was er gesehen hätte. Der König war bekümmert und sagte zu sich selbst: ‚Diese Frau hat durch eine List ihren Geliebten hierher gebracht.' Sogleich ging er in den Harem; da die Frau vermöge ihres Scharfsinnes bemerkte, daß der König die Ereignisse des vorhergehenden Abends erfahren habe, so sagte sie: ‚Warum seid Ihr in Gedanken vertieft?' Der König versetzte: ‚Wie sollte ich nicht in Gedanken vertieft sein? Ihr habt durch einen Kunstgriff Euren Buhlen von Rum hierher kommen lassen und pflegt Umgang mit ihm; was für eine Keckheit und Unverschämtheit ist das?' Er wollte sie züchtigen, aber seine Zuneigung hielt ihn. Er sagte bei sich selbst: ‚Ich muß mich an diesem Knaben ihretwegen rächen.' Demnach sagte er zu jemandem: ‚Führt diesen Knaben zu einem heimlichen Ort und schlagt auf der Stelle sein Haupt ab.' Als der Mann ihn von da wegführte, sagte er zu ihm: ‚O Jüngling! war es dir nicht bekannt, daß sie die Gattin des Königs sei, und warum gingst du hinein?' Er sagte: ‚Ich bin ihr leiblicher Sohn von einem früheren Gemahl, sie ist meine Mutter, aus Zartgefühl vermied sie, es dem König zu sagen. Töte mich nun oder töte mich nicht; ich habe die Wahrheit gesagt.' Als der Scharfrichter diese Worte hörte, wurde er von Mitleid ergriffen und sagte zu sich selbst: ‚Vielleicht wird dieses Geheimnis dem König eines Tags entdeckt werden, der den Knaben aus meinen Händen zurückverlangen könnte und dann Reue fühlen wird. Es ist besser, daß dieser Knabe fürs erste nicht getötet werde;' kurz, er brachte ihn nicht ums Leben.

Den andern Tag ging er zum König und sagte: ‚Ich habe den Knaben umgebracht.' Der Zorn des Königs ließ ein wenig nach), aber er hatte kein Vertrauen mehr zu seiner Frau. Die Königin wurde trostlos über das, was sich zugetragen, daß ihr Kind getötet worden und die Liebe ihres Mannes dahin war. In dem Palast befand sich eine hochbetagte Frau, die zu der Königin sagte: ‚Ich bemerke, Ihr seid voller Gedanken.‘ Sie teilte der alten Frau ihre ganze Geschichte mit. Die alte Frau sagte: ‚Beruhigt Euer Herz; ich will es so einrichten, daß der König Euch wieder gewogen wird.‘ Die Königin antwortete: ‚O Mutter! stille nur diesen Schmerz, ich will auch deinen Saum und deinen Schoß mit Juwelen füllen.‘ Kurz, als die alte Frau eines Tages den König einsam fand, sagte sie: ‚Ich bemerke, daß Eure Majestät traurig sind.‘ Der König antwortete: ‚Ach, meine Mutter, ich habe einen Schmerz, der ganz und gar nicht zu beschreiben ist, und der ist dieser: — Meine Frau ließ einen Sklaven aus Rum kommen, der ihr Buhle ist; ich habe den Sklaven umgebracht, aber ich kann mich nicht überwinden, meine Frau ums Leben zu bringen, denn mein Verdacht kann wahr sein, aber er kann auch falsch sein.‘ Die alte Frau sagte: ‚Ich habe ein Amulett; wenn Eure Frau schläft, so legt es ihr auf den Busen, und alles, was sie in ihrem Schlaf sagt, wird wahr sein.‘ Der König sagte: ‚Bringe geschwind das Amulett her.‘ Die alte Frau gab es dem König sogleich; darauf ging sie zu der Königin und sagte ihr: ‚Wenn der König Euch das Amulett auf den Busen legt, so stellt Euch schlafend und erzählt die ganze Geschichte aufrichtig.‘

Als die erste Nachtwache vorüber war, legte der König das Amulett auf den Busen seiner Frau, und diese erzählte die Geschichte von ihrem früheren Gatten und ihrem Sohne ganz ausführlich. Wie der König diese Umstände vernahm, küßte er das Gesicht und das Haar seiner Frau und sagte: ‚Warum verhehltest du mir dieses Geheimnis?‘ Die Frau sagte: ‚Weil ich mich schämte.‘ Der König ließ sogleich den

Mörder holen und sagte: ‚Wo ist das Grab des Jünglings, den du umgebracht hast?' Der Mann antwortete: ‚Ich habe ihn nicht getötet, er lebt noch.' Der König war hoch erfreut hierüber und befahl, den Knaben sogleich herbeibringen zu lassen. Der Mann brachte ihn her, und als die Mutter ihren Sohn erblickte, umarmte sie ihn und lobte Gott."

Nachdem der Papagei in der Erzählung bis zu dieser Stelle gekommen war, sagte er zu Chodscheste: „Meine Gebieterin, wenn irgendeine Schwierigkeit eintreten sollte, so erweise du auch durch gleiche Klugheit deine Reinheit. Nun auf und geh zu deinem Freund." Chodscheste wollte eben gehen; gleich darauf krähte der Hahn, und da die Morgendämmerung anbrach, wurde ihr Weggehen verschoben.

So ereignete es sich, daß gerade an diesem Tage Meimun von seiner Reise zurückkehrte. Als er den Scharuk nicht sah, fragte er, was aus ihm geworden sei? Chodscheste hatte noch nicht ihre Lippen geöffnet, um eine Antwort zu geben, als der Papagei sagte: „Fordere von mir eine Erzählung von allen Ereignissen mit dem Scharuk und mit Chodscheste." Meimun sagte: „Sprich!" Der Papagei erzählte Meimun von Anfang bis zu Ende alle einzelnen Umstände, wie Chodscheste sich in den jungen Mann verliebt hätte und wie der Scharuk durch Chodschestes Hände umgekommen sei. Da tötete Meimun auf der Stelle die Chodscheste und machte ihrem Leben ein Ende.

Anmerkungen zur Śukasaptati.

1 Die Inder lieben es, an die Spitze ihrer Schriften ein glückbedeutendes Wort wie „Heil" oder dergl. zu setzen oder eine Gottheit anzurufen, die besonders geeignet ist, das Werk zu einem gedeihlichen Abschluß zu bringen. Das trifft auf Ganesa vor allem zu, weil dieser elefantenköpfige, dickbäuchige Gott der „Herr der Hindernisse" ist und solche nicht nur schafft, sondern auch aus dem Wege räumt.

2 Die indische Minerva.

3 Dieser Mann ist, wie wir am Schlusse des Buches erfahren, um irgendeiner Schuld willen verflucht worden. Wir wissen nicht, von wem und warum; unser Text begnügt sich, seiner Art entsprechend, einfach mit dürren Worten zu erklären, daß er von dem Fluche befreit wurde, geradeso wie der Papagei und seine Gefährtin, mit denen es also auch noch eine besondere Bewandtnis haben muß.

4 Das Lexikon gibt keinen wissenschaftlichen Namen für diesen Vogel an; wir wissen aber aus der Sanskritliteratur, daß er zum Sprechen abgerichtet wurde und als die „Frau" des Papageis auftritt. S. Anm. 4 zum Touti Nameh!

5 Damit ist der heilige Strom gemeint, der bei uns unter dem Namen Ganges (aus Sanskrit Gaṅgā verderbt) geht.

6 Daß der Zorn ein Feuer ist, mit dem man richtig brennen und verbrennen kann, ist eine in Indien ganz geläufige Vorstellung; geradeso wie die, daß die Büßer, ganz im Gegensatz zu ihrer so stark betonten Frömmigkeit, bei jeder Gelegenheit in Wut geraten.

7 Daß der Jäger hier „tugendsam" genannt wird, läuft eigentlich den Anschauungen der Hindus durchaus entgegen, die sonst mit Verachtung auf die Kaste der Jäger herabsehen. Hier aber verleiht die Kindesliebe dem Jäger einen Nimbus, der ihn über die pflichtvergessenen Brahmanen erhebt.

8 Ein Asket, der übernatürliche Kräfte besitzt. Dazu bringt man es, wenn man seinen Eltern folgt!

9 Hara (= Siva) verschluckte das furchtbare Gift, welches bei der Quirlung des Ozeans zum Vorschein kam, und bewahrt es seitdem bei sich auf, um es unschädlich zu machen.

10 Eine Art Höllenfeuer, welches am Südpol gedacht wird und im Ozean verborgen gehalten wird.

11 In Indien fallen die Liebenden entweder in Ohnmacht, wenn sie die geliebte Person sehen, oder sie bekommen Liebes„fieber", wenn sie nicht zusammenkommen können. Vgl. Erzählung 4.

12 Anspielung auf die Lehre von der Seelenwanderung, auf der die ganze Geschichte beruht.

13 Langgeschnittene Augen, die „bis an die Ohren reichen", gelten in Indien für besonders schön.

14 „Giftmädchen". Man glaubte in Altindien, daß man ein Mädchen durch ganz allmähliches Gewöhnen an Gift (Akonit) dermaßen imprägnieren konnte, daß der Verkehr mit ihr tödlich wirken müßte.

15 Einer der vielen Namen für den Liebesgott, der Blumenpfeile abschließt.

16 Das Wort für Fisch ist auch im Sanskrit Maskulinum.

17 Alles Namen von Göttern und Heroen.

18 Gemeint ist das große indische Nationalepos Mahābhārata. Vgl. H. Jacobi, Das M., Inhaltsangabe, Index und Konkordanz der Kalkuttaer und Bombayer Ausgaben. Bonn 1903.

19 Name für Ganesa.

20 Dieselbe Bezeichnung kehrt wieder im Kathākośa, Tawneys Übersetzung p. 214. Wird damit vielleicht auf einen „Pfau" genannten modus coeundi angespielt? Galanos hat ἀλύτοις δεσμοῖς.

21 Name der Frau des Śiva.

22 Das Sandelholz wird in Indien pulverisiert und zu einer kühlenden Paste benutzt, die ein beliebtes Zubehör zur Toilette bildet.

23 Die Yakṣa sind eine Art Halbgötter.

24 Synonym von Vikramāditya.

25 Der höchste Gott des indischen Altertums.

26 Der Originaltext nennt sogar die Spezies: Acacia arabica.

27 Es handelt sich, genau genommen, nicht um unsere Nachtigall, sondern um den indischen Kuckuck, der mit seinem kuhū kuhū auch nicht entfernt an unsere Philomele heranreicht.

28 Der vollere Titel lautet Kirātārjunīyam; ein lyrisch-episches Gedicht von Bhāravi, dessen ersten beiden Gesänge von Schütz, Bielefeld 1845, übersetzt worden sind. Unsere Strophe steht I, 30.

29 Das Wort für Scheune (khala) bedeutet auch Bösewicht.

30 Diese Strophe steht in Kālidāsas lyrischem Epos Kumārasambhava VII, 22. Die Tochter des Himālaya schmückt sich, um Hara (= Śiva) zur Hochzeitsfeier zu empfangen.

31 Der Diener fügt sich; wenn aber die heiße Jahreszeit den Herrn spielte, würde sie uns bedrücken usw.

32 Gemeint ist hier ein eben eingefangener gewaltiger Elefant, das Leittier der Herde.

33 Die Caṇḍāla bilden die niedrigste Kaste in Indien. Darum nennt sich die Kupplerin gleich darauf eine Mātaṅgī, d. h. eine Angehörige des untersten Standes.

34 Ein Mitglied der einen Sekte der Jaina-Mönche; wörtlich der „Weißgekleidete". Der gleich darauf genannte Kṣapaṇaka vertritt die zweite Sekte derselben; deren Angehörige gehen nackt.

35 Terminalia bellerica. Ihre Nüsse werden als Würfel benützt.

36 „Gutgesinnt" und „Bösgesinnt".

37 Der Text dieses Zauberspruches ist nicht Sanskrit, sondern Prakrit mit unheilbaren Lücken obendrein. Der ganze Witz scheint mir in der ungebildeten Sprache zu liegen, denn der Inhalt gibt kaum Veranlassung zu einem befreienden Lachen.

38 „Zankliebend", „Zankteufel".

39 „Tigertöterin". Es scheint sich um eine Dämonin zu handeln, die nach dem Volksglauben Tiger zerreißt und verzehrt.

40 Etwa „Giftrüssel".

41 Das ist denn doch zu knapp ausgedrückt! Es soll natürlich heißen, daß der König unter Trommelschall hat bekanntmachen lassen, er werde denjenigen reich belohnen, der seine Tochter heilen würde. Nun kommt unser Brahmane und berührt die Trommel, was besagt, daß er sich als Arzt anbietet.

42 Ungefähr dasselbe wie Anm. 36.

43 Gleichbedeutend mit Gaṇeśa. Vgl. Anm. 1 und 19.

44 Das Wort des Originals bedeutet „krätzig" und dann einen Mann niedrigsten Standes, der ein schmutziges Gewerbe treibt.

45 Im Texte steht wörtlich: „sprach sie zu ihm folgendermaßen", und dann rezitiert sie eine Dialektstrophe, die absolut dunkel ist.

46 An dieser Stelle versagen sämtliche Manuskripte. Es läßt sich nicht einmal ahnen, was hier gestanden haben mag.

47 „Herr der Kräuter" ist eine häufige Bezeichnung des

Mondes. Gemeint sind mit den Kräutern die heilkräftigen Pflanzen, zu denen der Mond in irgendeiner geheimen Beziehung steht.

48 Die milden Strahlen des Mondes wirken nach der Gluthitze der indischen Sommertage besonders angenehm und werden mit Recht wegen ihrer kühlenden Wirkung mit Nektar verglichen.

49 Genau übersetzt „ein Weißrock", also ein Mitglied derjenigen Jaina=Sekte, die weiße Gewänder trägt. Vgl. Anm. 34!

50 Es handelt sich hier um ein gewisses wohlriechendes Gras, das sich nicht näher bestimmen läßt. Ebensowenig ist der Umfang des Waldes genau festzulegen; der Text redet von yojana, und das rechnen die einen 2 geographische, die anderen bloß 2½ englische Meilen.

51 Bei dieser märchenhaften Angabe erinnere man sich der Tatsache, daß die Feigenbäume sich vermittels Luftwurzeln vermehren („quot rami, tot arbores"), so daß ein Exemplar schließlich einen ganzen Hain bilden kann. (Gemeint ist Ficus indica, Baniane, die ganz ähnliche Ficus religiosa hat keine Luftwurzeln.)

52 Hieraus geht hervor, daß die in Rede stehenden Vögel eher Reiher sind. Ich wenigstens habe noch keinen Schwan auf einem Baume sitzen sehen.

53 Die Vidyādharas sind eine Art Genien im Gefolge Śivas, die, wie der Name („Wissensträger") andeutet, sich auf Zauberei verstehen.

54 Die Gandharven sind die Musikanten des Himmels und bilden mit ihren Frauen, den Apsarasen, die Hofkapelle Indras.

55 Ein Blumenregen gehört unbedingt zu einer Apotheose!

Anmerkungen zum Touti Nameh.

1 Wie die indischen Autoren ihre Schriften mit einem glückbedeutenden Worte oder einem solchen Gebete u. dgl. beginnen, so die mohammedanischen mit der Anrufung Gottes, wie sie den Koran einleitet.

2 Rupie, eine Silbermünze im Werte von ungefähr 1.35 Mark. Hun oder Pagode ist eine Goldmünze = 6.50 bis 7 Mark.

3 Spikenarde, abgekürzt Narde, ist ein Bartgras, Andropogon nardus, aus dem ein im Altertum hochgeschätztes Öl bereitet wurde.

4 Scharuk entspricht ganz der indischen śārikā, Gracula religiosa L., die bei Buffon le Mainate heißt. Es ist ein Vogel von der Größe einer Amsel und sehr beliebt wegen seiner Geschicklichkeit im Singen, Sprechen und Pfeifen.

5 Lak = 100000.

6 Brahminen, die alte Schreibung für Brahmanen, die Angehörigen der indischen Priesterkaste.

7 Mit Dschogi, altindisch Yogi, bezeichnet man eine Sekte, die sich übernatürlicher Kräfte rühmt und häufig mit den Fakiren verwechselt wird. Vgl. R. Schmidt, Fakire und Fakirtum.

8 Kinodsch, das Kanauj der Engländer, ist die unter dem Sanskritnamen Kanyākubjā bekannte, berühmte Stadt, die in der altindischen Literatur eine große Rolle spielt. Sie ist jetzt eine ungeheure Trümmerstätte.

9 Sijahgusch, wörtlich Schwarzohr, dürfte Felis cara-

cal sein. In der indischen Tierfabel pflegt der Schakal seine Rolle zu spielen.

10 Guruh soll der dritte Teil einer Parasange oder persischen Meile sein.

11 Ein Sir ist ungefähr zwei Pfund.

12 Es läßt sich nicht mit Sicherheit feststellen, was für eine Spezies mit dem Saweh gemeint ist; es soll ein kleiner Vogel von der Größe eines Sperlings mit rotem Kopfe sein.

13 Rum bezeichnet die Provinzen des griechischen Kaisertums in Kleinasien und Europa und speziell auch die Stadt Rom.